厭世的凡一與浪漫的一凡，在命運的安排下，
互相激盪，追尋生命的意義。

# 凡一・一凡

Fán yī, yī fán

著——藤原 進三

獻
給

*Watan、Walis、Mawi*

我親愛的孩子

# 目錄 CONTENTS

〈推薦序〉

# 認識你自己：閱讀《凡一・一凡》

陳柏言

我們還不認識自己，我們這些認識者，自己還不認識自己：這裡面大有原因。我們從來不去尋找我們自己，——怎麼可能有這樣的事呢，我們竟會在某一天發現自己？……我們就是必然會對自己保持陌生，我們不理解我們自己，我們必須混淆自己，對我們來說，有條永恆的法則叫作「每個人對於他本身皆是最遙遠者」，——對於自身，我們並非「認識者」……

——尼采著，趙千帆譯：《道德的系譜學：一本論戰著作》

透過信仰、透過藝術創作，一直試圖探索「自己是誰」、「想變成誰」，以及自己如何和別人連結的方法。

——藤原進三：《少年凡一》

## 話語的遊歷

藤原進三新作《凡一・一凡》承《少年凡一》、《彩虹麗子》而來，構成藤原家族的連作三部曲；若逐書閱讀，確能感受小說家的關懷所在，及其不斷自我演化的軌跡。相較於《少年凡一》故事發生在日本京都，藤原進三這次將鏡頭調轉至臺灣，並構設了鏡像人物田一凡作爲對話者，帶領來自日本的青年凡一在這塊土地上漫遊探索，「用一雙日本的眼睛看台灣，同時，也在看到的台灣之上、之中、之內，找日本」。

整部小說並無明確主線，而是由知識性談話構成，因而更像一趟「話語」的遊歷——我的意思是，它並不像遊記，通過旅人的眼睛，去踏查、重現某個特定地方的風物習俗；而是藉由詞彙的繁衍、再繁衍，聯通地理、知識和歷史記憶，從而構設彷彿能夠無限爆炸、無限擴張的文字星雲。如此，身陷囹圄的小說作者，似乎得以在廣袤無邊的話語宇宙重獲自由；可弔詭的是，閱讀《凡一・一凡》，乃至於《少年凡一》、《彩虹麗子》，讀者卻反而處處感受到無形的「牆」的壓迫。這裡的說法並非褒貶，而是要指陳藤原進三小說中，由「文體」所揭示的「人的受限」。小說所拉引的話語典故愈是雜亂紛陳，則愈勾勒出「桶中腦」所投影的世界的邊界。師生對話，父子對話，乃至於兩青年間的對話，藤原進三針對數個命題展開「賦格」，反覆迴旋——事實上，也只是作者腦中極其密閉的自我對話與密室辯證。

在書前〈自序〉中，藤原進三點出了《凡一．一凡》中的雙生子命題：

在主題動機的節奏韻律中，《凡一．一凡》故事反覆叩問的核心命題是：死亡與自由；附隨伴奏的次命題則是：故鄉、父子與愛情。這樣的多重命題，透過凡一 VS. 一凡，一種鏡像對立的反射，層層的起音、開展、奏鳴、環繞、收束。

「雙生子」意象已有過許多精彩繁複的變奏，如雅歌塔．克里斯多夫《惡童日記》，或者馬奎斯《百年孤寂》中那對不斷顛倒錯置的阿爾卡迪歐和奧雷里亞諾二世，乃至於電影奇士勞斯基《雙面薇若妮卡》、克里斯多福．諾蘭《頂尖對決》等等。而在《凡一．一凡》中，田一凡作爲凡一的鏡像人物，兩人性格互補，智性上亦時有競逐——或如William Blake所說，「對立才是眞正的友誼」（Opposition is true Friendship.）。藤原進三勾勒的兩名少年，都屬菁英體系，但他們又如此「中二」單純，連如何把妹都能拿來說嘴。凡一和一凡的交誼，或許不只是簡單的私交，更寄寓公衆性與政治隱喻：兩名不同國籍的天才少年的交好，正是作者心底，「日台歷史身影交錯重疊」的圖像。借用德希達的話，藤原進三的理想，可以說是「無條件的好客」，人們泯除國籍、語言，和人種的界線，眞誠相待，進而認識彼此的「文明」：「一凡爸爸這個台獨分子居然會讓孩子看這麼中國的東西。他跟我說：『能』欣賞一個文化的心靈，就擁有包容一個文明的心胸。」

**認識你自己**

前已提及，《凡一．一凡》並無明確主線；究其敘事動力，實來自小說開篇就啓動的倒數計時：

> 在十八歲的生日前，凡一決定，給自己一個期限，滿二十歲成年時，如果問題仍然不能解決，他將以自我了結做為解決問題的最後手段。

可以說，《凡一．一凡》的連篇提問，並不只是知識層面的問題，更關乎到生命存續本身——它具有某種迫切性。要解決什麼問題？凡一的精神解離症：破碎、無感、累積不能。《少年凡一》中，藤原進三是醫師，遂通過催眠召喚出多位神話、歷史人物，試圖理解凡一繁複的少年之心。而在《凡一．一凡》裡，啓蒙者身分變得更加多重，例如確有其人的東大教授田中康博，或者小說後段出現的田一凡父親。一凡父親因爲正在服刑，從未現身，只通過信件爲凡一與一凡解惑。受刑的、缺席的父親，正好服膺作者的現實處境；而藤原進三通過這個角色，讓「自己」再次於小說中現形。

必須強調的是，這些書寫並非父親對兒子的單向傳授，從藤原進三的〈後記〉我們可以知曉，小說不少章節都是直接取用「孩子書寫的手記原稿」，「一字不差地將之放進故事陳述裡」。例如第十二章，幾乎就取自兒子PO網的原文。換言之，整部小說或可看作父子的共筆，是共同創作、亦是共同思索：什麼是快樂？活著的意義是什麼？「我是誰」？什麼是自由？小說中展示的，是非常存在主義式的問答，藤原進三著力思考的，終究是人身（人生）的荒謬處境，而生命將如何安頓、將何去何從？

《凡一．一凡》的故事舞台發生在臺灣，藤原進三通過兩名少年之眼，讓我們重新「看見臺灣」。「故鄉」，遂也成為小說反覆論述的議題：「故鄉，是人們首先發覺人性的地方，正因為它不完美，到最後我們才發現我們因此而愛它」。就算是神，也需要一個故鄉，但這個故鄉必須被遺忘，從而認同「在地」：「這尊媽祖背對的方位，就是她的原生地：福建莆田。信徒們這麼安置的用意是，希望媽祖庇佑腳下的這塊土地就好，不要再想著海峽對岸的故鄉」……小說中，我們可以窺見藤原進三對「故鄉」的多重視野，思索著這座島嶼「堆疊累加的文明地層」：身分印記、文化生活、經驗傳承的多元多樣。

可以說，國族認同的議題，是《凡一．一凡》特別用心所在。藤原進三在白頁的主線故事外，還穿插黑頁敘說「仇日」狂人魅影的故事，為通本小說增添驚悚色彩（藤原進三自言魅影的故事「是為了嘗試滿足孩子的要求：讓故事好看一些」）。這樣黑白交織，不只提升小說的可讀性，更揭示台灣人對日本的複雜情緒。藤原進三不只要讀者欣賞凡一、一凡的「台日交誼」，也要揭示「月亮的背面」，那淫猥情慾與殺意並存的仇恨。

讀罷《凡一．一凡》，像是陪伴兩位青年，走完一趟啓蒙之旅。我們可以說，這是一部教育小說，一部啓蒙小說，然其最初啓示的，或許只是作者自己——而讀者也能從中領略，那極其私密、極為珍貴的自我教育。我遂想起了凡一與一凡接下來的任務：一起去希臘找尋刻寫在太陽神阿波羅神廟上的箴言：「認識你自己」——「認識你自己」，是神的話語，是誓詞也是命令。而我想，那應也是藤原進三給予「故鄉」，最簡單亦最豐饒的祝福。

（本文作者為作家）

〈自序〉

# 在主導動機的樂聲中拷問靈魂

我寧願什麼也不說，也不願說得微弱。

——米勒（Jean Michelet）

這是一個父親寫給孩子的故事。橫亙在父與子的關係之間，進行著生命的凝視，聳立在前的是世代相對的巨大歧異。依稀記得我這一代人，年輕的時候，似乎多數是再怎麼樣也要拚下去的不惜掙扎；可看著、聽著當前的年輕世代，茫然中又具體明晰地漫佈著一股寧可棄世也不願低頭的倔強，這種氛圍態度，令我驚慌到甚至戰慄不已。

我們到底造就出了什麼樣的生存環境，讓年輕人將厭世當做一種選擇？這迫使年少心性趨向離世的生命困局、世間處境，是怎麼構陷出來的？

死亡，做爲一個命運或抉擇的課題，終究還是得在生命意義與價值的發現過程中，去尋求解答吧！若能找得到那即便只有希微渺弱的一點點，就像天空中垂降下來的一根蜘蛛絲，說不定還是有攀附而昇、超脫救贖的機會。不然就只能淪落幽暗了。

就算僅有一絲絲的光明、一些些的希望，還是得朝著那光明與希望的縫隙盡力而去，生命才能有超越的機會。這不應該只是我、或像我這一世代人的思維，而是跨越世代生而爲人共同的信念才對吧。想對孩子說一個這樣的故事，怎麼樣在不失批判性精神的同時，能夠以一種比較具有包容性的立場與觀點，去觀照省思我們所身處的這個時代、這塊土地、這群人們。這堂而皇之的嚴肅主題，甫一觸及，立即在我腦中浮現的表現形式與意義典範，就是湯瑪斯・曼（Paul Thomas Mann）這位德意志最重要、最偉大的文學心靈創作者。

湯瑪斯・曼有多重要？有多偉大？兩位文化觀察／理論名家苔雅・朱恩（Thea Dorn）和理查・華格納（Richard Wagner）最新出版的《德意志靈魂》（*Die Deutsche Seele*，台灣譯名：《德國文化關鍵詞：從德意志到德國的64個核心概念》），這部厚達九百頁的鉅著，以六十四個文化行爲、現象、傳統、典範、創造領域，完整、豐富、深刻，而且批判地呈現、解析了德國文化的內涵、精神、本質，以及獨特性。作者在書中開列了兩份權威性無可挑戰的清單：「二十世紀十部最具實驗性的德語小說」、「二十世紀十二部最重要的德語長篇小說」，只有一位文學家同時名列雙榜，而且在兩個排行榜上他都是第一名。那就是湯瑪斯・曼。（在十二部長篇小說榜中，他的哥哥亨利希・曼和女兒克勞思・曼，分別位列第二名和第六名，一家子占了四分之一名額）二十世紀一百年間，德國出了多少傑出優秀的小說作家，唯有湯瑪斯・曼如此獨占鰲頭。可見他有多重要，有多偉大。

湯瑪斯・曼的重要與偉大，不僅只在小說創作上。他的思想、性格，他對國家、民族、社會、土地的情感、態度、觀點、立場，在在都成爲現代德國文化無與倫比、無可替代、無人能出其右的象徵與典型。在《德意志靈魂》這本文化辭典所列舉的六十四個論述範疇裡，湯瑪斯・曼作爲引據、例證，一再地出現在高達八個主題篇章之中。古往今來，幾百年間，德國出了多少卓越頂尖的思想家、哲學家、文學家，以及文化、藝術、科學、知識的創造貢獻者，歌德、席勒、康德、尼采、黑格爾、馬克思、貝多芬、普朗克、海森堡……，通通和湯瑪斯・曼沒得比，頂多現身個一、二次。可見他有多重要，有多偉大！

在德國文化中的重要性和偉大程度，以同樣的指標判斷，唯一可以和湯瑪斯・曼並駕齊驅的就只有華格納。《德意志靈魂》分別在九個不同的文化主題列舉華格納作爲引申說明，二個人遙遙領先所有的德國才智。一個是文學，一個是音樂。而華格納的音樂，其實出發於文學。湯瑪斯・曼的文學，原點和形式本來就是音樂。二者不能說互爲表裡，是朝著不同面向，各自開啓、烘托、塗抹、渲染，創造了一整個德意志民族的文化空間。

不無遺憾的，因著年代日遠和距離疏遙，當代台灣人對湯瑪斯・曼的理解是稀少的，訊息也是貧乏的。他的中文繁體譯作現今找得到的只有一本《魔山》，要讀中文本，頂多還有幾本簡體版的《布登勃洛克一家》（即《布登勃魯克家族》）、《浮士德博士》、《海因里希殿下》和《死於威尼斯》（即《魂斷威尼斯》）。像我這種不懂德文的人，就只能閱讀英譯本的湯瑪斯・曼作品了。即便有著時空隔閡的不解和譯本賞析的困難，《凡一・一凡》這部作品向湯瑪斯・曼致敬的企圖仍是明顯強烈的。雖然明知道在小說所嘗試探討的議題上，永無法超脫湯瑪斯・曼文學曾經處理過的論域（domain）。在書寫所希望表達的內涵上，永不能觸抵湯瑪斯・曼已經到達的靈魂深度。《凡一・一凡》的致敬儀態，在不自覺之間，採用的正是湯瑪斯・曼從華格納的音樂那兒學來的敘事形式，二人創作體例上的交集：主導動機（leitmotif）。甚且將湯瑪斯・曼文學和華格納音樂，作爲故事中不斷反覆，主導敘述意旨的主題。一再地在小說篇章中，出現又出現。（總計，湯瑪斯・曼在全書五個章節中被提及。華格納比他多一次，六個）

主導動機的形式運作，在《凡一・一凡》中，不只適用於湯瑪斯・曼和華格納，其他的人物、場景、現象，也有著近似的表現手法：先有媽祖遶境的冷知識對話，後有百年媽祖會的收驚安神；總是田家美食廚房必備的各地美食豬腳，最後總結爲一碗迎接孩子歷劫歸來的豬腳麵線；

還有那令人不甚愉快的銅像斷頭、石碑破壞、石犬毀損，乃至終止於一副身首異處的軀體。書中可以找到以主導動機手法表現的地方還有不少，其中最重要的，應該是這部作品所期待討論的「議題」吧。

在主導動機的節奏韻律中，《凡一‧一凡》故事反覆叩問的核心命題是生命的價值與意義：死亡與自由；附隨伴奏的次命題則是：故鄉、父子與愛情。這樣的多重議題，透過凡一VS.一凡，一種鏡像對立的反射，層層的起音、開展、奏鳴、環繞、收束。死亡起始於無能無奈的棄世之約，再生於告別式之中生命原型群像的湧現；自由起自於對意義與價值的質疑，而必須在夢境與現實中去找尋並發現如何認識自己；故鄉從自願與被迫的放逐開始，體現到不完美的本然性格之後，才有了歸屬和接納；父子在逃脫或離別的境遇之中，東尼奧、湯瑪斯‧曼、波西瓦，以及一凡和獄中的爸爸，這許多對的父與子，各自有著不同的情節與連結；至於愛情，即便是個虛無的漂浪者，也能夠經由馴服找到永恆，那是一凡的青春、凡一的等待，以及唐懷瑟的救贖。主導動機格律中的鏡像或對立，不只是凡一VS.一凡、父VS.子、華格納VS.湯瑪斯‧曼，也是死亡VS.生命、自由VS.愛、故鄉VS.旅人（犯人）、日本VS.台灣。在對立映照之間，故事血肉題材的演奏描繪，有些是伏筆和揭曉，有些則是隱喻及象徵。那是德意志的精神、不列顛的傳奇，那是音樂與詩，終結在最後的告別式場：音樂，是德意志的安魂曲；詩，是不列顛詩人的祈禱詞。總歸一切，這所有的對映，所有的主導與主題，都是爲著訴說現實與夢境、光明與黑暗，都是爲著召喚超越與認識自己，爲著找尋神與我的所在。

《凡一・一凡》相較於作者之前的《少年凡一》，是一種反向的「無邊際書寫」。《少年凡一》是在虛構的日本時空場景中塡充界線難辨的眞實；《凡一・一凡》則是在眞實的台灣時空舞台裡添飾醒寐不清的虛構。這是作者用以說服自己面對眞實的方式，在個人的夢境，如兩位台日青年；或集體的神話，如德意志、不列顚乃至台灣這個國家，都指向一種英雄自我追尋歷程的呈現。這樣子以自己人生實上加虛的書寫形式，在眞誠面對的同時，是否也有著過度揭露的問題？英國當代最重要的女性小說家也是評論家維吉尼亞・吳爾芙（Virginia Woolf）在她影響世人至深的名作《自己的房間》（*A room of One's own*）裡曾經這麼說：

小說像是一面蜘蛛網，它的尖角黏附於人生上面。……這些網不是那些視之無形的小蟲在空中織成的，而是一些受著痛苦的煎熬的人的作品。

所以，小說與實際的人生一致，其價值也是在某一程度內與實際的生活相等。

但是，最重要的是，你定得照清自己的靈魂，它的深奧處，它的膚淺處，它的虛榮，它的慷慨，還要自己說出你面貌的美麗或平凡。

吳爾芙的觀點，令我不致擔心《凡一．一凡》在眞實性上的過與不及。應該憂慮的是，作品能不能達到吳爾芙對於小說的要求——

小說（應該）觸引起我們各種相反的、相矛盾的情感。

就小說家而言，所謂的誠實，就是他能給予一個信念：相信「此即真」。

眞是太難了！尤其是像《凡一．一凡》這樣，在寫實之上堆疊累加虛擬，虛擬好瞎掰，寫實難處理。究竟，寫實主義是如何營造的？有沒有一個「現實原則」，讓我們依偏好去拿捏掌握現實重現的恰當程度。劉森堯教授在他的《讀書》這部評論集中，比較了三位歷史上重要偉大的寫實主義文學家：

狄更斯：是社會現象的見證者，服膺的「現實原則」是寫出他眼中所看到的真實面。

福樓拜：他的寫實主義不在「現實的重現」，反而是個人「現實的重造」。

湯瑪斯．曼：不批判，只有反省，並臣服於命運的法則、衰落和死亡。他眼中的人生真諦，才是小說中的「現實原則」。

透過以上解析，三大文豪的境界異同高下立判。事實上，湯瑪斯．曼的寫實早已超越了寫實，在寫實之中添加了大量的魔幻虛擬元素。就如同劉教授所指出的，「虛構」最能冷靜反映眞正的現實面。是以我不太在乎《凡一．一凡》故事在虛實之間擺盪的幅度，比較在意的反而是人物所能夠帶出的意義。比如，一凡有一位專門（也只能）務虛談論眞理的父親，和一個除了張羅準備豬腳、綠豆椪、道地小吃，還能講解校園民歌、外省文學、台語歌曲，以及民主化發展，相對之下極爲務實的母親。立虹這個角色，特別値得在此一提。因爲故鄉永遠需要一位母親。

她的胸懷，是包含廣納、兼容並蓄的；

她的思想、歷史感、文明觀，是具備縱深且恢弘寬闊的；

她的性格、良知、信念，是充滿著正面提升能量的；

她的視野、觀點，是洞察透徹而又跨越領域的。

若沒有一位這樣的母親，台灣文明地層的堆疊累加，不但將難以形成意義，甚至只能支離破碎。我暗自期許，《凡一．一凡》中的立虹，作爲台灣新時代母親的典範原型，在現實世界中，一定還有很多、很多……。

雖然米蘭．昆德拉這麼主張：

小說不能肯定任何事物；小說永遠在尋找和提出疑問。我不知道我的國家會不會毀滅，我也不知道我筆下的人物對不對。我編造故事，讓故事衝突對抗，從中提出疑問。

我還是一個愛好自問必自答的死硬派。《凡一・一凡》書中提出的集體性問題，諸如：大學教育的任務、原住民身分的自我認同與型塑、拼布化破碎台灣的現況與展望；以及個體性的困惑：生命的意義與價值、活著做什麼、我到底是誰。好比來自德、英的夢境喻意，啓示就刻劃在希臘的神殿上面一般。每一項課題，我都希望儘可能地即使沒有完美的答案，至少也試著解釋或指出方向，作出力所能及的完結處理。因爲，總是要求自己的作品，要像一個可以整除、餘數爲零的除法算式一樣，才比較負責任。《凡一・一凡》故事裡，唯一有意識地沒留下答案的，是結尾無頭軀體的處決者。這一情節本來是當成答案的，沒想到竟成了破洞很大的謎題。對於因此而不滿怪罪我不負責任的讀者，我只能懇求恕罪了。

作品的意圖解說得再多，故事本身不好看，小說的價值就天搖地動了。《凡一・一凡》好不好看，只能留待讀者們評鑑。不過如果有人告訴你，湯瑪斯・曼的小說好好看，那絕對是忽攏你的。相信我，這位德國最重要偉大文豪的作品，每一部都不好看極了。文學之於湯瑪斯・曼就是某種「迴聲」，用他自己的話語來說：

> 這種迴聲，這種把人的聲音作為自然的聲音的歸還，……從本質上講就是哀歌，……就是自然試圖宣告：人是孤獨的。

孤獨迴聲的哀歌文學，把它寫出來還諸自然。對以此爲天職的小說家來說，好不好看，就可以不重要了。

即便自我再怎麼孤獨，也還是能夠滿懷情感的包容這個時代、這個世界。仰望這樣的湯瑪斯・曼，我只能羨慕、佩服加上崇敬。

## 〈一〉

我把我的彩虹放在雲中，這是我跟大地立約的憑證。

——〈創世紀9：13〉

東京，人口三千六百萬，世界第一大都市。原先的名字叫做江戶，十五世紀的武將太田道灌在此建城。直到一六〇三年德川家康當上征夷大將軍，將幕府設在這裡時，江戶城的人口才兩千。爲了建設江戶，家康命令臣服的三百諸侯按祿米每千石出民夫二、三人，大興土木。爲了拓展瀕臨海灣的江戶城，將一座神田山徹底夷爲平地，塡海造陸。塡出來的就是現今即將拆遷的世界第一大中央魚貨批發零售市場所座落的築地，以及剛剛落成啓用的世界第一大商用都市更新方案、橫跨兩個街區、擁有全球二百四十一家名牌精品專賣店進駐的「Ginza six」所位處的銀座。至於剷平之後的神田，則早在戰前就伴隨著東京帝大的人文薈萃，發展爲世界第一大的新、舊書店區以及出版印刷業集中地。初來乍到的外遊者，在神田逛古本（二手書）店，不拿一份神田古本屋地圖參照導覽是不行的。幾百家書店，性質、種類、專門、學科各有各的擅場，門前走馬看花，根本無從識得其中珍奧。

東京大學，亞洲最悠久的現代大學，世界排名頂尖的名校，在東京都內主要的傳統校區有兩處：本鄉和駒場。出了地下鐵丸之內線本鄉三丁目這一站的出口，沿著馬路跟著人群走一小段，東大的傳統象徵：「赤門」就在右手邊。赤門，沒見過以為很宏偉，其實小小的，也不是紅色。因著年代久遠，早已經由紅變黑而更增添了歷史滄桑之感。一百多年來，多少國家棟樑、知識菁英從這裡進來又出去，早已無從細數了。東大本鄉校區除了赤門，最具代表性的地標建築就是安田講堂。這座有著哥德式高聳鐘塔的紅磚建物，六〇年代是全日本遍地烽火的反安保學生運動風潮眾所關注的核心焦點。那時候整個東大校區，幾乎都已經被學運團體佔領停擺。戴著頭盔、墨鏡，臉上蒙著毛巾，手執一隻齊眉棍棒，很像是後來卡通電影忍者龜原版造型的全共鬥、全學連份子，就是以安田講堂作為最後的「武裝鬥爭」基地，長期抗戰。迫使校方違反大學作為一個知識上「國中之國」的自治精神，引進機動隊（鎮暴部隊），展開了慘烈暴力的攻堅行動。一場史無前例的學生運動，終究還是在國家權力機器的鎮壓下，不得不平息屈服。唯一的神奇是，那位警視廳公安部視為首惡，被包圍在安田講堂中的全共鬥領袖，東大物理研究所的天才博士生山本義隆，竟然在機動隊踏平清空整棟建築，逮捕了所有作亂抗爭份子之際，完美地人間蒸發，不知去向，行蹤成謎。從此在日本這個社會消失，徹底開了日本保守政府一個大玩笑。經過三十年後，才隱約傳說，他隱姓埋名，在一個鄉下小地方的補習班，教了一輩子數理，了卻殘生。

如此風流人物，俱往矣。安田講堂的昔時事蹟，如今多少人記得識得？現在東大的赤門，已經像是觀光景點般的，終日人潮不絕。旅行團、背包客、自由行的都有。到此一遊和赤門合影留念之後掉頭就走的佔七成，剩下的觀光客走進校園，主要是想和高大雄偉盛名遠播的東大銀杏樹再照幾張相。另外還有一些，是聽說中央食堂的竹篩蕎麥涼麵和炸豬排咖哩飯便宜又好吃，順便來午晚餐的。

ф

穿過赤門，往安田講堂方向踽踽獨行的身影，越是深入校區內，人群越是疏落退散。午後的陽光透過繁密的銀杏樹葉灑落在地面，和這身影一樣，似乎有些無力、無聲且無言。他是凡一，戰前京都華族藤原世家的獨生子，東大法學部二年級生。

高中時期的凡一，曾經一度因爲身心內在的自我剝離，陷入了失語症的狀況。經過自己的父親，京都大學醫學部的心理治療專家，以催眠方式進行診療之後恢復了正常。本以爲上了大學，一切問題都將迎刃而解、豁然開朗。誰知道身心的困擾障礙，不但繼續糾纏不休，甚至變本加厲地越演越烈。所有原先對於大學生活的期待，一樣又一樣的落空，令凡一一次又一次的墜入自我矛盾、自我責難，甚至自我厭惡、自我否定之中。

加入最嚮往的登山社，接受初級高山攀越嚮導訓練時，才發現連最基本的平結、8字結，自己也學不會。不是打不好、打不漂亮，是再怎麼努力學習，繩結也打不出來。其實他從小就不會綁鞋帶的蝴蝶結，穿的鞋子都是買魔鬼氈的。登山的技能要用到繩結技巧的地方很多，凡一只好黯然放棄。

動手不行，動口總可以吧。參加了他很有興趣的辯論社、英語演講社，從新進社員集訓開始，就發現自己在公開場合、衆人面前，根本開不了口講不出話。只要一站出來，一上台，或只是起身面對，不要說群衆，即便是三、五人的小衆，就好像突然斷電一樣，思路和表達立刻分崩離析。無法演講，況乎辯論，凡一只能自行退社。

社團活動完敗，那麼系上同班同學之間呢？當全班同學們入學之後隨著逐漸熟識形成了一個個小圈圈、小團體、小同儕組織之後，才赫然發現，自己還是孤單的一個人，沒有交到朋友，更別說結成一群死黨了。在人際關係上，不只缺乏經營、維護的能力，凡一連普通的交流互動本能都有困難。別人講的笑點，他聽不懂。大家在聊天，他偶爾蹦出的話，總是不搭嘎、無厘頭或是和人家的話題八竿子打不著，於是就顯得很白目。慢慢地，和同學之間就只有默默的疏離了。

沒辦法和人相處，那麼至少埋頭用功於功課總可以吧。凡一在課業上眞的很努力、很投入，可是結果卻很悲壯、很慘烈。不是中學以來ＰＲ值始終維持在九十九高水準的跳級資優生嗎？讀書考試怎麼會成問題呢？應該都是小菜一碟又一碟才是吧。不然，進了東大法學部之後才發現，自己不會回答申論題。和作文還勉強可以天馬行空自由瞎掰不一樣，申論題是有某種程度標準答案的，是有範例、典型、文體、格式的，是必須言之有物而且言之成理的。更重要的是得在限定作答時間內，周詳完整條理分明沒有缺漏地寫出答案的。這些申論題的解答基本要求，凡一做不到。無法完成申論的場景通常是這樣的：兩個小時的考試，四題申論題自選兩題作答，各五十分。凡一只寫了一題，而且是，只就這一題必須討論的五個子命題之中的第一個子命題裡面的第一項原則或理論，寫了滿滿八頁，用完整本答案紙，也用掉所有的作答時間。於是只好交卷。雖然這一題的第一子命題的第一項定理被凡一闡述分析得足以納入世界法學名著，無奈評分閱卷老師還是只能給他一百除以二再除以五，頂多十分。每一題都要寫，才有分數的道理，凡一當然懂。可是一旦申論問題，他就是不由自主無法自拔地做不到平均而論、泛泛而論，一頭栽進越鑽越深的論述之中。這樣的結果豈不悲壯？豈不慘烈？

凡一的「申論題不能症候群」，不知道可否算是一種強迫症？而很確定的，這疑似強迫症，每到期中、期末考前，就會引發他的恐慌症。嚴重恐慌於每科都會被當，總成績不及格過半會被退學，於是強烈地想逃避：乾脆不要去考試好了（總比被當好），乾脆自行休學好了（總比被退學好）。這種恐慌現象，一學年兩學期要發作四次，弄得自己痛苦不堪、折磨不已，自尊心和自信心也因此嚴重淪喪。

ф

東大赤門、安田講堂，百年風華，屹立不變。東大的變，是熙來攘往錯身而過，看熱鬧和風景的人群，領略不到也感受不到的。

江山代有才人出，在這個全球化、數位化、ＡＩ化、高齡少子化潮流迅猛不可擋的時代，東大該如何自我調整轉變，以維繫其歷史領先地位於不變呢？

五年前，日本國立情報（資訊）學研究所啓動了一項「東大robot君」計劃。目標是透過deep learning（深度學習）的方式，研發出一具能夠通過東大入學考試測驗的人工智慧機器人。當然，眞正的目的不是要讓這個名爲東大君的機器人進到赤門內的校園讀書上課，而是經由這個研究方案，全面檢視、評估、省思，如果傳授給年輕下一代的知識，決定孩子們人生方向的學習內容，是機器人也能學會並且運用的，那麼作爲靈長類高等智能生物的我們人類，還需要學習這些機器可取而代之的知識技能嗎？再者，也希望實驗可以提示廓清，人工智慧力有未逮、難以企及，而爲人類優勢之所在的下一世代競爭能力，又是什麼呢？截至目前，東大君機器人的學測成績，已經達到在日本全國六百多所大學中，得以通過四百所大學的入學標準了；換句話說，PR值在五十七左右。一般的記憶、推理、演算、歸納、分析、比較的測試，不管題型是選擇、是非、塡充、簡答，不管科目是數理化、地歷社，都不太能難得倒「他」，唯一導致分數無法大幅提升考進東大的困難是作文和申論題。比如說：「試從明治維新與戊戌變法的成敗，比較日中兩國的文化差異，以及接受西方文明運動對兩國現代社會發展的影響？」面對這類型的題目，東大君機器人就愣住了，沒辦法在應考時間內像人腦一樣產生有見地、有觀點、有深度的解答。輸出的答案，都是支離破碎、零星的、點狀的、缺乏統整性思維的一堆語言文字。不過這個障礙，隨著參考學習資料庫的急速龐大化，加上演算效率功能的日益高速化，突破只是時間早晚的問題而已。Google研發的寫作軟體，基本上已經能夠寫出一篇具有專業水準的體育賽事新聞報導了。「東大robot君」計劃的研究成果，將成爲日本下一階段開展教育改革的依據。不管是課程安排或學習內容，人工智慧可以替代的，人類競爭不過機器的項目，與其耗費年輕人的生命力去塡鴨，不如充分地提升孩子們東大君機器人所欠缺的潛能。東大的入學考試要大幅改變，改到東大君機器人不可能考得上爲止。

這是觀念層次的變革。此外，在知識形式層次方面，東大的改變也是巨大的。

三年前，文部省通過一筆特別預算撥付給東大，一千兩百億円，期望在五年內，建構完成亞洲唯一的全面數位圖書館。這項計劃要求將東大總圖、各學部、大學院、研究所分圖、資料室，所有的典藏書籍、文件、資料，連同國會圖書館的六百萬冊藏書，合計高達上千萬本的紙本圖書文獻，全部予以數位化。這幾乎等於企圖把日本這個國家所擁有的紙本形式知識，通通轉換爲數位形式的資訊。不只是掃描成爲電子檔而已，工程浩大的關鍵更在於建立統一資料庫的分類、編排、索引、搜尋、鏈結，資訊共享環境，自動化比對與延伸檢索功能。可以說就是一項日本文明數位化的偉大事業。如此一來，ＡＩ人工智慧得以窮盡發揮的空間場域（資料庫）就完全敞開了。人工演算、語音辨識、語意識別、深度學習運作與結合的最重要基礎建設，就在於這一浩瀚無垠的知識資料庫。如此，將提供東大的研究學者在各種不同領域學門從事創新發展時，具備前所未有的強大資訊處理能力。這就是日本未來的核心競爭力。

東大的變革，將會帶動日本所有大學的變革。大學的變革，將會牽動高中乃至於整個教育體制的變革。承擔起這項「東大總體教育改革」使命的人物，是二〇〇九年至二〇一五年間長達六年出任東大總長（校長）的濱田純一教授。在日本，過去以來像許多積重難返的國家一樣，所謂的改革，與其說是從根本的基礎進行更新，倒不如說，不過是在既有體制與觀念的巢臼上做一些延長線式的整修，難以用前瞻二、三十年的眼光去思考推動改革行動。濱田總長決定放棄等待來自國家、政府的制度改造，基於大學本身作爲一個自治體的主體性，直接啓動東大的變革。從入學方式到學習課程，從營運方針到產學合作，他提出的核心理念是：「培育頂尖（tough）的東大生」，因爲，「越是全球化，東大就必須越優秀（tough）」。面對激變的時代，濱田總長有著一股無法逃避的危機感。東大的人才，是要肩負日本未來的人才。東大的教育和研究，必須是能夠和世界最尖端大學並駕齊驅的第一流水準。但是既有的教育環境，若不能讓這群即將生存、生活於未來的年輕人發揮自我的潛能，那麼這個國家，這個世代，就太可悲了。如果大學只不過是出社會前的一個「通過點」：學生坐在大教室聽講，心裡想著下課後的打工或戀愛；教授唸著萬年講義，私下抱怨學生眞是不用功；考試前拚命應付一下不要被當，累積足夠的學分就可以畢業……。這種「通過點」式的大學，是沒有存在意義的。濱田總長認爲，變革必須要對「他者」具有高度的想像力。但是考進東大的學生，卻普遍缺乏豐富的想像力，不過是在狹隘封閉的環境中，過著如同「升學考試的延長課程」一般的大學生涯。這樣絕對難以養成具備innovation（創新、革新、發明、發現）能力的人才。濱田覺得現在的東大生，某種程度上比起五十年前的東大先輩要來的聰明。這聰明是符合一個既定社會的需求，得以和現實取得一致性，滿足小小個人期待的聰明。但是東大要的不是這種聰明。東大的學生應該以高度的知識力爲基礎，而能夠破格創新、開拓思維，才叫做聰明。如果欠缺解決問題的能力，如果對現在及未來的社會存在什麼問題都看不清楚、掌握不到，只是把知識灌輸在腦子裡，創新是無從創造出來的。

育成innovation，培養眞正聰明的東大生，濱田總長的對策是：型塑大學主體的多樣性環境。他在總長任內推動了許多圍繞著此一多樣性政策主軸的措施：

▽鼓勵學生利用gap year（壯遊）。擔任志工也好，見學旅行也好，全世界都是校園。這段歷程的自我成長，將能夠充實提升回到學校上課之後的學習意識。

▽改進上課方式。小班教學，雙向互動式教學，以報告實驗、活動、面談成績取代筆試考試分數。

▽PEAK（Programs in English at Komaba，駒場校區英語學程）。從入學到畢業全英文授課的學位課程，招收世界各國學生，和東大的日本學生一起共同學習，建立起國際化的交流體制。

▽FLY program（Freshers’ Leave Year program，初年次長期自主活動）。入學之後立刻申請一年的「特別休學」，自主性地，有目標、有意義地，在國內外累積各種不同的學習經

驗。

▽提升宿舍品質。東大駒場校區的「駒場寮」，自古以來就是無數英才誕生的地方，戰前東大前身的舊制一高時代就存在，和東大的歷史一樣悠久。許多東大先輩談起大學生涯，印象都是寮內生活而不是上課讀書。在宿舍裡，和不同國籍、不同專攻的室友聊天喝酒瞎攪和，各式各樣的思想、知識、創意，就在其中互相激盪出火花。FB構想，就是祖伯格在哈佛大學宿舍裡和室友們討論出來的。

▽產學合作。接受企業捐款，不只在研究經費上取得產業界的資金，更在研發過程中和產業轉型發展密切結合，甚至連企業的人員晉用都和學校的課程設計做出相當程度的配合。

這種種的改革努力，說穿了，就是要把高中以前一味的以考進東大爲目標而讀書的頭腦「重新設定」（reset）。讓這些聰明的才智，接觸各種不同的人，體驗各種不同的生活方式，在大學這段其實很短暫的時間階段，快速地大幅成長，而後去因應面對畢業後的未知世界。濱田總長認爲，大學的整體價值在於人才。越是自由，越是多樣化，越是解除齊頭式公平的不必要束縛，人才在大學中才越能發揮、發展、發揚出充分的實力、潛力、創造力。尤其是那股不惜拋棄既有定見、常識、規約也要朝著自己所相信的方向、道路去前進的精神，才是將一流的大學和一流的學生結合在一起，唯一的聯繫、唯一的力量。

事實上，凡一在課業上的表現，並不如自己所認知評價的那麼糟糕，反而呈現出一種十分特別、「有趣」的現象。東大的課程安排，在制度上爲了提供學生尋找自我方向的空間、確定人生志業選擇的可能性與機會，也爲了提供跨學門的、科際整合的學習資源與條件，大學部的前兩年是不分科系的，學生可以選修各種自己喜歡、感興趣的科目。理學部的可以修法學緒論，文學部的也可以修微積分。等到上大三，才確定專業學科，進入到特定教授的研究室，學習更專門更深入的課程。凡一大一上學期，除了幾門基本法律科目，竟然一口氣選修了：形上學、知識論、倫理學、科學哲學、周易哲學、邏輯學六門哲學系的主科課程。把學分修到上限，整個星期課表排得滿滿，似乎又是一種強迫症徵候。這種疑似強迫症選課法的結果，也是悲壯又慘烈：好的科目越好，爛的科目越爛。邏輯學，工學部的考八十分，農學部的考六十分，凡一期中、期末考，通通得了滿分一百。這不打緊，有一次邏輯學教授在課堂上，出了一道傳說中十幾年來無人解得開的難題，當衆宣布答對的人期末成績加五十分。全班一片靜默之際，凡一站起來，走到黑板前，刷刷刷三兩下就把正確答案寫出來，驚豔全場，老師則是愣在當場。問題來了，考試已經一百分，期末成績這五十分要怎麼加上去？只好問凡一：要不要改成保送哲學研究所，來專攻邏輯實證哲學。相對於邏輯學的悲壯，科學哲學則是慘烈，根本聽不進去、聽不懂，考試徹底放棄，期末得了個零分鴨蛋。

課業學習的特別、「有趣」現象，大一下學期以另一種方式出現。除了白天東大各學部的課程修滿學分之外，從星期一到五的每天晚上，凡一也全排滿了：週一在哥德學院學德文，週二在法國文化中心學法文，週三在孔子學院學中文，週四則是西班牙文，週五呢？詹姆士版英文聖經查經班。中英德法西，五種語言同時發動、交互射擊、火力全開。這樣亂學，神經不會錯亂嗎？半年後，中文可以基本會話，德文可以閱讀文獻，法文和西班牙文，相對前兩種語言，覺得太簡單，以後隨時再學都可以。至於英文，學校特聘劍橋英籍教授開設的全英語教學西方人文學課程，凡一能夠聽懂九成以上，完勝所有非英語系國家學生。看起來疑似強迫症學習法，在某些學門領域，好像也有它的優勢效果。

強迫症也好，恐慌症也罷，都是表面的症狀作用。不會打繩結，不能演說辯論，無法與人互動溝通，欠缺社群生存能力，也都只是外顯的症候，外部性的功能缺失。眞正的問題在哪裡，凡一很清楚，在自己的內在。這些問題的狀態是什麼，凡一也很清楚。以下就是他對同時也是最要好朋友的父親所寫的自我剖析：

自己很清楚，不會考試並非用錯讀書方法，投入時間不夠，或是志趣不在法律。考試成績低落的根本原因在於，上大學後的各科考試都是以申論形式出題，而自己只會寫選擇題（對於即決式判斷有非凡的直覺），所以拜現行日本食古不化的大學入學制度之賜，能輕鬆進入文科第一志願。我的思維高度破碎化（點狀思維）；我的大腦如同碎紙機，input的資訊是有條理的紙本論文，經過吸收、消化後所output的是一個個毫不相干的拉丁字母（西洋語言）或是假名方塊字（日文）。我無法像常人一樣在同一個指定的主題做整體、有層次、有脈絡的思考。我的腦海上一秒浮現太平洋的盪漾，這一刻卻又思想起十九世紀拜倫男爵在希臘獨立戰爭中捨身取義的高貴情操。我的想法是，且只能是跳躍的「點」，而不是正常人接續不斷的「線」乃至「面」。從而我沒辦法演講和寫作，因為這兩種意見的表達方式，必須在固定的主題上疊加自己的看法。總而言之，自己也不確定能否如期畢業，我想把學位拿到的動機只有一個卻是不容妥協的堅決：無能的我能盡微薄孝道義務的方法，只有讓一直愛我照顧我的母親，很驕傲地放心，有個學業傑出的孩子在東大過得很幸福，所以啊……

眞是奇怪，不是自我診斷判定自己思考破碎、寫作不能嗎？這段自我解析不就是一篇條理清晰的好文章嗎？可見凡一的問題，自我認知和實際狀態的差距，以及自信不足造成的自我貶抑是另一個重點。不過，回歸到他自我內在的矛盾糾葛根源，可以總結爲三個原因：

破碎。在凡一的頭腦中，所有訊息：思想、概念、觀點、見解、論述、陳述、事實、情節，是支離破碎、四分五裂、紛亂雜陳、跳躍閃爍的，而且總是互不相關、互不連貫、互不串接的。

無感。內在無知即無覺。沒有想法就沒有感受。內心沒有感覺，對外在事物就缺乏感應力。所以，也就沒有任何事情可以引發感動，成了一個不哭不笑不怒不樂，只是行走作息剩下生物機能的個體。

累積不能。訊息知識無法系統化整合成爲思維想法，外在感受無法轉化爲內在的感覺反應。結果就是生命的經驗沒有辦法累積，一切發生在自己身上的事情，就只是流逝穿越經過而已。點點滴滴的出現，卻一點一滴的也不能留下。什麼都累積不下來，也就什麼都不可能成就實現。

這三種併發狀態，造成凡一陷入了極深的失落絕望之中，產生了極度的掙扎與痛苦。他不願意自己因此而徹底的失能、無能，但是又不知道到底該怎麼做才能改變如此破碎、無感、累積不能的自己。這樣的自己，生命的意義究竟何在？這樣的自己，活著只是折磨自己，而且拖累別人，給這個世界製造麻煩，增加人世間的負擔和社會成本。

就在十八歲的生日前，凡一決定給自己一個期限，滿二十歲成年時如果問題仍然不能解決，他將以自我了結做爲解決問題的最後手段。

孤獨走在東大校園裡的凡一距離那個終極時點，只剩下兩年的時間了。這就是凡一和自己立下的「成年之約」。

北投芝山岩，距離破曉黎明還有幾個小時，深夜之中最為漆黑的時刻。沒有月明星光、人影足聲，一片黯然寂靜。一襲黑衫黑褲，屏息同時心跳怦然，緊張與奮地面對著即將採取行動的目標。

他想起昨天那個女人臨去時的表情。網路上談好5K約砲，憑心而論，她的條件值這個價錢。一六五，三十四C，身材勻稱，皮膚白皙，臉蛋也還不錯。服務態度算是很敬業了，替他又舔又吸又含又吹了半個多小時。錢已經先付了，可他就是毫無動靜。不是沒感覺，是激動不起來。弄了半天，是他先放棄的，開口說：算了，今天沒心情，下次再約。女人如釋重負，用超快速度穿回衣服，離開前臉上掛著一抹反而是她自己不好意思的抱歉微笑，和眼神裡似有若無的憐憫。幹！就是這副表情，真的很想賞她兩巴掌，狠狠踹她一頓。

誰說我不行？這些笨女人，賤貨，爛貨，裝模作樣的婊子。現在的他，昂然勃立，暴漲得發痛，把運動長褲撐得搭起一座高聳帳篷。等一下，再等一下，這種感覺太棒了，不要那麼快結束。足足凍了至少二十分鐘，呼吸急速、耳根發燙，不行，受不了了，快爆炸了。他走到目標正前方，右手舉起鐵罐搖晃幾下，從右上到左下、從左上到右下，兩次揮舞之後，左手拉下褲頭，丟下鐵罐的右手握住堅硬敏感的前端，才一套弄，一股白濁飛噴而出，就濺在目標物的正中央。快感直衝腦門，一陣酥麻暈眩，險些站立不住。

一切都用右手完成，很快就軟掉了，放回去。先下山找個地方吃東西，天亮再來欣賞那些發現我傑作的人們反應。那些笨蛋驚慌失措的樣子，說不定會讓我想再射一次。

魅影離開。留下芝山岩「故教育者紀念碑」上一個紅色噴漆的大叉叉和一坨白色精液。

## 〈二〉

今日又是風雨微微異鄉的都市，
路燈青青照著水滴引阮的悲意，
青春男兒，不知自己欲行叼位去。

——〈港都夜雨〉楊三郎作曲・呂傳梓作詞

櫻，是屬於東京的花木。雖然日本列島從南到北如今都已遍植櫻花，其實賞櫻的文化是起源於江戶時代的東京。第八代幕府將軍德川吉宗爲了改善幕府財政，在沒有凱因斯經濟學理論的指導下，推動了凱因斯式的「擴大內需」公共投資方案，其中一項就是在江戶城內廣植櫻木。現在東京主要的賞櫻名所如隅田川堤岸、明治神宮、表參道，都是德川吉宗植栽的。許多櫻花都種在水岸旁的土堤，是當初治水對策的一環，藉由賞花人群的踩踏，讓土堤變得結實，省工、治水，雙效合一，形成具有美感，綠意的城市空間。有別於關西奈良吉野山的野櫻、京都圓山公園的垂枝櫻、大阪造幣局的八重櫻，江戶東京最負盛名的，是皇居護城河邊千鳥淵綠道以及上野公園的染井吉野櫻。每年的花季，春花爛漫，落英繽紛，於「櫻吹雪」的絕美景致之中，瀰漫著在最耀眼時繁華落盡歸於塵土的櫻花美學。

百元硬幣背面的櫻花圖案象徵著日本人對櫻花的一往情深。而這四月，正是櫻花璀璨的季節。

從安田講堂走過一路的櫻花花瓣，進到位於這棟清水模建築內的東洋文化研究所，田中康博教授的研究室就在二樓，凡一輕輕地敲了敲門。

「請進。」門內傳來田中老師一貫開朗的聲音。

「老師好。昨天剛從京都回來，這是龜屋陸實的『松風』，請老師品嘗看看。」

「松風，不就是司馬遼太郎的代表名作《關之原》（台灣譯名：《關原之戰》）裡面曾經提到的京菓子嗎？這款甜點的歷史，恐怕已經將近六百年了。」製作松風的老舖，位於京都淨土眞宗的總本山，西本願寺對面，從室町時代應永二十八年（西元一四二一年）創業開始，就專門生產本願寺祭典所用的供物。創作松風這款點心時，在那個別說西方甜食的「洋菓子」尚未傳到日本的年代，連裡頭包餡的「和菓子」概念都尚未誕生。造型素樸的一個厚大圓糕，切成一片一塊，外皮有點像吐司顏色的酥嫩口感，內裡則充滿柔軟芥實的芳郁香味，是安土桃山時代開發出來流傳至今的名物。

「老師是研究防衛戰略的專家，所以才想說這種兩軍對戰時吃的甜點，最適合老師了。」

「你這傢伙，還挺會拍馬屁的。沒錯，一五七〇年戰國武將分為東、西兩軍在關之原展開爭奪天下長達十年的最後一日會戰，當時龜屋陸實就是提供松風替代兵糧供應上杉謙信家族的武士享用的。不過我還從沒吃過就是了，謝謝你。」

田中康博教授，是日本中生代研究地緣政治、亞太關係情勢、區域戰略政策最頂尖的學者，尤其專精於中國政治發展和中台兩岸關係。早年在防衛研究所擔任研究員，任教於慶應大學，後來被東大延聘為專任教授，任職於東洋文化研究所，只指導、授課於博碩士班，不必在大學部開課，是備受重視禮遇的研究型學者。才大二的凡一能夠入得了田中研究室的門，是有著一番機緣巧合的，那是去年一月間的事情。

進了東大的凡一，課業起落不定，艱難困頓。人際疏離落寞，孤索遠群。唯一能夠紓解心情的是獨自一個人旅行。幸好自由的東大，給了他充分的行動自由。一年之間，凡一跑了許多東亞國家：中國北京紫禁城、天安門，香港九龍城、天星碼頭，泰國清邁、清萊、芭達雅，新加坡小印度、聖淘沙。到南韓首爾、三十八度線板門店，還搭了像簡易版的迪士尼巨雷山礦坑列車下探北朝鮮秘密挖掘企圖進攻南韓，可通行裝甲運兵車的地下通道。和越南胡志明市近郊，構築來躲避美軍轟炸，罔若土撥鼠地洞般的古芝坑道相比，讓他覺得朝鮮與越南，像極了兩個雙生子命運的國家：都受到中國儒教文化薰染而成爲其藩屬，都曾經被強權宰制切割而分裂，都爲了爭取自立自主而和世界上最強大的霸權殊死作戰。兩個國家一北一南，卻像似一體的兩面。

走遍這許多的東亞國家之中，莫名地給凡一最有感覺的是台灣。台灣讓他覺得稱不上最美好、最喜歡，卻有一種說不出來的最熟悉、最親近。連續去了兩三次短期行腳之後，決定來一次兩個月的long stay。大一下學期一結束的隔天，訂了最早一班飛機飛台北。沒想到上了日航豪華經濟艙的座位（日台航班經常爆滿，八成的經濟艙機位都被台灣旅行團的觀光客訂走了，日本人反而很難有機位，只好被迫自費升等），赫然發現前排斜右方坐的正是田中康博教授。田中老師在碩士班開設的中台關係特別講座，凡一跑去偷偷旁聽了一個學期。都是坐在最後面，老師應該不認識我才對。凡一心想。一路從成田空港起飛後，就低著頭假裝看書，不時偷瞄老師幾眼。老師除了用飛機餐以外，都在打筆電，應該沒發現我吧。誰知道飛機降落，安全帶燈號一熄滅，田中老師站起來，轉過身，衝著凡一就說：「你是東大的吧！」

「是……是……是的，老師好，我……我叫藤原凡一，法學部升二年級生。」

「我早就注意到你了，剛剛一直在偷瞄我，來台灣做什麼？旅遊還是找朋友？」

「想來long stay看看。老師呢？來台灣開學術研討會嗎？」

「馬上就要總統大選了，這一次台灣很可能政權再輪替，我來觀察選舉。你呢？有什麼具體計劃嗎？打算在哪裡long stay？」田中教授是這一代日本研究者中，對台灣政治、軍事、經濟、社會各方面，了解得最深入透徹的專家，不僅中文造詣優異深厚，連台語都講得頗爲輪轉。

「我想待在台南住一段時間，不過沒有什麼特別安排，也沒有什麼確定的計劃，想說到了再說。」

「沒計劃也是一種計劃。這樣吧，台南晚一點再去，先和我一起走個一、兩天，帶你去好玩的地方，怎麼樣？」

「眞……眞的可以嗎？太棒了！謝謝老師！」東大的同學如果知道凡一竟然有幸當上田中教授的跟班，讓這位台灣研究的權威擔任探訪台灣的導遊，絕對會羨慕到昏倒。

「在台灣旅行或做研究，一般人英語不太通，懂日語的人更是越來越少，最好還是會中文比較好。你學過中文嗎？」

「學了半年，講得還不好。」

通關入境之後，田中老師就開始改口全部用中文和凡一說話，帶有一點本土味的台灣國語，凡一幾乎都能聽懂，不過回話時，中文時而詞窮，就得日中雙語夾雜了。

在機場大廳租了一部Toyota的Yaris，左駕右車道和日本相反，一開始打方向燈還會啓動雨刷。出了機場聯絡道，駛上國道二號接一號，像開關切換一樣，田中老師已經完全適應台灣的道路駕駛了。Yaris一路北上把圓山飯店拋在後面，切過台北市而不入，繼續向北而行。

不等凡一提問，田中老師主動提起他的觀選行程規劃：「我們今、明兩天的第一站是基隆，不過基隆的選舉活動沒什麼可看的，我準備去幾個有歷史意義的場景。然後到有民主聖地之稱的宜蘭，眞正的調查訪談從那裡開始。順時鐘方向沿花東海岸而下，從屏東折返西部各縣市。投票前幾天，回到天龍國台北。」

「台灣雖然不大，好好的深入的走，也要花不少時間呢。」

「是啊。這個有著超過三百座三千公尺以上高山的島嶼，如果把她起伏皺褶的地勢都拉平了，其實面積大得很。而且，每個地方都有自己的特色和風味。基隆快到了，我們先去今天要落腳的飯店。在台灣旅行最棒的住宿不是五星級飯店，是motel。台灣人很喜歡在他們宣傳的東西前面加上豪華、精品、頂級、六星級這些形容詞，有很多motel，冠上這些形容詞，眞的一點也不誇張，反而是豪華程度實在太誇張了。有那種一百多坪，內設游泳池，像皇宮一樣，床鋪大的可以在上頭做兵棋推演的，嚇死人了。住宿費也很嚇人，我這種窮學者可是住不起。」

下了交流道，師生二人的Yaris開進一家叫做洛基商旅的商務型飯店。這是一個全台灣擁有近二十家連鎖系列的飯店，經營的謝董是田中教授的好朋友，日台混血的企業家，政大政治系畢業，日中台三語精通流利。現任台日關係協會會長早年擔任行政院秘書長、國安會祕書長時期赴日進行外交磋商，幾乎都特別邀請謝董擔任翻譯，在日台交流的領域，是相當活躍的人物。前幾年，日本最大的旅行會社JTB收購了洛基商旅五十一％的股權，使得這家連鎖旅館成了台灣少數日資、日系、日式管理的飯店。下榻這裡，田中不但最能安心，而且還能享有不錯的折扣價。

各自check in一間房間後，田中要凡一準時五點大廳會合。凡一提早十分鐘就等在大廳裡了。

「走！帶你去吃基隆小吃。」

「基隆屋台料理，是要去有名的基隆廟口嗎？」凡一之前來台灣已經慕名去吃過一次，讓他印象最深的廟口小吃是那個叫做天婦羅的東西。名字雖然一模一樣，但是用魚漿成片油炸後切條狀用竹籤配醃小黃瓜吃，和日本的天婦羅可眞是天差地遠。或許這在料理生物學上，是屬於台灣特有種的天婦羅吧。還有更奇怪的，另一種和天婦羅日語發音一模一樣的食物，明明是用清水滾燙加上甜辣醬的魚板、蘿蔔，像是日本的「おでん」，名字卻叫做「tenbura」。那麼關東煮呢？在台灣怎麼稱呼？叫做黑輪，台語發音和おでん一模一樣，眞是錯亂混雜得一塌糊塗。或許日台之間關係的牽扯不清，也和這料理生態異同差不多吧。

「廟口小吃是給觀光客吃的啦。只有基隆人才知道，正港美味道地的基隆小吃是『巷仔口』或叫做『巷仔頭』的攤子。台語裡面形容人對事物很內行、很懂門道，叫做『巷仔內的』。基隆本地的特色美食，是那些擺在街頭巷口的小攤販，那才是眞正的在地口味。」

田中領著凡一，走到了基隆火車站附近。忠二路周邊的街道巷口，錯落著一輛輛手推車擺置出簡易煮食的攤位。第一家，田中選的是主打糯米腸，台語稱爲大腸圈爲招牌的攤子，加上各種川燙的下水，豬的內臟：豬心、豬肝、腰子、肥腸。最令凡一難忘的是豬肺，從來沒吃過，從來不知道原來這麼好吃。還有把米飯灌進腸衣裡炸來吃，不曉得是哪一個天才想出來的方法？實在太美味了。

第二家，是另一條巷仔口的切仔麵。簡單的油蔥，豬油乾拌或大骨湯灑上一點點芹菜末，乾湯各來一碗。一定要再點上一份豬腳，清燉的膠原蛋白，入口化爲香濃。兩家攤位都人滿爲患，第三家連桌椅都沒有，只能站著吃或打包帶走，更是大排長龍，是賣肝腸的。和大腸圈一樣天才地把調味過的豬肝灌進腸衣裡，雖然稍微鹹了一點，還是可口到讓師生兩人即刻當下各自就地解決了一份。

「怎樣，比起廟口小吃，巷仔口的攤子是不是更厲害啊？我不行了，你還要繼續下一攤嗎？」

「老師，我也不行了，已經大開眼界大飽口福完全滿足了。現在我才明白，什麼叫做知台派、台灣通，實在太厲害了。」

「其實也還好，多交一些當地的朋友，多發揮一點好奇心，多拋棄一些既有的定見習慣，就有機會發現，原來豬肝豬肺也可以這麼好吃。」田中不只在台灣人脈深闊廣結善緣，其實他還是一位台灣女婿，娶了台灣女孩子爲妻。這個「秘訣」，還沒和凡一熟到可以傳授給他的地步。

沿著港岸碼頭在海風中漫步回到洛基商旅後，田中要求凡一半夜凌晨三點，大廳會合。在這之前好好養精蓄銳、充分休息、儲備體力。

二點五十分，凡一已經在大廳等候。三點剛過，田中步出電梯，一身輕裝健行衣著。走出飯店，深夜人車杳然的港都，下起了毛毛細雨。夜風微雨之中，相較於白天的熙攘，別有另一番風情。不到十分鐘路程，來到忠四路附近，一條看似天然又像人工的河道，緩緩的流水無聲地漂移著。

「這條河叫做旭川，現在只剩下這段短短的河道看得見，上游的部分都已經加蓋拓建成爲馬路了，我們今晚要走的路，都在這條旭川的上面。」

「旭川，聽這個名字，應該是日本統治台灣時期取的吧。」

「沒有錯。台灣和日本之間，就像這樣，很多戰前日本人留下的痕跡，被覆蓋了、掩沒了，但是日本的影響還在，雖然不易察覺，精神、意義還是存續的。就像旭川，仍然在路面下地底裡流著，名字也還保留著。」

沿著南榮路接上了孝一路，深夜的寧靜像突然被炸開了似的，車水馬龍人聲鼎沸。道路兩旁儘是一攤又一攤的海鮮漁獲攤位，各式各樣魚蝦蟹貝，琳瑯滿目，叫賣吆喝討價還價聲震耳欲聾，竟是一條規模龐大的魚貨市街。

「這裡叫做崁仔頂，是北台灣最大的海鮮海產買賣集散地。日治時期，旭川從入海口可以行駛舶船上溯到此處，形成了漁獲批售的市場，到如今恐怕有近百年歷史了。直到現在，崁仔頂魚市，依然是台灣北部魚市場的魚市場，從這裡轉銷到各地分售，等於是魚貨的中樞，很多具規模的餐飲業者、高級海鮮料理店，也都直接到這裡採購。」

在摩肩擦踵的人群中饒富興味地看著人們對魚貨品頭論足交易買賣，這條孝一路崁仔頂魚市，師生二人逛了一個多鐘頭。轉進一條分岔的巷弄，氛圍爲之一變，一切沉寂了下來。凡一才剛吞下最後一口有名的崁仔頂碳烤三明治，撲鼻而來的是一股奇異的味道。不只是來自空氣中廉價的脂粉味，更多像是從街巷兩邊整排店家昏暗妖紅的燈光所散發出來的氣息。幾個濃妝艷抹年華已逝的女人，懶懶地抬頭從門內看了他們幾眼，沒有人揮手，沒有人召喚。田中低聲對凡一說：「這條是紅燈街，我們靜靜地走過去就好了。」凡一點點頭，看看巷道路牌，叫做龍安街。

討海的人將漁獲換成現金，大概就到這裡解決生理需求吧。

天尚未明，細雨紛飛不歇。回返港邊的路上，田中輕輕哼著一首曲調，旋律低沉滄桑，迴盪而動人。

「……啊……啊……漂流萬里，港都夜雨寂寞暝。」最後一句，一吐為快似地忍不住吟唱了出來。

「老師，好好聽的歌，有點像是演歌，是我們日本歌填詞改編的嗎？」

「不是，這首港都夜雨，是道道地地的台灣歌。呂傳梓先生寫的詞楊三郎先生作曲，演唱的是一代寶島歌王洪一峰先生。洪先生是接受完整日本科班音樂養成教育的天才音樂家，不過當初他與詞曲作者合作創作這首經典名曲的時候，的確給它取了一個日文名字，叫做：あめのブルース，雨的布魯斯。」

「這又是一個台灣文化和日本交融衍生的例子。」

「是啊。天快亮了，走，我帶你去吃基隆最棒的早餐。」

兩人往中正公園方向前行，來到信二路停車場旁，一處早點攤位已經排起了長長的隊伍。蔥油餅、乾麵、大餛飩湯外加煎一顆荷包蛋，吃得淋漓盡致又心滿意足。台灣的早餐之豐盛多樣，眞是豪華、精品、頂級又六星級，完勝亞洲。

「本來還想帶你搭觀光船去基隆嶼看日出的，沒想到今天船班停開。台灣的外島、離島，從金門烈嶼、大二膽，馬祖南北竿、烏坵、東引，到澎湖虎井、七美，綠島、蘭嶼、小琉球，我都去過，反而是這個離岸最近的基隆嶼還沒登島一遊。沒關係，旅行總是要留下一些遺憾，有效率的旅行就失去旅行的意義了。」

「這句話是奧地利心理學家阿德勒說的，他說，人生也是一樣。」

「你這小子，不錯嘛。回飯店休息整理，午餐把你放生自理，中午check out出發。」

中午過後，田中開著Yaris穿越基隆市區窄狹逼仄的單向道，左彎右繞。進入往金山萬里方向的山路，繼續左彎右繞，抵達一處高地崗陵的下方。爬上山坡，視界豁然開朗。在沿著海岸山丘每個隆起的制高點上，是一座又一座的碉堡式砲台遺跡。海風颯颯，天海遼闊，令人胸懷為之一振。這裡是大武崙砲台，清廷整建，日軍接收，而今廢置，只留下工事結構供人緬懷追思。

離開大武崙，Yaris走回頭路再次左彎右繞穿越基隆市區，經過暖暖、八堵，開上這條叫做瑞八公路的山路。

「大武崙砲台已經算是知名景點，接下來我們要去的地方，也是一個軍事重地遺跡，知道的人就不多了，是我這次來基隆最主要想踏查探勘的目標。」身為戰略政策專家的田中，軍事戰術部署雖然不是他的研究重點，卻是業餘興趣的項目之一。

半小時左右車程，經過一處小小的鐵道車站，再往山裡深處開，沒有多久，路到了盡頭。

「接下來，要走路爬山了。」

山徑步道不難走，不怎麼陡峭深遠，爬到山上平頂，竟是一大片人工建物的殘跡。

「這裡是四腳亭日軍兵營砲台遺址，你看，軍隊的營舍、操練場、庫房、崗哨、防禦工事，還有最重要的砲台基座構造，都還在斷垣殘壁之中歷歷可見。從營造建物的規模判斷，可以駐紮超過一個營的部隊。依據防衛大學收藏的戰前史料記載，這是日治時期台灣北部最大的陸軍基地，可是正確的位置一直不是很確定。日軍敗戰撤離之後，這裡就廢棄了，在荒煙漫草中傾圮凋敝，無人聞問，大家都忘了它的存在。直到幾年前才重新被發掘清理出來重見天日，不過，也沒怎麼樣好好管理維護的樣子。」

「老師，下面可以眺望得很遠的地方，是不是蘭陽平原？」

「沒錯。你想，砲台的射界方位，爲什麼是朝向宜蘭方面呢？」

「我猜，是要防制美軍從東邊登陸台灣島吧。難怪戰後國民政府用不到這裡，後來的假想敵改變了，敵人在西邊，不會從太平洋打過來。」

「應該是吧。等我仔細拍一些照片作爲紀錄，我們再走，你先自由活動一下。」

離開舊日軍兵營遺址，時分已近黃昏，田中將凡一載到山下的四角亭小車站，還幫他買了車票，陪他等車。

「凡一，你從這裡搭區間車到南港，就可以轉乘高鐵下台南。我要開車從瑞濱走濱海公路去宜蘭，我們就在這裡分手囉。」

「田中老師，眞的很謝謝你這兩天的指導照顧。我作夢也想不到，有你這個超級導遊帶領我走訪這麼多地方。我想，有一個不自量力的請求，不知道老師能不能答應？」

「什麼事？你說說看，沒關係。」

「我想加入老師的研究室，不知道可不可以？」

「我的研究室規定只接受博、碩士生，不過，我們這麼有緣份，看來你又很有心。這樣好了，出一個功課給你，long stay完來找我，看你的作業成績如何再決定。合格的話，就破例讓你進來。」

「什麼功課？我一定會認眞努力做好的。」

「利用這段時間學台語，回日本以後，要告訴我，你認爲台語之中最重要的，是哪三句話或哪三個用語，行不行？」

「好難啊。好，爲了進田中研究室，我拚了。老師，一言爲定，不能反悔喔。」

「當然，加油喔。車來了，快準備上車吧。」

凡一揹起背包，再次謝謝田中老師。這短短的兩天相處，讓他對於一個研究者的氣度、風範、態度、精神，有著深刻的體認。在緩緩開動的窄軌火車搖晃間，依依不捨的揮別田中，奔向那遠方南國的府城古都。

# 〈三〉

神所要的祭牲，就是破碎的心靈；
神啊！破碎傷痛的心，你必不輕看。

——〈詩篇51：17〉

台南府城，台灣的原鄉。發源自奮起湖、大棟山、東水山的八掌溪、急水溪、曾文溪，在這片土地上形成了沖積平原、河口溼地、沙洲和潟湖。與高雄為界從山豬湖奔流而下的二仁溪，則是製造出曲流、惡地、牛軛湖、環流丘等奇特地形。溪口之間的海岸水域上，散佈了許多古時候稱為「鯤鯓」的海上沙洲：海汕洲、五爺港洲、網仔寮洲、頂頭額洲、青山港洲、新浮崙洲，以及最知名的三鯤鯓、四鯤鯓。潟湖地形的沙洲陸地環繞稱之為鯤鯓湖的水域，就是安平港。

安平王城，台南乃至於台灣拓殖的起點。這裡曾是平埔族赤崁社的住居地，稱作

「Tayuan」，漢語譯成「大員」或是「台員」，於是，後來才有了Taiwan，台灣的名字。一六二四年，荷蘭人在這台江口岸之一的鯤鯓沙洲上，用木板砂土築成了島嶼歷史上第一座城，命名為奧倫治城（Orange），後來以磚石擴建，改名為熱遮蘭城（Zeelandia），就是安平古堡。另外，開闢了現在叫做民權路的普羅民遮街，建築普羅民遮城（Provintia），就是赤崁樓。鄭成功在台南設「承天府」，將這裡立為「東都」。納入清廷版圖後，承天府改成台灣府治，安平正式開港。西拉雅族、漢人、日本人在此交易買賣，英、美、德國也進駐港區開設洋行。台南，從安平開始走向都市化。台灣，則從台南開始走進了現代化。

許多台灣人甚至台南人也不見得知道，台南的「開山神社」，是全台灣唯一一個不是祭拜日本人而是奉祀鄭成功的神社，它的名字現在叫做延平郡王祠。

受到田中康博教授的影響啓發，來到台南long stay的凡一開始有意識地以日台歷史身影交錯重疊的觀察角度去看待這座都城，才發現統治的遺跡、文化的殘餘，在這裡處處可拾。一九三二年，圓環附近的台南銀座街町，落成了一家六層樓附電梯的百貨公司：「林Depart」，後來一度充作台南製鹽總廠辦公廳，也曾淪為無人空屋，這幾年才重新整修成為文創百貨。舊的台南市政府，是大正九年（一九二〇年）改制的「台南州廳」所在地。舊的地方法院，則是美輪美奐於今風華猶存的巴洛克式建築。不只舊台南市區，許多從前台南縣內的市鎮老街，凡一也抱著研究調查的精神一一造訪：新化中正路與中山路口，另一個日治時期也叫做銀座的繁華街，目前仍然聳立著長達一百四十公尺氣派非凡的巴洛克洋房；麻豆中山路連接興中路，約一公里的道路兩旁洋樓建築，是昭和時期的現代主義作品，用洗石子呈現繁複線條和浮雕裝飾，突顯出規律、協調的美學。尤其是落成於昭和十二年（一九三七年）的電姬戲院，更是代表性傑作，可惜如今已經衰沒破敗，門口只剩一攤賣文旦柚的販車守著。此外，善化鬧區中山路店家翔集的二百公尺間，在昭和時期建築之中仍穿錯著幾棟大正時代的巴洛克洋樓；還有鹽水老街三福路和中正路上的兩層樓老屋，也是昭和式的，上頭的立面還刻劃著象徵主人身分地位的圖徽。

日台的文化交融，不僅遺存在公共和私人營造建物上，也滲入了一般居民的日常生活中。最令凡一感到有趣的，一者是台南人稱呼小吃市集的傳統用語：「沙卡里巴」，不就是日文的「盛り場」嗎？原文正是鬧市的意思。又一者是那家最有名台南肉粽老店，搭配撒著花生粉的肉粽吃的，竟然是味噌湯，只不過比起日本的大碗豪邁多了，而且稍微甜了一些。

這些訪查探索生活體驗，凡一每天都記錄下來，將圖文上傳FB給田中教授分享。為了讓凡一理解台南不僅在台灣都市發展中有著無可替代的重要地位，台南人，對於台灣近現代歷史的演變走向，也有著不可磨滅的重大貢獻，田中老師提到了這些人物：

一位麻豆鎮上的青年醫生，戰前在九州久留米唸完醫科返鄉服務，對貧苦就醫的患者，經常不收費，診所裡總是堆著感激的窮人送來的母雞豬肉青菜水果。聽聞國民政府要遷台，他跳上香蕉船偷渡到日本，不願接受外來政權統治。在日本經營事業爲了賺大錢，賺了大錢爲了搞革命，他用累積的財富，資助創立了世界台灣同鄉會。他那間位於東京小田急線代代木八幡車站旁的大樓，幾乎接待了戒嚴時期所有來自台灣的反對運動人士。他的名字，叫做郭榮桔。

戰後台北帝大改制爲台灣大學第一代的學生中，幾位充滿理想又憂心於專制統治，看不見自己土地命運的台南青年，畢業前跑到關仔嶺溫泉集會。他們決議：出國留學去，把學問做好，把專業弄好，貢獻自己的一生予故鄉，讓這個島嶼得以自主的掌握未來。這群熱血青年在海外成立了台灣獨立聯盟，卻成了遭獨裁者通緝有家歸不得的黑名單。他們的名字，叫做黃昭堂、陳唐山、張燦鍙。

更不用說那位官田鄉下三級貧戶出生，肢體有著輕微障礙的孩子，憑著過人的天賦和堅強意志，一舉成爲第一位推翻威權體制的國家領導人。他的遭遇是令人不勝唏噓感嘆的悲劇。他的名字，叫做陳水扁。

還有一位出身台南的幹細胞專家，血液腫瘤權威名醫，在臨屆退休之年，以台南的荷蘭總督，東寧明鄭，結合西拉雅平埔族群，創造出了一部史無前例的台灣歷史小說《三族記》，開啓了民族史實與文學的新境界。他的名字，叫做陳耀昌。

凡一在台南的long stay生活，就是在這樣的時空人事物精采紛呈中，每天到處亂跑，尋幽訪勝追索今昔。用一雙日本的眼睛看台灣，同時也在看到的台灣之上、之中、之內找日本。除了亂跑，凡一其實也沒忘記田中老師交代的功課。他在成大學生餐廳亂搭訕，徵求願意和他語言交換的學生。每天上午用他的日文交換台灣學生的台語加中文，順便也多了解些台灣年輕世代的想法。凡一覺得，台灣應該是整個亞洲對日本最友善的國家。這個國家的人民，不太被歷史包袱的沉重所侷限，向前看、向前衝，一直在擔心自己輸給人家，落後了、失敗了、被邊緣化了。但卻又似乎覺得自己本來就弱小，落後失敗邊緣化，也是無可奈何的事情。越是親近這個國家人民，凡一越是感到迷惑不解。

每天在台南亂跑的過程中，發生了兩件令凡一全然無法理解的事情。一者讓他悲傷，一者則是神奇。

那是總統大選之後好一陣子的事。凡一到烏山頭水庫想要憑弔那位東大工學部畢業的土木技師八田與一遺跡，做夢也沒料到八田技師的銅像，居然在前幾天被不明人士割斷了頭顱。面對著無頭銅像，凡一禁不住蹲在八田夫妻的墓前啜泣了起來。他完全沒辦法理解，怎麼會有人做出這種事情？眞的有那麼大的怨恨或什麼原因嗎？實在好令人傷心啊。凡一覺得八田技師最令他尊敬的不是這當時東亞第一、世界第三大的水庫，不是這長達一萬六千多公里足可繞台灣十三圈的嘉南大圳水道，而是他在工程完成之日，立碑紀念罹難人員時，堅持主張依照殉職時間排列，不分日台，打破了殖民時期凡事先日後台的歧視慣例。八田技師搭乘的海輪遭美軍擊沉，遺體骨灰不回日本，而是送到台灣。他的妻子，戰敗之時為追隨夫君而去，縱身躍入水庫出水口自盡，夫妻二人一起長眠於烏山頭。這樣的日本人，應該要被如此怨恨，應該要被如此對待嗎？凡一的不解，是很悲傷的。

另一件事情發生在台南安南區大安街上，一個叫做海尾寮的小村落。一座 小小的廟祠，鎮安堂，祭祀的神明「飛虎將軍」，竟然是日本海軍零式戰機的飛行員。二戰末期的一九四四年，杉浦茂峰這位兵曹長在台南上空迎擊來襲的美軍戰機。當時零戰的性能已經不是美軍P51野馬的對手了。杉浦的座機中彈後，朝著海尾寮村子的方向墜落，為了避免傷及地面上的平民百姓，他拚命將機頭拉起，控制失火的機體飛出村落外的安全距離才跳傘。結果，飛機在空中爆炸，杉浦的降落傘被P51的格魯曼機槍掃射失效，摔落陣亡。戰後好幾位海尾寮村民不斷的夢見一位日軍飛行員出現在夢中。為了感念杉浦的犧牲守護，村民於是在一九七一年集資建立鎮安堂來祭祀他。飛虎是戰機的象徵，將軍則是成神後的軍人封號。造訪鎮安堂的凡一看到為這位未滿二十一歲的年輕軍士所立的木造神像，披著豪華的中華風斗蓬，背後還搖曳著一條龍。日本的軍人成為台灣鄉里間的神明，這已經很神奇了。更神奇的是二〇一五年一位日本作家到此參訪後，當天晚上就夢見了杉浦對她說：「想要再看一次富士山。」同樣的夢境，一再的出現，最後終於透過「筊杯」證實這是杉浦的意願，在海尾寮村民的協助下，迎請神像回歸他日本水戶的故鄉，讓這位飛虎將軍再看一次他在異國即便成神依舊魂牽夢縈的富士山。意識靈魂的超自然力量眞的存在又如此強大嗎？凡一不解，但是眞的覺得很神奇。

八田與一的奉獻，杉浦茂峰的犧牲，他們的生命都很短暫，可是都以他們各自短暫的生命，實現了各自的價值。對於生命無感而可能只好自我了結的凡一，自己的價值在哪裡？他還是不知道。帶著這一個最大的不解，凡一結束了台南的long stay。先回去給田中老師交功課再說吧。

φ

回到東大，凡一馬上前往田中研究室報到。

「凡一，台語學了啥款？會曉講啊未？」

「休誇會曉講淡薄仔。」

「三句台語，你想好未？來，第一句是啥？」

「呷飽未？」凡一改用日語解釋：「這是傳統台灣人打招呼說的話，在民以食為天的農業社會，吃飯皇帝大，以詢問用餐表達出鄰里人情之間最自然親切的互動，不只是問候，更傳達出一份由關心肚子所蘊含的對人的關心。據說，NASA曾經有一個將人類各國家民族問候語打上太空和宇宙外星人接觸的計劃，當時在太空總署任職的台籍科學家，就是把原先的你好改成呷飽未，用這句話來代表台灣。雖然現在都市裡的台灣人已經比較少這麼說了，但在台南鄉間，老阿公、阿嬤們還是彼此這樣問候的。」

「第一句通過，續落來，第二句？」

「第二句只有一個字：幹。這個字在台語中太重要了，不但是動詞：幹恁×；形容詞：足幹ㄟ；更是不可或缺的副詞、語助詞、感嘆詞，少了它，講起台語味道就差很多了。這個字可以把內心的感受，一下子提升好幾個量級，我們日語裡面就沒有這麼好用的字。比如美味食物，日本人只能把尾音拉長說：『おいしい～～』，根本比不上台語，從：『足好吃』變成：『幹！有夠好吃！』，好吃程度就誠意十足的表達到最高點了。」

「幹！算你講的有理，第三句？」

「凍蒜！不要說整個亞洲，即便全世界，也很少有這樣的震撼場面：露天廣場中擠滿了幾萬、十幾萬，甚至幾十萬人，熱情的向他們支持的候選人，聲嘶力竭、共同一致呼喊出這兩個字。凍蒜，所蘊含的意義，不只是字面上的當選，更包含了台灣人民想要自主、想要改變、想要託付未來的心聲。再也沒有哪句話，比凍蒜，更能夠彰顯數十年來台灣風起雲湧波瀾壯闊的民主化運動精神了。不過有許多民主劣化、惡質化的現象，也是因爲只求凍蒜、不顧一切後果、不擇任何手段所造成的就是了。」

「合格。凡一，看起來你這兩個月在台灣long stay眞的沒有白混，很有長進喔。這樣好了，我以預備研修的名義讓你加入田中研究室，你可以參與我們所有的研究活動。不過有一個條件，因爲我沒有在大學部開課，我幫你寫一封推薦信，你去旁聽若林正丈教授在慶應開設的戰後台灣政治史課程，要參加考試，還要交學習報告給我，可以嗎？」若林教授是研究台灣政治社會變遷的權威，前幾年從東大教養學部屆齡退休，現在轉任到慶應大學政經學部。

「沒問題，謝謝老師。」

「一九九〇年，我還是個碩士生，在聆聽若林老師去台灣觀察國會全面改選回來發表演講時說的一句話：『台灣這個島嶼土地上面，存在著兩條不一樣的靈魂。』激起了我對台灣研究的興趣，如今也快三十年了。在台灣研究領域，若林老師是最棒的，聽他的課，一定會讓你很有收穫。」

果不其然，甚至超乎田中預期的，若林教授的課程，不只令凡一受益良多，甚至對他的人生轉折，產生了關鍵性的作用。

若林教授的戰後台灣政治史，可說是集日本各家研究台灣政治發展理論成果之大成，並且提出了他綜覽貫串台灣政治變遷歷程的中心學說，「中華民國台灣化」。若林指出，「中華民國台灣化，是台灣位於諸帝國（美、日、中）周緣位置的歷史脈絡之中，在多重族群社會與政治結構折衝之下，以政治體制的民主化為主軸所開啓的複雜現象。」他認為現在的台灣，是「遷占者菁英帶來的第一個近代中國：『台灣的中華民國』在未能順利地將其周緣的台灣納入其『中華敘事』的範疇後，反而催生出一個輪廓清晰、台灣史上第一個以『台灣』為實體範疇的區域性政治實體，……取代了原本『中華民國帝國』的王朝正統。」若林的研究，照見了台灣內部記憶所存在的多樣性，在這些荷、清、日、平埔族、原住民的多樣性上頭，覆蓋著中華民國的故事。他的課程所呈現的，就是相應於此的樣貌所型塑的台灣故事。這些課程內容果不其然讓凡一受益良多。漸漸地，凡一似乎隱隱能夠感受到八田與一銅像斷頭事件，或許也是這台灣故事多樣化中的一段插曲。

至於在田中預期之外對凡一產生關鍵性影響的，則是若林教授在這門課程中對台灣這個國家所作出的定質、定性式的性格特質結論：「台灣，是一個拼布化的國家。」她的象徵、價值、理念、認同、族群、體制、記憶、願景、想像，每一樣都是在破碎之中「拼布化」而成的。換句話說，這個拼布化國家，其實是一個在各方面都破碎的國家。這個論述震撼了凡一。國家也能是破碎的？破碎的國家，還能拼布得起來？台南long stay回來後，凡一依然用功認眞努力，但是課業、人際、身心的困厄並沒有減輕改善，一樣是累積不能的、無感的。因爲，自己的內心、自己的頭腦、自己的思維、自己的大腦神經元，一樣是支離破碎的。破碎的個人，竟然遇上了破碎的國家。那麼，這個破碎的我，乾脆到破碎的台灣去好了。

Φ

凡一決定，申請去台灣當交換學生，竟然毫不費力的取得了台大法律系給東大的年度名額。田中對凡一愛護有加，很支持他的想法，還願意幫忙凡一尋找適合的寄宿家庭。今天凡一來研究室，就是爲了這件事。

把龜屋陸實的「松風」點心盒小心地放進背包裡，田中說：「你的寄宿家庭找到了。走，帶你去一個地方吃飯。馬上就要去台大交換了，算是替你送行。」

轉了幾班電車，田中領著凡一來到的是位於上野公園內的法國料理餐廳：上野精養軒。在繁花似錦、櫻瓣滿開的不忍池畔，這棟開業於明治初期一八七六年的餐廳建築，自文明開化以來就是文人雅士的聚集中心。森鷗外的小說《青年》，夏目漱石的文學《三四郎》，故事中的主角都曾經以這裡為背景登場。除了這兩位文豪，凡一還告訴田中，三島由紀夫的作品《宴之後》，書中就描寫了年過五十而仍魅力十足的女主角，如何在這家餐館燃起戀愛之火的過程。三島文學，正是凡一最近投入著迷閱讀中的。

精養軒有一道從昭和初期就大名鼎鼎的料理「紅酒燉牛頰肉」，是田中來此用餐必點的，再加上一客「南法普羅旺斯風味烤龍蝦」，這兩道主菜都是最近登上「國立西洋美術館登錄世界遺產紀念菜單」的佳餚。這頓為凡一的送行晚餐，田中可真是不惜破費。

「你亂七八糟的東西懂的還真不少，既然來到上野公園，我就考考你，你知道現在上野的國立博物館，原址本來是一幢在二戰中被炸毀的傑出建築物，是什麼？提示：設計的人，有日本近代建築之父之稱，是一位英國人。」

「老師，你的提示就已經洩漏答案了啦。這位偉大的建築師叫做約書亞·康德，明治初期來到日本，任教於當時的工部大學校，也就是現在的東大工學部。康德先生替日本設計了超過百幢建築，明治時代文藝復興風格的外交賓館『鹿鳴館』就是他的作品。最近東京車站附近原址復刻的三菱一號美術館也是他設計的。」凡一不好意思告訴田中老師的是，康德設計的建築，如今現存的只剩下三幢，其中之一的岩崎久彌宅邸，已經被指定為國家重要文物，原本是凡一媽媽家族的產業。凡一的母親岩崎麗子，是三菱財閥第五代的嫡長女，岩崎久彌算是凡一的外曾祖父，三菱美術館，當然本來也是他們家的。「不過，康德先生蓋在上野的建築是什麼，我就不知道了。」博聞強記的凡一怎麼會不知道，只不過是想把答案留給老師來揭曉而已。

「是上野博物館，一八八一年爲了舉辦勸業博覽會而興建的，據說是一幢採用伊斯蘭樣式連續拱門立面和洋蔥形屋頂的紅磚建築。再考你，最近東京車站不是才剛完成更新整修嗎？你知道設計的建築師是誰嗎？」

「這大家都知道啦。辰野金吾，也是留學英國在東京帝大任教的建築師。東京車站，好像是創建於一九一四年的樣子。」

「沒錯，那個年代，設計出這棟面寬超過三百公尺的超級建築，這種雄心壯志在全世界也是屈指可數的。我要告訴你的是，辰野金吾是康德教出來的學生，而辰野的學生，康德的徒孫，就是台灣總督府的設計者之一……」

「長野宇平治。」

「答對了。你看，日本和台灣的淵源緣份有多麼深。回歸正傳，這次你到台大交換的寄宿家庭，女主人是我的好朋友，十幾年前在立法院工作的時候，曾經獲得交流協會邀聘，前來日本擔任歷史研究訪問學者，由我掛名她的論文協同主持人。我記得主題是：日本國會制度考察與台日立法體制比較研究。這位顏立虹小姐，除了擁有豐富的國會政治經驗，也是一位優秀的學術研究者，出版過好幾本著作，其中有一本指導如何養成國會助理的教科書，已經是經典了，幾乎是所有研究台灣國會運作的人必讀的。幾年前顏小姐離開了立法院，轉戰商場經營企業，聽說也相當成功。」

精養軒的法國菜功力不愧是百年傳承的手藝，招牌的牛頰軟嫩多汁，龍蝦烤得一點也不老，卻又讓醬汁完全入味。只是份量實在不怎麼夠。幸好前菜的鴨胸、無花果、生火腿沙拉，加上甜點的焦糖奶酪補足了一些胃納空間，待會搞不好回宿舍前還得再去吃碗拉麵才行。

「好像是個厲害女強人的樣子，會不會很可怕啊？」

「絕對不會，見到人你就曉得了。對了，他們家有個男孩子，現在也是台大法律，或許可以和你作伴。而且他的名字正好和你反過來，叫做一凡。眞奇怪，天底下怎麼會有這麼巧合的事情。大概是天意，老天爺故意安排的吧。」

「我是凡一，他叫一凡，不知道這個名字和我相反的傢伙，是個怎樣的人……」凡一心想。

在納悶和好奇的心情中，準備迎接即將來臨的台灣生活。

幹！幹！幹幹幹！魅影的心裡氣憤難當。憑什麼，這些傢伙憑什麼，才幹了這麼一點小事，就被大肆宣揚報導渲染吹捧。電視新聞頻道連著幾天二十四小時不停的循環播出，各大報紙都是頭版頭條斗大標題。PTT上面的反日憤青版還把這些傢伙當成英雄崇拜，什麼正義化身、民族雪恥。白癡，一群無知的白癡。也不想想看，北投那座石碑，是誰率先採取行動去處理的？那石碑，是殖民政府官方正式豎立的遺物，意義才重大，民間立的人物銅像怎麼比？何況，對這些日本穢氣物動手，我才是歷史第一人，這些傢伙只是模仿我，抄襲我而已，憑什麼一付趾高氣揚志得意滿的樣子？庸俗，真是庸俗！

烏山頭水庫，被斷了頭的八田與一銅像附近，魅影隱身於堤岸後方草叢灌木之間。觀察著這一尊無頭銅像的同時，心中還是極度的不平衡。這種憤恨，很像自己的發明被盜用，心愛的女人（或玩物）被搶走。不，比起來更激烈，心情更惡劣。

新聞熱度過去好幾天了，八田與一墓園已經沒了人潮，連看守的人也撤去了。空蕩蕩的銅像前，來了一位揹著背包的年輕人。旅行者的模樣，肅立低頭，雙掌拍擊兩下之後，合十默禱。

一看就知道是個日本人，只有日本人才會這樣拍掌祝禱。他拿出高倍率鏡頭相機連拍了幾十張，年輕人的表情，十分悲切哀戚，蹲了下來，肩頭似乎輕輕地，顫抖著。

這是在幹嘛？追悼軍國主義亡靈嗎？

日本年輕人蹲踞了許久，魅影也從頭到尾盯視了他許久。他是誰？心裡的直覺告訴魅影：應該調查一下。

## 〈四〉

我就是你、你就是我，不論你在哪裡，我就在哪裡；
我散佈在萬物中，不論你要什麼，得到的都是我。
得到了我，你便得到了你自己。

——《夏娃福音書》

二十一世紀的台北，一座奇特的城市。若從景觀美學的觀點審視，台北實在是醜得可以，在中國以外的亞洲大都會中，要找出城市建築視覺這麼醜陋的都市，也不容易了。但是若從生活美學的態度去親近，台北實在是有趣、豐富、多樣、精彩的一座城市。這從一凡爲了歡迎凡一而安排的「延長加強版台北一日遊」就可以證明。

凌晨四點半從和平東路的家裡共騎一凡的偉士牌機車出發，抵達七星山登山口時剛好天亮。

衝上標高一一二〇的一等三角點，折返到馬槽公共溫泉浴池泡個湯還不到中午。在山仔后文化大學附近那攤三十多年前一凡媽媽以校園美女身分打工而生意興旺至今的水煎包買了權充午餐，順便搜尋一番是否仍有校園美女蹤影之後，從陽金公路的山線接淡金公路的濱海大道，整個下午暢遊淡水老街、紅毛城，回程途經士林買個大腸包小腸，趕到國家音樂廳赴演奏會的入場時間還綽綽有餘。

聽完演奏會，去饒河夜市，魷魚羹、蚵仔煎、米粉湯、檸檬愛玉加珍奶，順便去麥當勞拉個肚子也才不過午夜，正好是信義計劃區華納威秀旁邊那家知名夜店「Babe 18」要開始狂亂喧鬧的時候。

觀察完那些心懷不軌的男蟲和心存僥倖的辣妹演出一場場撿屍與被撿的戲碼之後，回家的路上，一定會有名為永和或四海的豆漿店二十四小時無休營業，要不然復興南路上的清粥小菜深夜依然人聲嘈雜。吃完這頓太晚的消夜和過早的早餐，正好二十四小時。

可以這樣子過一天去生活的城市，就是台北。這樣的城市，在全世界大都會之中，尤其做為一個國家的首都城市，實在是不多見的。

有哪個國家首都的行政區域之中，竟然涵蓋了一座國家公園的大半部分呢？以維護保存自然景觀環境生態為目的而設立的國家公園，和人口稠密的政治經濟機能中心國際都會，概念上極不相容，卻安然並存於台北。以大屯火山群爲主體的陽明山國家公園，有二十多座休火山，典型的火山景觀如七星山的錐形火山、磺嘴山的火山口、向天池的火口湖、大小油坑的噴氣口，以及竹子湖、冷水坑的堰塞湖，在這裡都找得到。事實上，這一原名爲草山的地域，早在日治時期就已經被規劃爲「大屯國立公園」預定地了，不過因爲二戰爆發而計劃終止。

有哪個大型都會的城市核心精華位置，竟然座落了一座可以起降波音七四七客機的「準」國際機場呢？東京的羽田空港至少還偏處於靠海岸的濱松町，台北的松山機場卻是不偏不倚的鑲嵌在城市的正中央。當然，這是都市發展逐漸造成住商包圍機場的結果，是當初闢建機場的日本總督府始料未及的。飛機降落航道的下方，是大漢溪、新店溪共同沖積形成的華江橋雁鴨自然公園。再往下游，基隆河匯流之後的淡水河岸，則有關渡、紅樹林、挖仔尾三個自然保留區。這幅噴射客機在上呼嘯，小水鴨、尖嘴鴨在下振翅的景象，想像上極不相容，現實上卻共存於台北。

更不用說，有哪個國際都市像台北這樣，白天可以登山望海洗溫泉，晚上還能聽古典音樂會看歌劇？白天看古蹟，晚上泡夜店，對於一個城市來說不算什麼。但是像台北這樣，整個城市二十四小時都在活動，都有熱鬧不息的地方，都讓人在任何時刻可以安心出門不必擔心害怕，而且計程車不管幾點都很容易攔得到，這樣的都會，眞的是全世界罕見的。

一凡爲凡一安排的台北一日遊，只是二十四小時的一條線狀行程，就可以在這條線上串結起這麼多性質跨度極大的活動。眞正生活在台北，由線深入到面，如果能夠融入到台北的日常之中，而又可以保持著一種生活美學的態度去品味欣賞，那麼她的有趣、豐富、多樣、精彩，就會讓人覺得，這城市景觀的醜陋難看，也沒什麼關係了，也算是台北的特色之一了。

兩個年輕人再怎麼精力旺盛，這趟加強延長版台北一日遊下來，等到起床，都已經過中午了。一凡媽媽原先準備的早餐，只好加強延長成為午餐。

「你們兩個，昨天怎麼了？怎麼搞得鼻青眼腫？有沒有怎麼樣？要不要看醫生？」一凡和凡一兩人一拐一拐地走進田家連接著開放式廚房的餐廳，一個左眼瘀青右臉頰腫起，一個右邊黑眼圈左嘴唇破裂，兩個人個頭體型身高差不多，面對面坐在餐桌上，乍看之下恰似鏡像雙人組。

「馬麻，沒事啦。這點小傷，自己會好。」

「立虹阿姨，大丈夫（沒問題），不用擔心。」

兩個人疼得呲牙裂嘴的，還一副不以為意無所謂的樣子。

「你們不是聽完音樂會去逛夜市嗎？該不會跑去夜店和人家爭風吃醋把妹起衝突吧？」昨晚的古典音樂演奏會，是日本放送協會（ＮＨＫ）交響樂團第一次在台灣的國家音樂廳公演，是台日文化交流的年度盛事，甚至現任日本首相的母親也飛到台北來觀賞聆聽。一凡媽媽取得珍貴的兩張票，卻大方的把自己的機會讓給凡一陪一凡去領略自己國家樂團的演出。果然，除了莫札特、布拉姆斯的經典名曲之外，還是安可的望春風這首李臨秋先生的絕唱之作最令兩個年輕人感動。

「誰敢啊？我們兩個加起來六段耶，敢找我們麻煩的不把他扁成豬頭才怪。」

「那你們怎麼自己把自己弄成豬頭？」

「凡一說他是金剛流空手道三段，不知道誰比較厲害，我們就趁半夜天亮前道館沒人，去互相較量一下而已啦。」一凡四歲開始練跆拳道，啓蒙教練是當時仍就讀師大體育研究所，後來改行出道當偶像藝人的亞洲盃金牌選手黃雨欣。一路不曾中斷地練上來，國二時，就已經是國際跆協認證的黑帶三段高手了。

「結果咧，誰比較厲害？」

「當然是我啊！凡一那個什麼金剛流空手道，竟然趁我起身貼近的時候用手肘迴擊，眞是太可惡了，又不是ＭＭＡ格鬥技肉搏戰。」

「你還不是，跆拳道還有用膝蓋頂人下檔的喔，我還以爲遇到泰國拳了。」

「還好你的size小，沒頂到。不過，你那招左腳假動作側踢空中轉身變位右腳跳後踢眞的不錯，下次教我。」

「沒問題，這招的重點是跳後踢攻擊的位置本來是空無一物，對手被左腳側踢的假動作騙過來，本能的閃避移位到那個位置，看起來就好像自動把身體湊上來讓你踢中一樣。一凡，你的旋踢可以做到在空中連環三腳，速度實在很快，我也要學起來。」

「這招只要是崇拜李小龍的練武人都必定要會的啦。對了，你不是想學太極拳嗎？我們台大的太極老師是楊家老架的嫡傳弟子，改天我帶你去。」

「好啊。太極是中國道家思想的武術精華，一直在那邊轉圈圈也能克敵致勝，真的很神奇。等我學了太極拳，你就不是我的對手了。」

「轉圈圈有什麼屁用？我要去學合氣道，以靜制動、以虛剋實。太極拳的實戰紀錄，只有張無忌在武當山紫霄宮三清殿力抗蒙古的玄冥二老那一次，根本無從驗證。合氣道的威力，看史蒂芬·席格在電影中的身手就知道了，他是世界合氣道冠軍耶。合氣道對上太極拳，如果再不分勝負，我就去學一陽指來修理你。」

「一陽指，雲南大理國段氏家族的功夫，應該算是上座部南傳佛教的正宗佛門武功吧。那我只好到巴格達或德黑蘭去找找看有沒有瑣羅亞斯德的後裔徒孫，用古波斯拜火教的乾坤大挪移對付印度傳來的一陽指了。」

「你們兩個，越講越離譜，快點吃飯，不然小心我的大力金剛掌。」立虹聽這二人從比武會友到瞎扯胡謅又好氣又好笑，「凡一，沒想到你連中文的武俠小說都看喔？」

「我們東洋文化研究所的田中研究室就有一套金庸全集啊。田中老師說，武俠世界是華人精神意識裡很重要的一環，他很鼓勵我們，就算不能讀完金庸所有的作品，至少要把射鵰三部曲看一遍。我是連天龍八部和鹿鼎記都看了，眞是辣塊媽媽的好看。」

「哈哈哈！東大法學部的菁英講杭州麗春妓院的浙江低級土話。凡一，中國男人的夢想就是像韋小寶一樣娶七個老婆啦。」桌上的食物是原本的早餐，六張犁的包子加上西門町的阿宗麵線，延長爲午餐後加強的是清炒來自宜蘭中橫支線南山四季村的高冷高麗菜和萬巒豬腳。甜點是微熱的山丘土鳳梨酥。一凡已經習慣了家裡這種小吃美食總匯式的餐飮，凡一則是津津有味，讚嘆連連的大快朵頤，只差沒在「有夠好吃」的前面加上一個「幹」字。

看著狼吞虎嚥的兩個孩子，立虹心裡很爲凡一來到家裡寄宿而高興。這幾年來丈夫長年地不在，家裡經常空蕩蕩的，即便母子二人相伴，也難掩一絲落寞。多一個孩子，多了幾倍的歡聲笑語，食物料理享用起來也美味多了。大二的一凡，高中在木柵的東山唸的是自然組，一心以研究物理爲志業，覺得只有物理是唯一客觀、有系統性的方法論，能夠探究宇宙眞理的學問。誰知道學測失常推甄不進台大，丈夫又不許他離家去唸清華物理，只好硬著頭皮再拚指考，卻又「不小心」成績落在第一類組第一志願的台大財經法，走上了原本毫無預期的法律人道路。這個孩子從小就很特別，幼稚園時別的小孩在躲貓貓捉迷藏，他是一個人蹲在地上看植物。沒多久，大安森林公園內所有的花草樹木中英學名他都叫得出來。小學時第一次要求買給他的課外讀物是ＢＢＣ出版的大部頭民族人類學典籍《世界的臉譜》，立虹打電話訂書時還被問你兒子是唸什麼研究所。國中時開始自己規劃路線安排行程，要求父親用四輪傳動車陪他走遍了台灣所有的重要山路林道，大雪山林道、郡大林道、萬大林道，台十六號線連接丹大林道。甚至在三度踩踏力行產業道路，探索鐵比倫峽谷的巫女禁地，紅香部落的失落野溪溫泉之後，還參與了瑞岩部落對於泰雅族發源聖石的維護保存工作。

可以見得，有著這種成長歷程的一凡，很是獨立自主。只要有時間就要到處跑的性格，讓他心胸開放很容易和陌生人相處，很能交朋友。當然也就很善於搭訕，很會把妹。一凡的把妹原則是：熱烈展開攻勢，迅速發生關係，一旦萌生感情，立刻撤退結束。他不相信愛情，只想體驗人生。上大學之後，隨著活動足跡的全球化，把妹的對象隨之日益國際化，截至目前他交過的女朋友，近的有韓國、越南、寮國、泰國、菲律賓，遠的則有美、澳、加拿大、德、奧、丹麥、羅馬尼亞，加上克羅埃西亞的金髮女大生，那是去年寒假去歐洲上歌德學院唸德文順便考察風土民情留下的紀錄。

感情關係上呈現無政府主義的一凡，或許在內心精神上是一種虛無主義吧。他不相信人生有什麼價值值得追尋，因為生命的意義自始自終都不曾存在。人活著，至少自己活著，只是一堆有機物質在進行代謝作用而已。生命生活的體驗，發生了、經歷了、感受了，也就消失了、散去了。頂多全程錄音錄影下來以數位電子訊號形式存放在雲端中，否則根本無影無蹤。而那即使被數位保存著的訊息，也和自己無關，且終究也是會消滅的。如此精神虛無內心空洞的一凡，在外顯的性格上，反而是極度鮮明的。除了很討厭、幾乎根本不洗澡外，他就是做自己就好。偏愛金髮碧眼白皮膚最好有高加索或維京血統的女孩，就拚命地去追逐。喜歡享受眾人稱讚佩服羨慕的眼光，必須得到世俗成功成就的光環加持，就努力地去追求。在他身上青春式的叛逆根本就太小兒科了。一凡不覺得自己有著強烈優越感，卻心知肚明於內心的種族偏好，很清楚地明瞭必須將意識中對納粹主義「美學」的欣賞認同隱藏起來。不要鬧出像前一陣子新竹光復高中那些小屁孩搞什麼納粹變裝遊行的幼稚遊戲，引來那些自以為教育失敗的大人一副要演出另一場引疚切腹鬧劇的更幼稚遊戲。

這樣的一凡，說不上也不覺得，什麼快樂不快樂。反正就是這樣活著。

對於生命沒有想像與熱情，對於意義與價值抱持著沒意義也沒價值態度的一凡，和來自東大法學部，困頓於內在思維破碎、無感、生命經驗無法累積，卻又不斷因此遍尋生命意義價值而無著，矛盾糾葛、痛苦不堪的凡一，兩個年輕人竟是意氣相投得無以復加。從小到大，一凡最知心、最了解他的人是自己的父親。幾年前爸爸不在家了之後，就算交了再多朋友，再也沒人像父親一樣，這麼的懂他了。直到遇見凡一，兩人之間馬上產生一股彼此早就似曾相識的感覺。這種感覺到底從何而來，一凡與凡一誰也說不上來，誰也無從說起。或許上天有意做出了什麼巧妙的安排，也就不需要去多想多問了。

早午餐吃完，立虹正要開始收拾碗盤，凡一忽然想到什麼，跳了起來說，「立虹阿姨，等一下，有一樣東西我忘了拿給妳。」

急急忙忙衝到樓上客房，不一會兒，手裡拿著一份用京都西陣織包起來的長方形扁平狀精美禮物。

「這是什麼？」

「我媽特地準備要我帶來送妳的紀念品，她說為了表示感謝妳的照顧，知道妳是美術系畢業的藝術愛好者，希望妳會喜歡這份禮物。」

打開一看，高雅的純黑漆木畫框裡，裝幀了三幅明信片大小的風景畫並列著，在一片黑色的背景中跳脫出來，格外的顯眼精緻美麗。從略為泛黃的紙張質感判斷，恐怕已經有相當年歲的歷史了。

「啊，是石川欽一郎的繪葉書，這……這份禮物太貴重了。」

繪葉書，就是圖畫明信片。一八六九年奧地利首開先例製作了官方發行的郵政明信片。一九〇二年日本遞信省印製了六種「萬國郵便連合加盟廿五週年」的紀念繪葉書，佳評如潮，一時之間蔚爲流行風氣。台灣總督府則自一九〇五年開始，每年的六月十七日發行一套「始政紀念繪葉書」，至一九三五年總共發行了二十一套。凡一送來的這三張，應該是百年左右的古物了。

「馬麻，石川欽一郎是誰啊？」

「他是有『台灣洋畫之父』稱號的西洋美術教育播種開拓者，台灣第一代的西洋繪畫前輩就是石川先生指導的。歷史上第一位西畫畫家倪蔣懷是他的得意門生，加上陳澄波、陳英聲、陳承潘、藍蔭鼎以及陳植棋、陳銀用，七個人所組成的『七星畫壇』，是台灣美術史上第一個畫家結社的美術團體。他們全部是石川先生的學生。」立虹大學時期師承歐豪年研習嶺南畫派的水墨畫，近幾年來在大學教授西洋藝術史，但是對台灣本土藝術的發展演進卻一點也不陌生。

「陳澄波我知道，就是那位在二二八事件被陳儀部隊槍決的寫實派油畫家，對不對？」

「沒錯。石川先生起先是在總督府中學校，後來改稱台北一中，就是現在的建國中學教授美術，之後轉任由國語學校更名改制的師範學校。那個時代，師範學校是台灣知識青年上進向學出人頭地的極少數管道之一，台籍的藝術家大半都是接受石川先生的啓蒙從師範學校培育出來的，陳澄波先生也是其中之一。」

這三幅以石川欽一郎的水彩畫印製而成的繪葉書，第一張取名「街路」，構圖是總督府的側面，寫生地點在高等法院和北一女之間的馬路上。不過石川作畫的時間是一九二四年，那時候法院和一女中的建築都還尙未完工。第二張的標題是「頽れたる城門」（傾頽的城門），取景地點是小南門的周邊，大樹下有固定的流動攤販和斗笠扁擔行走中的尋常百姓。那時城牆已經在都市計劃擴展中拆光了，屋頂翹脊重簷形式的小南門仍然是附近地帶最高的地標建物。第三張，題爲「時雨る日」（乍雨時節），描寫的是從淡水河口遙望大屯山系的景色，一艘風帆航行在對岸層疊洋行建築群前的河面上。

「立虹阿姨，我媽和妳一樣，也是美術系畢業的，也在大學開課教藝術，我想妳們的眼光，應該差不多吧。」

「凡一，眞的很謝謝你媽媽這麼費心準備了這麼珍貴的禮物，一定要好好謝謝她。」

這三張石川欽一郎的繪葉書原版眞品，確實得來不易。一九六一年日本一位繪葉書蒐藏家平原建二，有一天無意間在逛東京神田古書街時，發現了一整堆成包成綑丟著的明治、大正時期繪葉書，加上後來持續的搜羅，這位繪葉書超級達人總共收藏了一萬七千多張作品。近三十年來，動輒數十冊系列套書的日本昭和史、各大都市百年史，其中有關近代史的圖版，大多數都是平原建二的繪葉書史料所提供的。在他的蒐藏中，有不少是台灣的題材，基隆的碼頭、驛站，台北的榮町通、表町通，這些城市街景都在其中。今天這三張石川欽一郎的珍品，應該也是凡一媽媽從這位蒐藏家手中取得的。雖說肯定得之不易，但對身為三菱財閥家族後代的岩崎麗子來說，倒也不是太困難的事。

「阿姨，我媽說，如果妳喜歡的話，同樣年代不同畫家的繪葉書，她還有幾張，也是畫台灣的，有機會她再送來給妳。這本來就是台灣的東西，再回到台灣來，反而更有意義。」

「那我得好好想一想該準備什麼禮物回贈才行，我可沒有浮世繪眞蹟可以送她，傷腦筋耶。」

「馬麻，妳繼續傷腦筋，我們要去學校了，下午我要帶凡一去校園巡禮。走囉走囉，拜拜。」

兩個鼻青臉腫對照組台日青年，一個拐右腳、一個拐左腳，邊討論著要不要給昨晚留了電話的夜店美眉發訊息，邊出門上學校去。

有了清晰的照片要搜尋出一個人的真實身份，是再簡單不過的事了。

魅影把攝得的日本青年幾個不同角度的影像上傳電腦，置入臉部辨識軟體之中讓它跑，不一會兒搜尋的結果就出現了。有高校畢業生聯誼會網頁，大學校系網站，還有個人的FB、Instagram。

哼，這傢伙果然是日本人，藤原凡一。

京都東山高校畢業生，東大法學部在學中。先駭進去東大學生資料中心裡面把他的基本個資都下載一份，學校網頁正面進不去，從法學部某個教授研究室的網站就有後門可以鑽。拿到基本個資，假冒一個東大學長的身分讓他的FB加我好友，再逐一加進他的父母、朋友群FB裡面，接下來，只要憋氣潛水靜靜觀察就可以了。這個傢伙，朋友還真少，聯絡人只有小貓兩、三隻。

沒多久，藤原凡一的家世背景就完全掌握了：父親藤原進三，京都大學醫學部教授，戰前華族藤原家第十八代家主。母親岩崎麗子，三菱財閥創始人岩崎彌太郎第五代長孫女，知名政治評論家，京都產業大學西洋藝術史講座教授，三菱航太株式會社策略總監。

沒想到無意中竟然釣到一條大魚，這傢伙來頭還不小。藤原家族，是天皇近親，江户時代前就擁有左右政局的實力，藤原紀香還是他親姑姑；三菱財閥更不用說了，日本軍國主義最大的幫凶，零式戰機的製造者，那個叫人寧可玉碎不得投降必須切腹卻自己不敢切的頭號戰犯東條英機，他的兒子東條輝雄，戰後還當到三菱重工的副社長。

日本皇室支系貴族和財閥企業集團的後裔，值得列為長期追蹤監看目標。

〈五〉

我的小說架構，全出自夢境。

——卡夫卡（Franz Kafka）

台大，在全台灣一百五十八所大學院校中，是得天獨厚的。百年悠久歷史，深厚的學術傳承，自由開放的精神傳統，以及，最聰明的頭腦匯聚激盪。連校區的地理位置，台大也是得天獨厚的。台北都市發展的房價蛋黃區：大安、信義、古亭、中正，包圍起這城市心臟地帶一大片的台大校園。一入其中，椰林古樹參天聳立，斑駁古蹟與嶄新建築錯落交陳，大道、小徑、湖水、杜鵑花，猶如踏進台北的另一個世界。這種環境氛圍，或許就是有著「國中之國」的大學靈魂所應具備的軀體與氣質吧。

台大人對台灣的影響，或者台灣人對台大的重視，從一個觀察角度可以發現很有趣的現象：

自一九九六年首次民選總統開始，六任、四位總統，都是台大畢業的。不只總統，副總統有五任、四位，也都是台大的。當選正副總統比例百分之百，也就算了，連參選總統的候選競爭者，也大多出身台大：九六年挑戰李登輝的彭明敏，二〇〇〇年、〇四年輸給阿扁的連戰，〇八年的謝長廷，一二年蔡英文，一六年朱立倫，這幾個大位競逐者，全是台大的（只有二〇〇〇年插進一位政大的宋楚瑜不是）。二〇〇〇年之後，總統大選更幾乎成了台大法律系畢業生的天下。選總統，似乎變成台大法律生校外延長賽競技場。連落選總統都要是台大的？這是單純的偶然巧合，還是台灣人對台大有著什麼奇怪的情結，暫且不論。目前台灣六都—六個直轄市的市長，有五位是台大畢業的。可以想像，在可預見的未來，台灣的總統繼續從台大人之中產生，機率是非常之高的。

台大培育出的人材掌握了民主化之後的國家權力，但是不是相對地爲台灣作出同等程度的貢獻呢？那也就暫且不論了。

有別於東大濱田總長公然宣言，追求世界大學排行名次毫無意義，視排行位置於無物的態度。台灣社會反而特別在乎自己的大學，尤其是台清交等幾所名校，在世界大學排行榜上每年公布的起落浮沉。這種異常的執著，甚至反射構成一套制度面的、行政管理性的、決定研究經費預算分配的學術成就評量標準：將發表於ＳＣＩ或ＳＳＣＩ期刊索引上的論文次數篇數，化爲得分計算的點數，作爲大至整個大學、每個院校系所，小至每位講師、教授、研究人員，以此判定「業績」以及升等的依據。於是形成的，是不惜人頭掛名甚至數據造假的論文發表壓力地獄。可是大學存在的初衷：研究創新與培育人才這兩大目的，卻不知道已被拋到哪裡去了。更不用說廣設大學和大量改制升格技職院校，導致高等教育低等化和技職教育體系崩解的噩夢，在此也只能暫且不論。

大學必須走向多元化、國際化，才能立足於世界，這個簡單道理，台大不是不知道，也不是不想做。一個令人無奈氣餒的例子是最近（二〇一七年五月），台大籌備設立的全英語教學國際學程學位計劃胎死腹中，遭到教育部否決。這個方案，規劃招收八十名國外留學生和四十名台灣本國高中畢業生，不分本、外國，申請人一律以ＳＡＴ成績作爲入學審查標準。誰知道，偉大英明的台灣教育部否決的理由竟然是：堅持本國學生申請必須以學測或指考成績爲依據，用ＳＡＴ，不行！台大只好黯然撤回提案計劃。不是要跟上全球化的潮流嗎？不是要與世界接軌嗎？不是要年輕人有國際觀嗎？有這種教育部，可悲的不只是台大，更可憐的是台灣的孩子們。

凡一來到台大交換學生，設定的目標是要理解這塊土地上的人、事、物，觀察台灣這個國家的過去、現在和可能的未來。法律本科的課目不是重點，那些法律課程，在東大法學部修就夠了。老天有幸，讓他遇上一凡，恰恰好是一個極度「不務正業」的台大法律系生。在法律、人文、哲學等領域之外，一凡對於人類學、考古學自小就有著高度的熱忱與興趣，而這兩門學問，正是探究土地和人民的生活、行爲、習性與思維意識，最基礎最根本的知識來源。一凡帶著凡一，兩個人共同選修了這些有趣的課程：

〈台灣考古學〉，陳有貝教授，水源階梯二〇一教室。

〈展示台灣：從博物館看台灣文史〉，蔡君彝教授，普通教室四〇二。

〈台灣原住民當代議題〉，童元昭教授，博雅三〇一教室。

再加上一門張志銘教授的〈西方人文學導論〉，共同教室一〇一，合計起來有十二個學分。兩個人每個星期有三天要在一起上課，眞可說是焦孟不離了。

焦孟不離的台日二人組，不只選課、修課，超級熱心的一凡，還以提供凡一全方位台大校園生活、學習機能引導陪伴，來協助這位遠道而來卻一見如故的朋友。他們的台大活動足跡，從共同行動第一週一凡作成的校園生活紀錄可窺見一斑：

〈週一〉天數圖讀希臘哲學；雨中醉月湖，抹茶拿鐵＋手工餅乾；Neighbor Café婚禮茶＋水

餃；紫藤廬，品蘭若；自行車停萬才館，哼福山雅治の「さくら」（櫻花）。

〈週二〉化圖讀考古學；泰式料理＋Louisa Café紅茶拿鐵；誠品買書；找到Café油蔥豬排；總圖夜讀法律史＋耍廢；哼自創小調，遇北師大眼妹子。

〈週三〉New Moon Pavilion，討論Class Metaphysics；照燒豬排蛋包飯＋麥當勞提拉米蘇；海圖睡著了；計算機中心談康德墓誌銘；小郭沙茶牛小排乾麵；飆腳踏車淋成落湯雞。

〈週四〉論：「原住民族語國家：原權三十年」；看「原運二三事——台灣原住民族運動史」影片；海南雞飯＋女九舍紫色魔力（葡萄汁），聊理性得訓練出感性否；文創跆拳：韻律球滾滾＋手推車競速；醉月湖，康尼堡＋珍珠鮮奶茶。

〈週五〉桃花心木道喝鴛鴦奶茶＋佛卡夏，讀琉球史，聽島唄、三味線＋「涙だそそ」（涙光閃閃）；限量二十超大碗Mr. Ramen；從博物館看殖民脈絡；計中夜讀＋聽BR聖樂；DV8飲海尼根聊釀酒；請照鏡子，接受自己。

看不懂，沒關係，反正就是一紙精彩充實又有好吃好喝的台大校園活動流水帳。

星期六上午，立虹備好早午餐，等著一凡和凡一起床下來享用。田家美食廚房今天供應的是板橋府中路的林員肉圓和虱目魚丸湯。這家的肉圓皮薄料多，內餡除了筍絲、瘦肉還有一顆鵪鶉蛋。雖然份量超大，立虹估計，這兩個年輕人一人至少要三顆才夠。至於魚丸湯，湯頭是大骨熬煮的，魚丸咬下去，立刻感受得到是眞材實料的虱目魚手工捏製而成。

食物上桌，面對兩個還睡眼惺忪的孩子，立虹問：「忙了一個禮拜，今天可以好好休息了。昨晚睡得好嗎？」

「還好，作了好多夢，好累喔。」一凡回答。

「我也是。來到台灣這一個星期，每晚都作很多夢。之前都模模糊糊的記不得了，昨天的夢就很清楚，好像眞的一樣。」

「我才是咧，和看電影差不多，夢境超清晰的。凡一，你夢見什麼？該不會是和前天那個北師大眼妹在夢中脫魯吧？」

「脫魯是什麼意思？一定不是什麼好事。我沒夢見女生啦。一凡你呢？夢見什麼？」

「脫魯是有理想有抱負的有爲青年，人生最重要的里程碑，以後再跟你詳細解釋。我的夢中人物，連名字都有，叫做東尼奧，Tonio。我，就是東尼奧。有一位好爸爸，負責任、盡義務，在商場上是成功的企業家，在家鄉是受人敬重的仕紳賢達，很有社會影響力，可是卻不是很快樂。因爲他一生中從來沒有做過自己想做的事情，只是平凡的生活，平凡的爲家族、爲別人而活。我很不想變成一個像父親一樣的人，我喜歡藝術，喜歡超越世俗的高尙品味，看不起那些只知道賺錢、只知道以家庭爲重心的好男人。於是就逃離家鄉，跑到大城市去，和一群藝文界人士混在一起，過著波希米亞式的流浪生活。可是這種自由無拘束的日子過得越久，我卻越發現自己和這些宣稱鄙視平凡人生的所謂文藝人士格格不入，越發現自己懷念家鄉，想念親人，而且感念父親。於是就陷入一種知性上自覺得比故鄉家人高超，言語上嘲諷批判瞧不起這些故鄉人，但心裡卻又牽掛思念那遠方人事物的矛盾之中。然後就心情很不爽的醒過來啦。」

「一凡，夢中的你，東尼奧，跑去自我放逐的都市，是不是慕尼黑？」

「咦？對喔，好像是……真的是耶。慕尼黑我今年寒假才剛去過，對對對，夢裡面東尼奧去看戲劇演出的那家戲院現在還在，叫做 **Sendlinger Tor**，建於一九一四年，現在改成電影院，我就是在那裡看〈La La Land〉愛上艾瑪．史東的。凡一，你怎麼會知道我夢到慕尼黑？難不成你被通靈少女郭書瑤降駕了喔？」

「什麼是降駕？好，以後再詳細解釋。一凡，你的夢，根本就是湯瑪斯．曼小說《東尼奧．克略格》（*Tonio Kröger*）的情節嘛。你剛剛一提到東尼奧我就有感覺了，書中男主角東尼奧就是跑去慕尼黑流浪的啊。這本小說你沒看過嗎？」

「這本沒有。湯瑪斯．曼的文學，我看過《布登勃魯克家族》（*Buddenbrooks*），是他獲得一九二九年諾貝爾文學獎的小說。還有一本，就是有拍成電影的代表作《魂斷威尼斯》（*Death in Venice*）。凡一，你還讀過哪些湯瑪斯．曼的作品？」

「也沒比你多多少。有一本是《魔山》（*Magic Mountain*），還有《約瑟和他的兄弟們》（*Joseph and his Brothers*）是四部曲。湯瑪斯．曼的小說的確和作夢很有關係，他自己就說過，《約瑟和他的兄弟們》創作的靈感來自榮格，大概就是以小說形式去深入探尋潛意識的心理脈絡。湯瑪斯．曼以文學處理潛意識問題的時間，甚至比佛洛伊德還要早。他有一篇短篇小說《小弗里曼先生》（*Little Mr. Friedman*）發表於一八八六年，比佛洛伊德寫出《夢的解析》（*Interpretation of Dreams*）還早三、四年，《夢的解析》之中許多主張和觀念，《小弗里曼先生》都已經提出來了，只不過是使用文學的語言，不是心理學術語而已。」

「湯瑪斯．曼的文學創造力，是最能夠代表德國精神的，他自己也很清楚自己的重要性。有一次，在離鄉多年之後被問到會不會和德國文化脫節，他回答說：『我在哪裡，德國文化就在哪裡。』雖然極度自豪自信，卻也是不爭的事實。只是，《東尼奧．克略格》這部小說我根本沒看過，怎麼會出現在我夢裡，而且還那麼鉅細靡遺，連名字都一字不差，眞是太奇怪了。難不成，這位對孩子超嚴厲的老父親通靈降駕了？對了，小說的結尾劇情怎樣？先講一下，改天我再把書找來看。」

「後來，東尼奧發現那些唾棄平凡的文藝界人士對人生的不屑態度，讓他受不了而必須予以唾棄。他離開了這些人，留下了一封精彩的信，信中說：『那些冷酷、高傲的人們，他們冒險開拓偉大、具有魔鬼般美貌的道路，並且看不起人類；而我並不欽羨他們。』因爲，『對我而言，我的故鄉，那裡的生活，那裡一切平凡的事物，才是創作的泉源。』，『一個人要眞實描繪出對故鄉的愛，一定得訴說著凡人和天使的共同語言，否則，他的創作，就只是一個會出聲的鐃鈸。』最後，東尼奧講出了整本書最重要的結論：『人必須眞誠的面對眞實。』至於這本小說怎麼會進到你的夢來，我就不知道了。」

「作這個夢，一定有什麼原因，要把它搞清楚才行。凡一你呢？你不是也作了夢，還記得嗎？是不是告白被發好人卡？講出來沒關係，不會笑你啦。頂多笑三天。」

「什麼是好人卡？下次再詳細解釋，我記住了。我的夢比較像幾段影片的剪輯，分成好幾幕。第一幕是我和一個金髮碧眼的白人女生，跑到一幢應該是學校裡的建築物樓上，往下面分散傳單。第二幕是同樣和那個女生，我們在躲避追查，秘密的運送傳單去別的城市。後面幾幕情節差不多，都是在偷運傳單到各地，大概有四、五次吧，一次比一次還緊張刺激，驚險萬分。最後一幕，是那個女生高喊了一聲：自由萬歲！面不改色的走上絞刑台。接下來，該換我受刑的時候，畫面突然中斷，然後就心情很不爽的醒過來啦。」

「凡一，你夢中第一次散發傳單的地方，一樓是不是一個大廳，形成寬闊的室內中庭空間，走兩旁的迴旋式階梯爬到樓上，可以俯瞰大廳中庭，然後你們就站在那邊把傳單往下撒？」

「對對對，跟你講的一模一樣。一凡，你怎麼會知道我夢見的地方？難不成你也被通靈少女郭書瑤駕降了是嗎？」

「降駕啦，不是駕降。沒有啦，郭書瑤只能幻想神交，降駕有個屁用。你夢中撒傳單那個地方就是慕尼黑大學的建築物啦，我寒假才去那裡的歌德學院參加德文魔鬼密集班，每天要去圖書館，都會從那個大廳走過去。你夢裡的身分，應該是韓斯．索爾（Hans Scholl），那個漂亮女生是你妹，叫做蘇菲（Sophie Scholl）。」

「他們真的只是發傳單就被處死嗎？」

「索爾兄妹都是慕尼黑大學的學生，父親是南德一個小城市的市長，兩個人從小懷抱自由理念，反對服從權威，少年時代就曾經懷疑希特勒的領袖思想被捕入獄。他們上大學後參加了一個叫做『白玫瑰』的反納粹地下組織，前後總共發了六次傳單。你夢見的第一幕是最後一次，四天之後，就被密告處決了。那是一九四三年的事情，他們死的時候才二十多歲。」

「在那個年代，那個狂亂的社會，他們那麼年輕，竟然有那麼大的勇氣。如果稍微懦弱一點，他們也可以過著舒適安穩的生活，甚至可以出人頭地飛黃騰達，至少不會犧牲寶貴的生命。可見在他們的心底，有著比生活、事業、生命更重要的東西。」

「蘇菲死前一天留下一封給朋友的信，寫著：『這是一個美好及陽光璀璨的日子，可是我卻必須離開人世。但是相較於多少無辜喪生的猶太人，我的死又算得了什麼呢？』然後，就像你夢到的，從容就義。」

「那我，喔不是，那韓斯呢？也和妹妹一樣勇敢無懼嗎？」

「韓斯也同樣平靜地走上絞刑台，也同樣高喊了這句話：自由萬歲！他在死前的遺言是：『我真的不知道死是如此容易。但，死也是如此困難。』我覺得，這是面對生命終結的勇者，最真誠的心聲了。」

「索爾兄妹的事蹟，我今天第一次聽到，慕尼黑我更是從來沒去過，怎麼會作出人事時地物這麼具體而且吻合歷史事實的夢，真是太奇怪了。」

「凡一，索爾兄妹的故事，德國名導演帕西・阿德隆（Percy Adlon）曾經拍成電影，片名就叫做〈白玫瑰〉，我們家有一張錄影帶轉拷的光碟，待會請一凡找出來給你。」

肉圓和魚丸湯早就被解決了，立虹在一旁聽著兩位年輕人的夢境對談，很受感動，也很有感觸。

「一凡、凡一，我想，你們會作這樣的夢，背後應該還有更深刻的原因和意義吧。」

「對了，凡一，你爸不是心理學家嗎？可不可以請他幫我們分析一下這些夢境。」

「我爸是榮格學派的分析心理學，他不相信佛洛伊德那一套夢的解析理論。雖然榮格本人一生據說也做了超過五千個夢境分析案例，我爸還是覺得夢的記憶不太可靠，所以才使用催眠的方式來協助進行心理治療。如果有其他更適合的人選就好了，最好還要對文學創作有深厚的理解，不然連小說都沒讀過，怎麼解你的湯瑪斯．曼之夢？」

「是有一個人啦，神人等級的，只是不知道他可不可以……」

「誰啦，講講看，是誰？」

「就我爸啦。只是……不知道耶……馬麻，妳覺得呢？拔可以嗎？」

「你忘啦？爸爸從來沒有讓你失望過，只要是一凡要求的，爸爸都會很樂意。」

「太好了。」一凡、凡一異口同聲。

「不過，你們兩個人要把夢的內容，心裡的疑惑，以及可能涉及的問題，整理、歸納成文字檔案。尤其是提問，要精確的聚焦重點，這樣一凡爸爸才能做功課。限你們星期二中午以前交出來，下午我轉給他，這樣，應該星期五就可以收到他的回覆了。」

「沒問題，遵命。夢境的陳述我們各自寫個人的，想問的問題也先一人草擬一份再來進行整合。凡一，你用日文寫沒關係，我爸是留日的，日本語全然大丈夫。」

「よし！頑張りましょう。（好！努力加油吧。）」凡一一口答應，同時心裡納悶著，佳進田家一個禮拜了，怎麼從來沒看到過一凡爸爸。是在外地工作嗎？而且已經是e-mail的時代了，

怎麼還要把文件交來轉去等上好幾天，眞的有點奇怪。不過，阿姨和一凡都沒說，自己也不好意思問。就這麼繼續奇怪納悶吧。

魅影發現，花錢找女人和上次芝山岩行動的愉悅與意義根本不能相提並論。女人，花錢找就有了，援交妹、女朋友和老婆都一樣。談戀愛，女生還不是要找高富帥，相互交易。婚姻更不過是一紙契約，雙方談妥條件訂立的。本質上，通通是對價買賣，換來的是可以上她的權利，差異只是論件計酬或all you can eat之別而已。錢，他不是沒有，可是花錢得來的女人，實在沒什麼意思。就算做完，射了，就過去了，什麼也沒留下，只是更加空虛而已。可是像之前的芝山岩行動，就不一樣了。爽度比和女人做高幾十倍不用說，更重要的是，意義不同、效果不同。用這種方式，給作惡多端的日本軍國主義報應，是意義。完事之後，留下難以回復的殘留痕跡，是效果。肉體的快樂和精神的正義，同時得到了滿足和昇華，這是個人意志和集體價值的雙重體現。

可是，他也發現，一次的行動，是不夠的。芝山岩之後，他回想著那一夜，打過幾次手槍，一次比一次要搓的更久才硬，一次比一次軟掉頹喪的更快。到最後甚至回到石碑現場也刺激不起來了。

後來他又發現，噴漆的方式是不足的。沒有實際的接觸，只是經由空氣噴灑，和目標連碰都沒碰著，強度太低了，產生的效果也不夠永恆深刻。難怪他再一次帶著噴漆前往鎖定的新目標準備行動時，竟然不太緊張，不太興奮，感覺一點也不強烈，頂多只有半軟不硬。

這樣，不可能完美ending的噴射在目標上。

沒辦法射在上面，噴漆有什麼鳥用？

不久之後，北投丹鳳山上的日治時期真言宗「弘法大師碑」被發現鑿刻破壞，以鈍器擊打磨白。

這次行動前後，魅影在現場射了三次。很爽又很有意義。

# 〈六〉

我們生命的每一時刻都是死亡。

——《人的宗教》休斯頓．史密斯（Huston Smith）

田家的視聽室裡，Bose揚聲器傳送出的樂音氣勢磅礡，華麗盛大。這種猶如巨人腳步一般的壯麗宏偉，曾經被一代英倫才子王爾德吐槽說：「他的音樂那麼吵，你可以整齣歌劇不停地和別人說話，不會有人聽清楚你說什麼。」這就是華格納。英國人王爾德可以假裝不怎麼喜歡華格納，但在十九世紀乃至二十世紀的歐陸，華格納的死忠支持者，多的是傑出超凡的俊傑名士，像法國詩人波特萊爾，德國哲學家尼采，心理學家榮格，都是他的樂迷，其中不幸的，還有一個人叫做希特勒。華格納對近代歐洲，特別是德國影響之巨大，甚至被冠上了「華格納主義」來形容此一現象。

時至今日，演奏華格納作品，最具權威代表性的，究竟是由擁有「華格納戒指」傳人所指揮的維也納愛樂，還是傳承德意志民族音樂正統的柏林愛樂，或者，應該是他一生定居創作所在地慕尼黑的巴伐利亞管弦樂團呢？或許誰的演奏最能表達華格納音樂，並不是最重要的，反正百家爭鳴各擅勝場。重要的是，只有華格納的音樂，才能真正代表德國，只有華格納的音樂，可以完全地體現德意志民族的精神。和湯瑪斯·曼一樣，華格納清楚地意識到，自己就是德國精神的代表。他說：「我是最德國的德國人。」

凡一和一凡現正聆聽的，是華格納歌劇〈諸神的黃昏〉。在史詩般的雄渾色彩中，蘊含了德國文化的神話元素，藉由繁複場景和高超的敘事表現技巧，提升，同時也開拓了德國浪漫主義的高度與內涵，塑造了跨越十九至二十世紀的時代精神。

「咦，你們兩個起床了怎麼不是肚子餓，反而跑來聽音樂。而且才剛睡醒就聽華格納，也未免太振作了吧。」立虹走進視聽室，不解地問。

「拔叫我們聽的啦，眞的滿神奇的，凡一，你說是不是？」

「眞的，一凡爸爸寫的超準的。」

「到底說了些什麼，我看看。昨天拿回來，都還來不及打字影印，就被你們搶去了。」

關於一凡和凡一的夢境以及所衍生的問題、意義，一凡的父親以文字爲這兩個孩子做出了他的解釋：

夢是什麼？夢有何作用？夢從哪裡產生？

討論夢的問題，應該同時討論神話。神話和夢，都來自同一地方。他們會產生，是因爲人類，也就是作夢的你們兩位，或是正在書寫、創作神話的我，有著某種自覺，而後去尋求象徵性的形式，例如夢中情境或神話故事，來展現這種自覺。

所以，比夢是什麼更重要的是，一凡和凡一，你們心中的那某種透過夢要表徵的自覺，是什麼？

所有的夢都是互相衝突的精神能量，以意象表現出來的形式。神話也是一樣，它也是象徵、隱喻意象的顯現，也是人類集體意識能量相互衝突所產生的。所有的神、所有的天堂、所有的世界，成爲所有的神話故事，都在人類自己的心裡。是以神話就是人們放大的夢境。

但是夢和神話，即便師出同源或殊途同歸，還是有些差異。以喬瑟夫．坎伯的話來說，神話，是衆人的夢，夢，是個人的神話。以榮格的話來說，夢有兩種，一種私人的夢，來自靈魂，來自個人潛意識；另一種是原型的夢，是社會集體的，也就是神話層次的夢，來自集體潛意識。然而，所謂靈魂、個人潛意識，又何嘗不是集體潛意識的一部分呢？所以個人的夢境，有時候和集體的神話，也很難清楚界分。這個現象，待會討論一凡和凡一你們作的夢時，就會發現。人生中也會出現純神話的夢，夢境看似和個人經驗無關，而是其他故事的主題，這種情形坎伯稱之爲：它來自個人內心的基督；榮格則認爲：「這是我們內在的原型，我們的原型自我。」而原型是透過集體潛意識連結到全體人類歷史文明的。

神話是人類心靈自然流露的產物，我們每個人都擁有一座自己的、不被認知的、隱含強大力量的，夢的神廟。恭喜兩位，你們心中的夢境神廟之門打開了，這將是一段冒險旅行的啓程。怎麼樣以夢的教誨和語言，找出讓這些意象發揮作用的方法，從而渡過你們所可能面臨的自我發展危機，在神話中，是古代魔法師或靈魂引導者的角色，在原始部落社會是薩滿巫士或智慧老人的任務；在我們家，對一凡和凡一，或許就是我的使命吧。

接下來探討一凡的湯瑪斯．曼之夢。我們不只要捕捉夢境的意義，同樣，或者更重要的，是要能夠挖掘出夢之出現所隱含的、帶來的問題是什麼。

在德國，有一個古老而浪漫的概念：「民俗詩歌」（das Volk dichtet），意思是傳統文化的內容和詩篇都是來自民間。概念很浪漫，實際上卻遠非如此。德國文化傳統，是很菁英的。民俗詩歌的浪漫概念，也是菁英創作出來的。德國菁英的創造經驗，就是紀錄一群有特殊天賦者的經驗。這些菁英的耳朵，聽得見宇宙的聲音，而且能夠以大衆得以接受的形式說出來。不管是用音樂說，還是用語言文字說。在人類早期階段，這種特異功能人士，是巫師祭司。在近現代德國，這種人叫做文學家。湯瑪斯．曼就是這類菁英中大師級的高手。他的文學，具有神話的傳統，以他的里程碑式創作《魔山》爲例，表面上是一副自然主義的姿態，內在的卻是一個神話的架構，連書名都擺明了是一種憑空產生的思維意向。後來他的作品如《約瑟和他的兄弟們》，更是從心理學潛意識深入、突破而開出神話的花朵。

湯瑪斯．曼的神話式小說《東尼奧．克略格》成爲一凡的夢境情節，這從神話到夢的轉化，豈不是順理成章嗎？

那麼，此一從集體的、公共的神話——小說故事，變成一凡個人的夢中劇情，有著什麼意義呢？要傳遞什麼訊息呢？

首先，是父親的角色以及父子的關係。在現實中，湯瑪斯．曼可說是一位最偉大的作家，同時也是一位最糟糕的爸爸。他既嚴格嚴厲，弄得家裡總是緊張無比，又喜歡對孩子冷嘲熱諷，讓兒女們在他面前根本抬不起頭來。他有六個孩子，每個人都在父親的巨大陰影下活得艱苦無比，痛苦不堪。有的嗑藥，有的自殺，有的重度憂鬱症被送進精神病院長期治療。他的第三個兒子葛羅．曼在湯瑪斯．曼死後才吐露心聲說：「我只有在父親死去的那一刻才眞正活過來。」作爲父親，作爲他的子女，眞是都可悲極了。現實中可悲的湯瑪斯．曼這位父親，卻在《東尼奧．克略格》這部小說中，以東尼奧這位兒子的身分，對父親的角色意義，從鄙視、逃離到懷想、認同的反思過程，去重新模擬、界定父與子之間的關係崩解與重構。這個課題，我們不要只是同情或輕視湯瑪斯．曼的補償與救贖心理，更應該審愼地觀照我們，你我父子之間關係的交融美好與侷限缺陷。

其次是故鄉的定位。一凡的夢中暗喻了《東尼奧．克略格》這部作品中最重要的一句話：「人必須眞誠的面對眞實。」這裡的眞實，指的就是故鄉。故鄉，和現實世界、和生命處境一樣，是不完美的。湯瑪斯．曼在書中一針見血地描繪出故鄉的不完美，用冷酷、批判性的字眼去形容，用具有傷害性的態度去看待，其實，正是在實踐他面對眞實的眞誠。故鄉，是人們首先發覺人性的地方，正因爲它不完美，到最後我們才發現我們因此而愛它。因爲，人類是不完美的，生命處境是不完美的，現實世界是不完美的。要描繪眞實，就必須描繪這些不完美。所以在冷酷批判的時候，其實心裡是愛著的；那具有傷害性的態度，正是一種愛的表現。因爲生命的不完美，正是它的可愛之處啊。

湯瑪斯．曼以《東尼奧．克略格》寫父親的意象，寫故鄉的實相，寫出現實、生命與人性的不完美，以及生而爲人心中不可放棄的愛，這些意義，値得追求完美主義的一凡好好地深思。或許，這正是此一夢境此一神話出現在你夢中的原因。他的思想，受到托爾斯泰、叔本華、尼采相當大的影響。叔本華在其著名的文章〈論個人命運中的意志〉裡指出：你的夢，是由你某些部分潛意識所創作的，所以你的人生也是你內在意志的傑作。因爲，人生好像是宇宙中作夢者夢境裡的情節，夢中不同的作夢者也在作著不同的夢。這個結論値得我們好好體會。

再來，讓我們繼續分析凡一的索爾兄妹之夢。

這個故事，或者說是神話，有著幾層的意涵。首先是：生命的意義何在？生命的價値、目標，怎樣去尋求、確立。而一旦出現、確定了，又該如何去行動、實踐。其次是，自由有多重要。索爾兄妹在受刑前一刻，都高呼：「自由萬歲」而後從容就義。究竟什麼是自由？自由是絕對的，還是相對的？自由有沒有眞與假之分？若有，什麼才是眞正的自由？最後一層意涵是，死亡的考驗。死亡，是一種人們得以自主地選擇作爲實現生命意義的方式，或者，只能是命運中注定無法逃避的必然？

在神話乃至於信仰、宗教之中，苦難一直是一個主要的課題。把人生看成苦難，通過苦難，把人從生命的桎梏之中解放出來，一直是許多神話、信仰、宗教的故事主軸。問題是，說的容易，做的難啊。在許多神話或夢境故事中，主角人物，尤其是典型的英雄，總是要透過冒險、死亡、重生的模式，才能讓自己得以完整。故事中的死亡，是一道自我消滅形式的門檻。走過死亡的那條界線，意味的是超越有形世界的侷限，反而趨向了內在的重生。凡一夢境中的索爾兄妹，何嘗不是如此呢？在那個納粹橫行的時代，他們的行動無異於自殺。神話，特別是宗教信仰，例如新約聖經裡的衆多使徒，那些等同自殺的殉教行爲，它所表示的，是要人們把自我當時的心理狀態拋棄，才能讓自己更健全；是要人們在精神上死去，才能以更開闊的方式重生。有一句古老的禱詞說：「神啊！告訴我們何時該放下。」就是這個意思。在神話或夢境中，個人——經由活著經歷死去，如此才得以進入一個全新的經驗。就好像一位印度教先知辜瑪拉斯瓦密（Ananda Coomaraswamy）所說的：「沒有受造者能夠不通過死亡而達到更高層次的本質。」也就是說，死亡的眞正意義，是一種作爲放下我執的象徵或召請，而不是做爲解決問題的手段，更不是當成逃避生命苦難不得不的選擇。這一點，我想是凡一應該要好好思考的。

超越死亡，不代表找到生命的意義與價值；不能死去又活在苦難之中，到底該怎麼辦？

索爾兄妹的生命價值，很明確的就是自由；而他們現實上追求價值的行動，就是反抗納粹。

納粹主義的形式美學，以及在哲學上精神上的某種激動魅惑，的確有其動人之處，甚至，它也是打著創造德意志民族徹底自由做爲號召的。但是，德意志精神的傳統，是納粹式的美與夢幻嗎？眞正的德意志精神，是什麼呢？我認爲，眞正的日耳曼文明價值不是納粹，那只是歷史中一小段短暫的反動悲劇而已。是自由。自由的價值，才是一代又一代德國菁英窮其智慧盡其生命不懈不棄地努力所追求的。這些偉大的德國心靈，是揭露封建專制體制醜惡黑暗，歌詠人性尊嚴的席勒；是受到歌德的詩作與席勒的劇作影響化爲抒情樂章創作的舒伯特；是提出上帝已死的尼采和得以與康德、黑格爾並列爲世界哲學史上重要思想家的叔本華；是一生追尋不朽詩作的里爾克，以及在尼采、杜斯妥也夫斯基、史賓格勒和佛教神祕主義啓發下寫出《流浪者之歌》這種猶如開悟者箴言的赫塞。這些德國菁英所豐富的德意志傳統，不是納粹主義，是自由的精神。自由，才是他們生命中至高無上的意義與價值。

對於一凡和凡一的夢境，我不想套用什麼前世今生記憶這一類老掉牙的通俗解釋，不過還是相信在你們內在意識之中，的確留存著，或者說連結著德國傳統文明的精神印記。說不定除了湯瑪斯．曼和索爾兄妹，還有其他偉大可敬的德意志心靈會持續來到你們夢中，尤其是那些曾經住過慕尼黑的天才們。慕尼黑這個城市，似乎和你們挺有緣份的。

最後建議你們，在作出更多的德國之夢以前，先聽聽華格納的歌劇吧。華格納音樂，影響了所有同世代以及後代的德國心靈，不聽華格納，怎麼能理解德意志呢？

ф

「原來如此，難怪你們今天起床就聽〈諸神的黃昏〉。爸爸的解析確實很深入，不過，爲什麼會說很神奇又超準的呢？」

「痲，完全被拔說中了，華格納都還沒來得及聽，昨天我和凡一都又作了德國人的夢了。」

「啊，夢見了什麼？」

「凡一你先說。」

「我先是夢見自己在一座皇宮裡，和建築師、工匠開會要在阿爾卑斯山上建造一個華麗壯觀的城堡，後來，又蓋了一家歌劇院，專門用來上演華格納的劇作。醒來之前，我正在歌劇院裡聆聽著〈諸神的黃昏〉開場序曲。」

「那不就是華格納天字第一號粉絲路易二世國王的事蹟嗎？」

「痲，凡一夢見的地方，寒假時我都去過，那座皇宮應該是巴伐利亞國王路易二世誕生的紐芬堡皇宮，就在慕尼黑。那家劇院，是路易二世為了華格納在貝魯特蓋的專用演出場地，現在由華格納的孫子管理，到如今都還是華格納迷的朝聖地。至於阿爾卑斯山上的夢幻城堡，就是迪士尼卡通裡的童話王國範本：新天鵝堡啦。凡一，我說的對不對？」

「應該沒錯。這些地方我雖然沒去過，不過路易二世對華格納的崇拜倒是知道一些。華格納就是接受路易二世的邀請才定居慕尼黑的，這位國王不但幫他還清所有債務，贊助他所有生活開銷，提供歌劇製作經費，建造歌劇院，甚至還在林登城堡下面挖了一個地下人工湖，只為了觀賞華格納的歌劇〈唐懷瑟〉。我，不，路易二世，還特別叫人去美國把愛迪生找來，在地下為歌劇表演打光架設電源。所有人都認爲他是神經病，怎麼會愛到這麼瘋狂。」

「路易二世愛華格納的已經不只是音樂而已，他寫了超多情書給他，其中有一封甚至說，你是死前唯一我會愛的人……如果我有機會爲你死，我會死。一個國王耶，寫這種信，不知道讓我們該覺得感動還是毛骨悚然。凡一，你要是對我這樣，早點講，我才好趕快落跑。」

「放心，我愛的絕對不是你。一凡，你作的夢也要說給阿姨聽吧。」

「我的夢境很清晰但是又很零散破碎，有點像電視插播廣告，跑出一個人，講一兩句話，又換另一個畫面，另一個人出現，講一兩句話。第一檔廣告，我是一個年輕人，約莫是大學生吧，在對著一位年紀比我大很多的女人誦唸自己的詩作。詩的句子很悲傷，說：『神啊，如果我死了，你會做什麼？』還告訴這個女人：『眞正的藝術，來自匿名的自我。』」

「這位夢中第一號人物，應該是里爾克吧，那句詩出自他的作品《馬爾他手記》，那個女人叫做莎樂美，是生於聖彼得堡的德國文學家。她和里爾克、尼采之間的三角戀情是可歌可泣轟轟烈烈的。」

里爾克認識莎樂美的時候才二十二歲，是慕尼黑大學的學生，那時莎樂美已經三十六歲了。里爾克愛上莎樂美，但是莎樂美有丈夫，只能和他維持不倫關係。從小就深感自我孤獨的里爾克，苦於無法獲得愛的回報，變成一個自稱「無命運之人」的人，在逃避命運之中迎接命運。他的詩作，總是充滿了漂泊與悲傷。

「是啊，夢境廣告第二檔的主角，就是尼采了。在一個高山圍繞的湖邊，有個留著鬍子鷹勾鼻的傢伙跟我說：『《查拉圖斯特拉如是說》我十天就寫好了，書中所有的故事和概念，例如：上帝已死，烏托邦消失了，都是查拉圖斯特拉本人親自跟我口述的。這本書太讚了，古往今來，沒人能比，連歌德都要閃到一邊去。』這個狂人，不是尼采還會有誰？」

「尼采第一次見到莎樂美之後就跟她求婚，被拒絕，後來又求，總共求了三次婚，都失敗。莎樂美愛他的思想和文采，不愛他的人。尼采從此沒再愛上任何女人，直到他發瘋去世。第三次求婚不成那年冬天，尼采偏頭痛嚴重惡化，好幾次想要自殺，於是來到瑞士聖莫里慈滑雪勝地附近的西斯瑪利亞（Sils-Maria）山湖區。海拔數千公尺的空氣和陽光，讓他不藥而癒，文思泉湧，加上波斯拜火教教主瑣羅亞斯德，也就是查拉圖斯特拉降駕通靈附身，才造就了這本曠世鉅作的第一部分十天就寫成的奇蹟。」

「現在我瞭解你們爲什麼說一凡爸爸又神奇又準了。他在給你們的分析之中提到的德國文化象徵人物大半都出現了嘛，而且就像爸爸說的，幾乎都是和慕尼黑這座城市有淵源的，路易二世、華格納就不必說了，里爾克、莎樂美和之前的湯瑪斯．曼以及索爾兄妹都是，只有尼采除外。搞不好，你們上輩子不但是德國人，還住在慕尼黑呢。除了這些人，還有夢到其他的嗎？」

「我還夢見一幕，本來不知道我是誰，在和一個老頭吵架兼辯論，後來變成好友，還幫他寫劇本。我死了，這老頭把我的頭蓋骨放在自己的書桌上懷念兼紀念，雖然有點變態，還是滿感人的。我講到這裡，凡一才想起來，昨晚他夢見路易二世之前，還有一個短暫的夢，是在看〈威廉．泰爾〉這齣戲劇演出。我們一兜起來，就釐清這個夢中人物身分了，還是在拔的預測名單之中。」

「是席勒，另外那個老頭應該是歌德。他們兩個人本來關係很惡劣，因為席勒年輕氣盛，而歌德又獨霸文壇，席勒原先對他很……賭爛，沒錯吧？」

「哈哈！完全沒錯，這時候用賭爛形容最貼切了。本來很賭爛，沒想到一見如故變成生死之交。席勒年輕又死得早，才四十六歲。如果不是他的鼓勵，歌德恐怕無法把《浮士德》完成。」

「那就難怪他要為席勒過世而哀慟不已了。席勒也是有位嚴厲而且世俗功利的父親，在父親逼迫下，他只好學法律、學醫學，可是不當律師法官，又放棄了行醫，逃避父親、逃離家鄉，最後還是選擇過著波希米亞式的自我放逐生活。」

「這不就是湯瑪斯．曼小說《東尼奧．克略格》的翻版嗎？不，應該說原型才對。」

「湯瑪斯．曼寫這部作品有沒有以席勒為參照對象，誰也不知道。只是拔連我們作夢會夢見誰都猜得到，眞的滿厲害的。」

「所以，我們就乖乖地聽華格納啦。」

「華格納幾部主要作品，像〈萊茵的黃金〉、〈尼貝龍根的指環〉、〈崔斯坦與伊索德〉，以及他的第一部歌劇〈仙女〉，確立他自我風格的〈飛行的荷蘭人〉，我們家至少都有三種以上不同的演奏版本。今天你們兩人就華格納 collection、歌劇 all you can hear，聽到飽吧。不過，還是吃飯先，吃飽了，再聽。」

這時，門鈴響起，立虹才忽然想到：「對了，凡一，前天你說有一個日本朋友要來找你，不就是今天嗎？我都忘了。一凡，快去開門看看，是不是凡一的朋友來了。」

「阿姨，我也一起去。」

「快去快去，我去準備午餐，你們通通下來餐廳吃飯，把朋友也帶下來。」

# 〈七〉

要成為一個真正的人，
就要學習在所有各式各樣的人類表情中，
去認識神的容顏。

——《千面英雄》喬瑟夫‧坎伯（Joseph Campbell）

一凡去應門，和凡一一起迎來他的日本朋友，是位令人驚艷，眼睛不得不爲之一亮的美麗女孩。五官精緻深邃，高挺的鼻樑，水漾分明的眼睛眨著濃密的睫毛，身材高挑修長，一整個八頭身的完美比例。最引人稱羨的是那白皙透亮毫無遮瑕的晶瑩膚色，讓她的身形似乎散發出一層微暈光彩，往哪邊一站，那周遭好像就分明亮了起來。她是葵，京都上賀茂神社宮司的後裔孫女。父親繼承了先祖傳下的大片地產，在關西天理擁有數十公頃的山原平野，近幾年來開闢爲竹子專用種植園地，悉心經營成爲日本最具規模的竹筍和竹子原材料生產基地。母親是同志社大學通識中心的日本文學講師，和凡一的媽媽熟識，每年都會把當季新鮮的綠竹筍送來給藤原家品嘗。凡一高中時期有個暑假，就在松田家的天理竹園打工，和葵一起採挖竹筍栽植幼竹。凡一和葵，是友達以上戀人未滿的好朋友，連爲了大學入試合格的神社參拜，兩個人都是約好連袂去北野天滿宮祈願的。

「阿姨好，我是松田葵，冒昧來打擾您眞不好意思，請多多指教。」

「歡迎歡迎，松田小姐妳的中文講得也很好，一點也不輸給凡一。來，剛好一起吃早午餐。」

「謝謝阿姨，如果不嫌棄的話，叫我葵（Aoi）就可以了。」

「請坐請坐，凡一幫忙擺碗筷，一凡過來廚房把食物端上桌，服務女生是你們男孩子的天職。」

田家美食小吃總匯今天準備的是：三重中正北路烏醋麵、正義北路五燈獎豬腳、羅東林場肉羹，加上礁溪的溫泉空心菜用清燙的。

「阿姨，你每次給我們吃的東西都好特別又好好吃喔。可以不可以稍微跟我講解一下，我決定把在你們家吃到的料理都記錄下來跟我媽報告，讓她羨慕到口水直流。我跟妳說喔，我媽對美食完全沒有抵抗力，所以阿姨妳根本不用費心去想要送我媽什麼禮物，這些台灣小吃就夠了，她一定愛極了。」

「天下的媽媽都是一樣的，愛吃。凡一，你可能不知道，我媽每次準備的小吃，家家都是生意興隆大排長龍，要費九牛二虎之力殺進殺出重圍才買的到的喔。」從葵進門之後，平時開朗健談社交功能超強的一凡就好像搭訕開關被閉鎖了似的愣在一旁，直到現在才回神過來，大概有點被葵的驚人美貌給嚇到了。

「沒那麼誇張啦。我選擇食物的標準，不在名氣，在口味；不在招牌大小，在用心和用料。這家烏醋麵，重要的是淋在麵上頭的醋，是獨家獨門配方調製的，它的香氣還帶著黃豆發酵的天然味道，酸得恰到好處，又有濃郁的芳醇；麵和醋，就這麼簡單。這就是我的美學原則：簡單的東西不一定好，好的東西一定簡單。不只藝術、時尚如此，在美食上也一體適用。」

「阿姨，這種豬腳我第一次吃到，好Q彈，好柔嫩，又好入味喔。而且，稍微有一點甜甜的。」

「小葵，妳能連用這三個詞形容豬腳美味，應該獎勵，至少要吃三隻。告訴妳，蹄的部位最好吃。日本人除了沖繩料理以外，其他地方的人大概不太吃豬腳吧，難得妳這麼喜歡。」

三隻豬腳對葵似乎完全不構成挑戰，她已經準備開始進攻第二隻了。

「麻，肉羹的背景我來講。宜蘭的太平山，是日治時期殖民政府開發出來的台灣最大原木採伐地。爲了輸送木材，鐵道築到太平山腳下，往上延伸到山腰。山上除了我們稱爲流籠的空中纜車之外，還有高山輕軌列車叫做五分仔車。太平山的紅檜、扁柏、肖楠，就這樣源源不絕的往山底下載運。山下原木儲放交易的中心，就是羅東。這個街町，因爲木材生產貿易，成爲當時台灣東北部最繁盛的城鎮。羅東爲了集散原木而闢建的林場，也是全台灣規模最大的，現在遺址還保留著。這家肉羹，就開在羅東林場的旁邊，所以叫做林場肉羹。」一凡總算恢復他冷知識王的平常水準了。

「凡一，原來你住在這裡，不但經常吃好料，還能長知識，眞是幸せ（幸福）。」

「我也覺得，既幸運又幸福。小葵，妳的中文進步眞多，是交到台灣男朋友幫妳特訓嗎？」

「才沒咧，都要感謝媽祖婆啦。」

「媽祖教妳中文？妳也是通靈少女嗎？會降駕喔？」

「不是啦。台灣的農曆新年過完我就來了，比你早。我們同志社和東海大學都是天主教學校，有交換學生合作，我是爲了媽祖來台灣的。」

「媽祖？她跑去京都找妳喔？」

「是我來找她。我在同志社文學部唸比較文化，本來主題是要研究聖母瑪利亞信仰在各個地方的差異變化。在巴西的那幾年，巴西人對聖母的崇拜熱情讓我印象很深刻，又覺得他們的虔敬方式和傳統的基督宗教不太一樣，聖母的角色也不盡相同。這種現象好像在全世界越來越普遍，你知道嗎？」

葵初中畢業跑到巴西叔叔家待了三年，才又回到日本從高二唸起，所以雖然長凡一兩歲，兩人卻是同一屆上大學的。

「巴西這個國家是全世界第二大的基督教社群，有大約兩億的基督徒，我記得沒錯的話，其中百分之七十五是天主教徒，百分之二十左右是新教或五旬節教派信徒。巴西有一位主保聖人（patron saint），叫做「阿帕雷西達聖母」（Nossa Senhora Aparecida），對不對？」

「凡一，你還是很厲害。巴西的基督信仰方式，和一般北方歐洲國家不同的是，更激情、更相信超自然力量，更擁抱預言、異象、降靈和宗教治病。五旬節教派的興起就是最明顯的一股勢力，許多新興的獨立教會，也都是以這種崇拜形式爲號召，甚至和許多當地原先的在地信仰文化元素相結合。這種常被貶稱爲『俗民天主教』（Folk Catholicism）的拉丁美洲神學，一個重要特色就是聖母崇拜的抬頭。不只巴西，這股潮流已經從中南美洲普及到亞、非洲所有的南方國家了。」

「這應該就是基督宗教的本土化（inculturation）現象吧。在基督宗教歷史的最初幾世紀，埃及的基督徒都是用女神依希斯（Isis）和她兒子荷魯斯（Horus）的形象去揣摩聖母瑪利亞和聖嬰耶穌的樣子。在英語裡，復活節（Easter）這個最重要的基督宗教節日，本來也是日耳曼黎明女神伊斯特（Easter）這個異教女神的名字。」

「這種基督教出現本土聖母的情形到處都有。一五三一年，一個墨西哥原住民胡安．迪耶哥（Juan Diego）宣稱聖母向他顯現，經過西班牙傳教士驗證之後，認定他看到的的確就是聖母，命名爲瓜達盧佩聖母（Our Lady of Guadelupe），沒多久這位聖母就獲得了原住民族的熱烈崇拜，成了墨西哥的守護神。其實原住民本來是將這位瑪利亞，當作Coatlaxopeub（踏碎毒蛇頭顱者），那是阿茲特克（Aztec）女神圖南特絲（Tonantzin）的頭銜之一，原本就受到原住民族的崇奉，後來兩者就合一了。又像是古巴人所信仰的慈悲聖母（la Caridad），被很多從西非輸入的黑奴後裔視爲非洲女神，直到現在，她還是古巴另一個『薩太里阿教』（Santeria）也共同奉祀的對象。至於在厄瓜多，和墨西哥瓜達盧佩聖母地位同樣崇高的是埃爾金切聖母（Virgin of El Quinche），因爲她的膚色與美洲原住民和西班牙人混血的梅斯蒂索人（Mestizo）相同。不只拉丁美洲，非洲的聖母崇拜也超狂熱，撒哈拉以南最早的天主教殉道者是一九〇六年在比屬剛果皈信的巴坎亞（Isidore Bakanja），他就是因爲信仰聖母太過激情而被世俗的白人殖民者殺害。到了一九八〇年代，聖母顯靈的事蹟就更多了，盧安達、肯亞、喀麥隆都有。最厲害的是埃及的科普特教會，在開羅附近的扎東（Zaytoun）這個地方，一九六七和六八連續兩年，都有許多人聲稱看到瑪利亞的異象和神蹟，讓因爲六日戰爭失敗舉國消沉的埃及人士氣大振，吸引了幾百萬的人們到扎東朝聖，其中不但有基督徒，也包括了穆斯林，因爲瑪利亞在《古蘭經》裡也是一位很重要而且備受信徒尊敬的角色。」

「這種現象，傳統的天主教會怎麼看待？不會把他們視爲異端嗎？」提出這個問題的是一凡。

「這個趨勢，西方的天主教會也不得不逐漸接受。美國的天主教會最早宣布瓜達盧佩聖母是所有美洲人共同的主保聖人，一九八八年開始，她的慶典被提升到節日的高度，美國所有的教區都在同一天舉行慶賀儀式。一九九八年，教宗若望．保祿二世訪問古巴時，也特地去了埃科伯（El Cobre）的聖母堂，向慈悲聖母致敬，還宣布她是古巴的女后和主保聖人呢。」

「對耶，上個星期（二〇一七年五月），現任教宗方濟各在葡萄牙法蒂瑪這個小村落，親自舉行了封聖典禮，受封的就是一九一七年當時分別只有十歲、九歲的路濟亞和方濟各這對表姊弟。他們不但目睹聖母顯靈現身，還接收了三項重大指示，被教廷封口列爲最高的秘密。當時法蒂瑪修道院的院長還指稱這是一場騙局，要求村民們別上當，一百年後，那時領受神蹟的小孩子過世很久了，卻被教宗封爲聖人。」

「講了半天聖母崇拜運動，都還沒提到這和妳跑來台灣找我們的媽祖有什麼關係？」

「你那隻豬腳到底吃不吃？不吃給我。」已經消滅自己三隻額度的葵繼續說：「在蒐集聖母現象資料的過程中我慢慢發現，這種在神學上和本土結合而後創新的文化經驗，在族群交會融合的移民社會發展得特別蓬勃，在移居者和流浪者比例很高的社會，解放、苦難、社會正義、族群衝突以及各種不平等議題相對越是深刻的地方，聖母的力量就越是強大。台灣也是一個歷經殖民統治的移民社會，台灣的天上聖母——媽祖的信仰也非常興盛，這不是一個很值得和全世界的聖母崇拜進行比較研究的課題嗎？所以，我就跑來啦。噢，這豬腳實在太好吃了，烏醋麵和肉羹也都超美味的，幸好我早上出門趕車太匆忙沒吃東西。」葵的食量，比起兩個大男生完全不遑多讓。

「想不想來些飯後甜點？有兩種口味，你們自己選。」立虹今天提供的是犁記的鳳梨酥和綠豆椪。

「阿姨，這是鳳梨酥，我上次吃過另外一家的。這種餅我就沒看過了，是什麼？」

「我來告訴你，這是犁記的綠豆椪。犁記這家糕點老鋪，是甲午戰爭前一年，一八九四年創立的。綠豆椪是它最傳統有名的極品，用綠豆內餡加上產自北港的紅蔥頭和滷肉，口感是半甜半鹹的，仔細品嘗，還有芝麻的香氣。民國一百年的國慶酒會，外交部就是用這款百年老店的百年糕餅招待全球來賓。」

「兩樣都好好吃的樣子喔。」葵在猶豫不決中。

「妳可以兩種都吃看看啊。」一凡的提議，正中葵的下懷。

「那妳來了三個多月，媽祖已經認識妳了嗎？」

「何止認識，應該已經有點厤吉了吧。來到台灣我才知道，台灣的媽祖太強了，凄い（厲害）！」

「我記得，媽祖的誕辰是農曆三月二十三，在那之前，各地都有很多慶典活動，妳有去參加嗎？」

「我就是爲了參加媽祖祭リ才提前來台灣的啊。噢，這pineapple cake超好吃的。媽祖遶境，我走了兩個。大甲鎭瀾宮走到新港奉天宮，和後龍白沙屯拱天宮走到北港朝天宮，這兩個遶境時間有點重疊到，只能二選一。前面那個比較有名，人太多了，所以我去參加後面那個。另外，從桃園八德龍德宮走到麥寮拱範宮的遶境，是全台灣距離最遠時間最久的，四百多公里，九天八夜，我眞的全程用兩隻腳走完了喔。我發現每個宮廟的遶境儀式，都有它各自不同的規矩特色，很好玩。比如說，大甲鎭瀾宮的可以讓外人來扶轎，又開放讓沿途各地的宮廟來搶抬神轎，所以電視上就看到很多大官去參加，還有許多爲了搶轎打架的場面。白沙屯的拱天宮就完全不一樣，雖然路程差不多，也是三百多公里，時間也是八天七夜，人數沒有大甲十幾萬那麼多，至少也有七、八萬，可是卻井然有序多了。因爲他們的神轎不給外人碰觸，禁止人家來搶轎，也不讓任何宮廟的陣頭參加造勢，所以也就沒有衝突糾紛。拱天宮的遶境路線每年都不一定，是媽祖決定的，聽說每次都會有很多神奇的事情，像今年媽祖的神轎竟然直接衝進濁水溪渡河，幾萬人通通跟著涉水而過，結果大家都平安無事。」

「哇，那不就有點像摩西率領猶太人渡紅海一樣。」

「差不多。上岸以後每個人都說，溪水才淹到大腿而已。奇怪，台灣的河川不是冬季枯水期，春夏水量大增嗎？八德龍德宮的遶境也超有亮點的，雖然人數不多，只有幾千人，可是他們負責抬轎的，規定一律是女生，被稱爲金釵抬轎團，都是美女，其中還有一組空姐抬轎隊呢。全世界的女性主義者都應該來這裡朝聖才對。等一下，一凡，你說這個叫做什麼？綠、豆、椪，超～美味的！除了兩趟遶境，我還在彰化待了快一個星期，參加那裡的十二莊媽祖遶境，是彰化縣內十二個鄉鎮輪流主辦，遶行全縣境內十二座媽祖廟的活動。最後是媽祖生日的時候，到北港參加媽祖文化節，有連續兩天的藝閣遊街，一天遊北街，一天遊南街。這種真人打扮站在花車上的遊行，和我們京都的時代祭有點像又不太一樣。不過有一點我到現在還搞不清楚，爲什麼有的媽祖臉是白的，有的卻是黑的，眞是奇怪。」

「小葵，妳再吃一個綠豆椪，這個問題讓一凡來回答妳。」看到葵對美食的愛好，立虹心裡益發喜歡這個日本女孩了。

「台灣的媽祖有分身排行次序。一般來說，大媽，也就是大姊，坐殿，坐鎮廟宇，也叫做鎮殿媽，是白臉的。二媽辦事，有事拜託最好求她，是粉臉的，有打隔離霜加粉底腮紅，粉紅色系的。三媽出遊，她比較愛玩，喜歡到處跑，所以坐轎出巡的通常是她，但也不一定，像大甲鎮瀾宮出門遶境的是有一尊比較小的專責媽祖神像。三媽就是黑臉的。所以也不是說，爲了表示香火鼎盛薰黑臉龐，於是所有的媽祖都黑臉。媽祖有不同分身，也有不同分工。」

「一凡，你和凡一一樣都很博學，懂的事情好多唷。」

「兩個人可以並列冷知識王了。台灣的媽祖神像，通常是背山面海朝向西方，因爲她是守護海洋的女神，必須看顧著台灣海峽黑水溝風浪上的船隻和人民。可是，竹南龍鳳宮有一尊高達二十幾公尺，號稱全台最大的白臉大媽塑身像，卻是背海面山，反過來，背向著龍鳳漁港，你們知道爲什麼嗎？」

三個人都搖頭。

「這尊媽祖背對的方位，就是她的原生地福建莆田。信徒們這麼安置的用意是希望媽祖庇佑腳下的這塊台灣土地就好，不要再想著海峽對岸的故鄉，更不要再回返當初渡海而來的地方。或許這也是徵得媽祖同意，符合媽祖的心意，才作出的安排吧。」

「這不就是一種體現了inculturation（本土化）的精神嗎？一凡，你這位台灣冷知識王，知道的媽祖廟有多少呢？」

「二〇〇九年十月，媽祖信仰入選爲聯合國教科文組織的人類非物質文化遺產代表。台灣的媽祖廟實在太多了，我只能記得一些比較有規模或是歷史悠久的。媽祖來到台灣的起源，所謂的開基媽，比較多數人接受的說法是北港朝天宮。之所以會有遶境活動，其實就是媽祖要回娘家，回到她分靈出來的本廟去探親。像大甲鎭瀾宮是北港朝天宮分出來的，本來遶境的終點是那裡，後來因爲某些人爲因素才改爲以新港奉天宮爲目的地。媽祖信仰深入人心，奉祀她的宮廟從北到南遍佈整個台灣西部。以北港這座已經有三百多年歷史的主廟爲中心，向北數算，斗六受天宮起建於明朝，也很古老了。西螺的福興宮，是大甲媽遶境必經之地，廟裡還保存著清朝留下來的古物。鹿港的媽祖廟名我忘了，要問羅大佑。彰化的南瑤宮，歷史也很悠久。台中大里也叫做福興宮，是兩百多年的黑面媽祖。苗栗苑裡有兩間媽祖廟，順天宮是縱貫鐵路海線上最早的一座，俗稱城內媽祖，和城外媽祖慈和宮共同守護這個老鎭的居民。竹南的慈裕宮很特別，直到現在每年端午節都還舉行媽祖洗港活動。要洗的，是古代稱爲中港的竹南這個地方；要洗去的，是早年漳泉嚴重械鬥血流成河所造成的對立仇恨。道光六年發生的這場悲慘事件死傷無數，爲了超渡死者也爲了記取教訓，藉著媽祖的神威，從此留下了這項此地獨有的習俗。慈裕宮裡一座道光二十四年的『勸中襲和睦碑』就是紀念弭平械鬥事件而設立的。

「新竹北埔慈天宮，主神是媽祖，但也奉祀三官大帝和三山國王。這裡本來是賽夏族的居住地，福建和廣東的閩、粵移民都跑來拓墾，用武裝力量展開戰鬥衝突奪取土地。慈天宮三尊神明合祀的情形，就是代表次文化群體在此地的多元勢力。另外，在台灣北部比較具代表性的還有新莊的慈祐宮，正對面是從前新莊舊港的碼頭，以及汐止濟德宮和三峽興隆宮，都有一、二百年歷史，都在當地的老街上頭。以上是北港溪以北的媽祖廟。南部的還要聽嗎？」

「要要要，好不容易遇到媽祖達人，怎麼可以放過。等一下，我拿一下筆記本。好，請繼續。嗯……我可以再吃一塊pineapple cake嗎？」

「北港往南，首先是嘉義朴子的樸樹宮。朴子這個小鎮，可以說是媽祖創造的。先有樸樹宮建廟才有市鎮的形成。甚至，連朴子這個地名，也是由宮廟名稱得來的。傳說有一個泉州人到鹿港請來媽祖分靈要回他家奉祀，半途經過朴子溪旁的一棵樸仔樹下住宿一晚，沒想到居民紛紛來膜拜，媽祖也決定不走了，留下來，於是就在樸仔樹下蓋了樸樹宮供奉媽祖，當地就這麼熱鬧興旺起來。本來沒有地名的，就叫樸仔腳，意思是樸仔樹底下，後來以同樣發音改成現在的朴子。樸樹宮，經過不斷擴建，改名爲配天宮。裡面的媽祖神像，就是用那棵老樸樹的樹身直接就地雕刻而成，神像連著樹根，樹根深入土地，整棵樹仍然蓬勃生長欣欣向榮。神、樹一體，媽祖和土地連結起來，永遠也不離開。所以朴子配天宮的樸樹媽祖，是全台灣唯一誰也請不動的媽祖，而且從來不出巡玩耍的。」

「一位研究拉丁美洲神學的學者吉爾羅伊（Paul Gilroy）對基督宗教在南方世界的變遷曾經這麼說：『這些地方的人民是以旅途（routes）而不是根源（roots）來自我界定的。』，看起來，這個論點也可以適用在台灣的文化宗教信仰。」凡一說。

「接下來到台南，安平鹿耳門有一個開基天后宮和一個大天后宮，搞不清楚哪一個比較古早。善化這個本來是西拉雅平埔族目加溜灣的大武壠社，有一座媽祖廟叫做慶安宮，是當地的信仰中心。鹽水元宵放蜂炮的地方俗稱鹽水媽祖宮的護庇宮，也很老，超過三百年了。高雄，海邊旗津和山邊旗山都叫做天后宮。旗津的是國家三級古蹟，旗山的更厲害，二級古蹟。旗山媽祖廟建於道光年間，值得一提的是，它的廟身建築是現在幾乎已經絕跡的土角厝，也就是用泥土磚砌牆蓋出來的，眞難想像竟然可以撐到現在。岡山媽祖廟壽天宮是鄭成功的部隊和移民興建的，日治時期為了配合都市計劃遷移到現址。最後，屏東除了有慈鳳宮，在黑鮪魚的故鄉東港，它的媽祖廟是高雄的郊商來這裡設立分行，促進商業經濟繁榮同時建立的，朝隆宮，俗稱港郊媽，也是清朝道光的事情了。補充一點，今年的媽祖文化節，有一組抬神轎團體，不知道是史瓦濟蘭還是布吉納法索哪個非洲邦交國的黑人組成的，他們說，這位黑臉的媽祖是他們非洲黑人的女神，是他們的聖母瑪利亞，還說要把她請回非洲去。這不就是聖母崇拜全球化，把台灣媽祖也匯流進去的一個好例子嗎？以上，報告完畢，敬請指教。」

「一凡，你太強了，眞是感謝，我來台灣三個多月加起來認識的媽祖也沒有你今天介紹給我的多。來，這張送給你，是今年首發的媽祖生日紀念版——北港媽祖悠遊卡，裡面還有附朝天宮過爐加持的特有平安符喔，我好不容易才買到兩張。」

「謝謝，第一次見面就收妳的禮物，眞是不好意思。」一凡竟然有點害羞。

「一凡，你今天不是要帶凡一去哪裡嗎？什麼時候出發？要不要開始準備了？」

「對了，小葵，我說你來台北要給你一個驚喜，本來是沒有想到一凡的媽祖全知識灌頂的。今天我們打算帶妳去一個原住民部落，一凡保證是人間仙境，待會妳跟我們一起走就對了。」

「你們兩個男生，別忘了把讀過一凡爸爸夢境解析的心得感想，昨晚的後續夢境內容，以及，你們要問的問題，通通整理出來。一樣，星期二中午以前交作業。」

「夢境解析？那是什麼啊？」

「路上再慢慢跟妳講。」

「厤，沒問題，我會和凡一在旅途中好好討論，準時交卷，華格納也帶去山上聽。」

「你們去收拾行李裝備，小葵，來，我們來挑一些犁記的糕餅讓你們帶著吃。」

「哇，太棒了！幸好我今天揹的包包滿大的，應該還夠裝犁記。」

「天堂有路你不去，地獄無門闖進來……」〈雲州大儒俠史艷文〉布袋戲裡萬惡罪魁藏鏡人的出場慣用口白在魅影的腦海中響起。哇……哈！哈！哈！得來全不費功夫。這個藤原凡一，居然自動送上門來，跑到台大當起交換學生，這，這不是天助我也，天賜良機嗎？

經由FB的監視，藤原選修的課表已經瞭若指掌，每天在校園裡出入的地方：海圖、萬才館、綜合教室……都是魅影熟得不能再熟的場館，跟蹤起來實在太容易了。沒幾天，連他住哪裡都一清二楚。寄宿在一個也是台大法律系學生的家裡，田一凡，順便也把他列入網路追蹤的對象。

他們兩個人，感情好像不錯的樣子，每天都廝混在一起，不太有落單的時候。田家的房子，在一個封閉型的社區裡面，門禁管制滿嚴的。不過，憑我的身手和軍事訓練技能，要潛入這種安全等級的地方隱蔽埋伏，根本不費吹灰之力。

原來這個小日本貴族不是自己一個人來台灣，還帶了個女孩子來。松田葵，京都人，同志社大學附中畢業，同志社大學文學部比較文化學科二年級，現在在東海大學當交換學生。長的還滿漂亮的，介於上户彩和綾瀨遙之間。書不好好讀，大老遠從台中跑上來找男生，兩個人一定是男女朋友關係。都住京都，搞不好從小就是青梅竹馬，先觀察一陣子再說。

沒多久，魅影獨居住宿的租屋處，房間裡就貼上了一大堆從電腦列印出來的，凡一與葵的照片，幾乎排滿了整面牆壁。各種角度的動態，表情的特寫，行為的樣貌，無不備齊。還有更多，存在硬碟裡，不時就叫出來研究模擬一番。

會活動的獵物，比不會動的石碑、銅像，刺激不知多少倍！

〈八〉

當一個人走進你心裡之後，
就永遠不會再離開了……

——《你會在嗎？》紀優．穆索（Guillaume Musso）

南澳，這個泰雅族南勢群的聚居山地，因為海岸岩彎往南面向太平洋而得名。要瞭解這個地方，最好也從太平洋的方向看過來。在台灣東部海域，正當南澳的外海，北太平洋最強勁的海流——黑潮從南到北沿岸而上，在這附近成為二道支流，一支向東偏轉，沿琉球島弧外緣北上，另一支則越過宜蘭海脊，繼續沿台灣東北海岸流去。

黑潮海流的變化，其實是受到南澳外海海底看不見的劇烈地形影響。在南澳海域，一〇〇〇公尺的等深線非常貼近海岸，而且很快就下降到三〇〇〇公尺深度。這片海域的海底地形，是島弧、海脊、海槽和海溝。其中最寬廣的海盆，就稱為「南澳海槽」，水深介於二〇〇〇至三〇〇〇公尺之間。

從海上逼近陸地，就是斷層海岸。超過一二〇〇公尺的斷層崖高，又是地質極不穩定的破碎帶，崎嶇崩塌，坡度陡急，加上海蝕作用侵襲，使得南澳海岸斷崖的壯麗曲折，完全是鬼斧神工的天然傑作。呈「之」字型的海岸線，有半島、岬角、岩礁，也有南澳溪、和平溪出海口所形成的沖積扇三角洲和海灘。尤其是南澳到和平之間長約十二公里的直線斷崖，在黑色、綠色岩性均勻的片岩斷壁之下，是一道寬達五十公尺的美麗海灘，絕景天成，美不勝收。

海岸斷層背後的南澳，就是中央山脈了。縱貫全島長達三四〇公里的這道「台灣屋脊」，最北端的起點就是蘇澳和南澳之間的東澳嶺。從太平洋濱往西的中央山脈地形非常陡峭，平均每公里上升達一二〇〇公尺。由南澳出發，首先遇到的百岳高峰就是標高三七四二公尺的南湖大山。南湖，有著磅礴的帝王山勢，山容唯我獨尊，是台灣冬季積雪最深厚的高山。其中的冰河孑遺奇景，已被發現的圈谷有二十七個，其中十個是冰斗，也就是冰河源頭的圓弧形窪地，造型優美俊俏，可愛與險絕並存。

說到台灣的冰河遺跡，就不能不提到鹿野忠雄這位傳奇人物。直到一九四五年在北婆羅洲失蹤前，他不到四十歲的生命大半都在台灣深山峻嶺中進行調查研究，還創下許多高山首登的記錄，例如：中央尖山、劍山、畢祿山這些百岳名山。才十六歲就在學術刊物上發表了第一篇昆蟲論文。此後，動物、植物、地形、地質等博物學論文，總共發表了一百五十三篇。其中有十六篇地理學論文，大多是台灣高山冰河的探討，奠定了台灣高山冰河研究的基礎。雪山、南湖大山的冰河地形都是他發現的。

從崇山峻嶺之中切穿流洩而下的高山雨雪，在南澳地區形成了許多湍急壯觀的激流溪谷，也造就了許多氣勢雄偉、從天而降的瀑布：三疊瀑布、中山瀑布、新寮瀑布，分別位於莫很溪、舊寮溪、新寮溪，最大最高的澳花瀑布所在的和平溪則是南澳和花蓮秀林鄉的分界。另外，觀音瀑布和紫明瀑布也是清新脫俗的天上之水。

南澳的武塔部落就是一凡帶著凡一和葵此行造訪的地方。這裡可說是他的第二個故鄉。在這裡，他的名字叫做Watan，泰雅族語裡是勇士的意思，而且是擁有智慧力量的勇士。根據Watan的《武塔部落手記》，他和這裡的因緣是這麼產生的：

〈初遇〉小六時我熱愛大自然和原住民文化的父親帶我夜宿武塔部落（位於世界難得一見的自然奇觀：斷層海岸上南澳南溪北岸的沖積扇上）唯一的一間民宿「三枝的家」。

〈動念〉在行將國中畢業的關口上徬徨，生活中失去了父親的倚靠陪伴，偶然讀到已故前台新金控總經理林克孝先生的著作《找路：月光・莎韻・Klesan》，思緒翩然飛舞，於崇山密林深處找尋老部落的石板屋，捕覓那唯美且純粹的少女空谷足音。太過鍾情於山林以至於在山中沉睡的金融專家，那恍若異次元時空的事蹟故事，令我感動得久久不能自己。

〈重逢〉老教會中，青少年們正在聚會，牧師帶著大家吟唱詩歌，並以北京話、泰雅母語，雙語引導我們學習舊約聖經中的十誡。認識了武塔教會青年會長Mawi，也在族人們的共識下有了自己的泰雅族名字。Mawi帶我到一處，提醒千萬不要告訴外人的私房祕境，上溯無名溪中的深潭上，是一座三層樓高的瀑布。在Mawi的教導下，攀爬岩壁，學泰山一樣踩在瀑布頂端的樹幹上，縱身躍下，跳水，潛入深潭。全程裸泳，不需要衣物。

〈發願〉小我一歲的Mawi，立志當警察，去年僅差兩分落榜，今年重考，再不成功，就只得迫於家計從軍簽志願役了。還有幾個月時間，決定每個周末都來幫Mawi複習功課，尤其是他最需要加強的數學。一定要幫他考上，實現他的心願。

就這樣，一凡Watan，每個周末都「回」到武塔，從未間斷過。這裡已經是他的家了，男女老幼，每個部落裡的人都認識他，待他像家人一樣。這次他帶來了凡一和葵同行，兩個來自日本的交換學生，事先準備了英文教學團康遊戲，帶領近二十位小朋友又唱又跳，比手劃腳，在寓教於樂中學習基本的英文單字。

晚餐，吃光部落媽媽們拿手的原住民風味好菜，Watan拎了一手啤酒，Mawi揹著一隻吉他，帶著兩位日本朋友來到武塔國小的操場。喝酒，可不能在教會，冒瀆聖父聖母聖子。酒，是一凡給自己和凡一準備的，Mawi滴酒不沾，別以為原住民都嗜酒成性，那是偏見。在族人的共識決下，兩位新朋友也有了原住民名字，凡一叫做Walis，葵則是Sayun。

武塔部落的夜空，星光燦爛，天幕是略帶一絲紫色的黑絲絨，上頭鑲嵌著閃耀明輝的大大小小星鑽，讓人不禁要問，在那其中，是否有一顆，是我們真正的故鄉、眞正的家？

這個時候，喝啤酒毋須喧鬧著乾杯，因爲伴著下酒的是星光與夜風，暢飲起來自有另一番的痛快。

Mawi的吉他，輕輕的撥動琴弦，流洩出一首和緩悠揚而又帶著些許傷悲的韻調。曲聲方歇，已經喝掉二罐金牌台啤，酒量顯然比幾個男生都要來得好的小葵問：「Mawi，你彈的這首歌是日本曲子吧。我有聽過，現在日本已經很少人記得了，很老的歌，沒想到台灣竟然有人會。」

「是日本歌嗎？我們都是唱中文的，叫做〈月光小夜曲〉。」

「我想起來了，是二次大戰期間的歌曲，叫做〈サヨンの鐘〉，莎韻之鐘，是日本著名音樂家古賀政男作曲，西條八十作詞，好像是爲了紀念一位台灣的女孩子而創作的。」

「小葵說的沒錯，這首歌我今天也是第一次聽到，不過我曉得它的背後有一個很動人的故事。怎麼這麼巧合，葵的泰雅名字也叫做Sayun。妳怎麼會知道這首連我以前都沒機會聽過的歌呢？」

「演歌是小葵的最愛，她在巴西的時候，陪那些移民他鄉的叔叔伯伯聽，和他們一起感動，聽出興趣來的。」凡一也是受到葵的影響，才開始欣賞一般年輕人覺得已經老掉牙的日本演歌。

「在巴西的大草原中，夜晚看著南十字星的光芒，聽著演歌，常常不自覺地就流下淚來。回日本以後，我就用心研究了一下演歌的發展過程，更加覺得這眞是日本文化裡很珍貴而特別的一部分。第一位使用多瑞咪發索西洋音階，將日本傳統的三味線音樂譜成歌曲的作曲家叫做瀧廉太郎。那首史上第一曲用西洋音階譜成的演歌，就是〈荒城之日〉，完成於一九〇〇年。瀧先生十五歲考進現在東京藝術大學音樂學部前身的東京音樂學校，二十一歲獲選爲文部省外國留學生到德國學習音樂。他的志願，就是以日本的題材，用現代音樂的形式，創作出世界一流水準的、屬於日本人自己的歌曲。他的音樂貢獻，等於是爲明治時代的西洋音樂揭開了黎明序幕。很遺憾的，瀧先生二十三歲就英年早逝了，卻留給後世日本很重要的藝術遺產。歌曲，往往最能代表一個時代的精神和氛圍。瀧先生的作品，在那個日清戰爭剛結束，瀰漫著愛國主義空氣的社會中，也有一些是以軍歌爲曲調寫成的，比如那首有名的〈箱根八里〉。但最重要的還是他的創作中，充滿了『大衆性』、『未來性』和『藝術性』，特別強調歌詞和音樂一體化的自然風格。聽說台灣以前也是有一群年輕人想要『唱自己的歌』，才慢慢演變成後來很豐富的流行音樂文化。這次來台灣，我也想要蒐集一些這方面的資料，說不定可以和日本演歌做一下比較文化的研究。講到都口渴了，凡一，你那罐啤酒還要喝嗎？不喝給我。台灣的啤酒，還滿好喝的。」

「妳說的台灣當代流行歌源起之一，叫做校園民歌啦。這妳就應該拜我媽為師了，他是聽校園民歌成長的一代，我家有一大堆黑膠唱片和卡式錄音帶，聽說幾乎所有的校園民歌專輯都保存得很好喔。」

「眞的？太好了，乾脆以後我每個禮拜都來好了。」

「一凡、Mawi，你們要不要趁現在跟這位日本的Sayun說一說莎韻之鐘的故事？我也很想瞭解。」

「事情發生在一九三八年。現在的武塔部落還沒遷移到現址，是在西邊大約十八公里，標高一千一百多公尺的深山中，叫做流興社。那裡設有一個警察駐在所，是日本政府統治當地的行政、教育中心。一位任職於駐在所的日籍警察接到了軍事召集令要搬到山下去，當時的原住民部落有所謂奉公服務的服勞役制度，大家輪流承擔各種義務，於是就派了六位『女子青年團』的成員，為這位警察揹負行李家當下山。當天颱風來襲，風雨交加，一行人走到武塔附近的南澳南溪溪谷時，湍急的溪水激流漫過了搖搖欲墜的獨木橋，六位泰雅少女中的Sayun就不幸滑落被急流沖走喪生了。」

「慢慢的，這起事件，成爲日本殖民政府塑造原住民『奉公犧牲』形象的案例。先是新聞報紙刊載消息，隨後，在流興社舉行盛大的慰靈祭告別式，台灣總督府、台北州、蘇澳郡都派遣了課長級高官參加儀式，台北州的知事後來還親自到Sayun的墓地參拜。」

「隔年，各種官方媒體更加大幅報導這個『奉公爲官』事件，歌頌她英勇犧牲的精神。直到一九四一年，當時的台灣總督長谷川清閒聽聞此事之後，打造了一只上面刻有『愛國乙女サヨンの鐘』（愛國少女莎韻之鐘）銘文的銅鐘，頒贈給Sayun的家人作爲褒揚，讓官方的宣傳活動達到了最高潮。這座莎韻之鐘架設在流興社的『蕃童教育所』前面鐘樓上。同時，莎韻之鐘這首歌曲發行，成爲風靡全台灣，甚至日本內地也十分流行的暢銷作品。流興社不但被改名爲鐘岡村來紀念Sayun的奉公精神，總督府情報部還邀集松竹映畫和滿州映畫兩大電影公司合作，把莎韻故事拍成電影，來大肆宣揚這種符合戰爭動員意識形態的理念。主演〈サヨンの鐘〉這部電影的女主角，就是當時紅極一時大名鼎鼎的李香蘭。講的我口也渴了，凡一，剩下一罐你喝不喝？不喝我乾了喔。」

「李香蘭，日本名字叫做山口淑子，她是日本人，卻以中國人身分在戰爭期間的中國拍電影，成爲影壇巨星，據說還利用明星頭銜掩護她的高級間諜特務行動。日本戰敗後，她被國民政府以漢奸罪送上法庭審判，這才揭露了眞實的日本身分。既然是日本人，就不符合漢奸的定義，只好遣送回國。回到日本之後，她還是十分活躍，甚至當選了國會議員，直到前年才以九十四歲高齡過世。」

「我都不知道，這位神祕至極縱橫於中日歷史的一代奇女子，竟然和台灣，尤其是我們南澳的Sayun也有這麼一段淵源。李香蘭作爲一代巨星走紅的程度，大概林志玲加舒淇加范冰冰合起來也比不上吧。」

「啤酒都喝光了，明天早上教會還有活動，很多部落的年輕人會從外地回來，我們也該回去休息了。」

星期日教會的信仰活動，是部落裡每個星期最重要的事情。武塔的居民分爲青年會、婦女會，聚會、歌唱、宣達事項、討論人生。小朋友有兒童主日學，是原住民孩子品格教育的養成基礎。還有教會禮拜時牧師的講道，不只是傳達神的福音，更是部落族人之間精神的溝通場域，是非對錯的共同價值觀在這樣的過程中建立，良善的美德操守在信仰的認識中奠定穩固而恆久的力量。

中午吃飯，教會裡的共餐時刻，Mawi介紹了一位亮麗開朗的族人女生和一凡三人同桌。她是Yuri，百合花的泰雅族語，就讀政大延畢一年，對故鄉對自己的未來懷抱著遠大夢想的女孩。

「Watan，你下午不是想和Walis、Sayun去溯溪嗎？我要準備考試功課不能去，正好Yuri回來，她是對南澳溪最熟悉的部落年輕人，我們青年會之光喔，請她帶你們去，就沒問題了。Yuri，拜託妳可以嗎？他們都是我的好朋友，Watan還是我的老師耶。」

「OK啊，溪谷我很熟，你們今天想走北溪還是南溪？」

「爲什麼Mawi說妳是武塔青年之光啊？Mawi是青年會會長，他會這麼說，一定是有原因的。」

「沒有啦，Mawi最愛開玩笑了。」

「不是開玩笑，是眞的。Yuri從小就是我們部落最會讀書的，長得漂亮又多才多藝，會寫文章，又會拍片，去年她拍的紀錄片，還得獎喔。」

「沒有啦，拍片又不是我一個人的功勞，是很多人一起努力的。部落的事情，本來就應該有更多人來關心。」

「什麼樣的紀錄片啊？」Sayun小葵也很感興趣，凡一則是從Yuri上桌坐下後就只顧默默吃飯，大概他的陌生害羞症候群又發作了。

「兩三年前我開始跟著族裡的獵人腳步探查我們的南澳北溪，發現溪水怎麼經常是深灰色的，一路溯源探勘才明白，上游的獵場溪床因爲蘊含大理石、白雲石，變成礦場被開發採挖，溪流生態都破壞了。我就和幾個登山社出身的學長組成一個攝影團隊，用紀錄片的方式，把礦業開採侵蝕溪流的現象和文化傳統的問題用影像呈現出來，同時也把故鄉生態美景的豐富壯麗，以及泰雅族生活領域中的傳統文化，透過視覺經驗的描述，讓更多的人知道。沒有想到就得獎了。」

「爲什麼妳會想要做這樣的事情呢？」一直悶著頭扒飯的凡一終於開口了。

「本來就應該有人做啊。我覺得，身爲原住民，就必須對自己的認同和身分，深刻的去反省。在台灣這塊東西方、本土外來各種族群和文化交錯作用的土地上，我們更不能失去或遺忘祖靈Gaga所教導的。以泰雅族來說好了，我們的名字，就是先輩傳承下來的記憶，每一個泰雅名字，都承載了很多前人的情感和故事。Sayun有好多個，其中有一位是曾經在風雨中落溪受到後人追憶的Sayun；Watan也是啊，有一位Watan，是西賽德克亞族的大豹社頭目，曾經在桃園復興鄉角板山一帶，發動大規模抗日行動，是我們族人追求族群尊嚴，向殖民者要求自治權益的英雄；這位Watan的兒子，Lasin Watan，也是原住民菁英，他是族人中最早接受西醫教育的醫師，不但以醫術服務族人，受人敬重，也很有政治才能。日治時期被選任爲台灣總督府評議員，國民政府來台後，當選第一屆第一位的原住民省議員。結果，受到二二八事件白色恐怖波及，一九五四年，五十五歲的這位Watan，竟然被判以匪諜罪遭到槍決。父親Watan是抗日英雄，兒子Watan成爲蔣介石政權的亡魂，這樣的命運，豈不是十分諷刺而且悲哀嗎？」

「很佩服妳有這樣的想法，我是日本人，該怎麼看待、對待台灣這個島嶼的歷史和人民，我還不是很清楚，許多事情也還不夠了解。像你剛剛提到的Gaga是什麼，我就不知道。」

「凡一，Gaga的意義和Sayun的故事有很密切的關係，以後我再告訴你。我這個Watan，還聽說過另一個因公殉職的Watan故事，他是木瓜群地方的泰雅族人，叫做Awi Watan，是一位郵差。一九一八年，他遞送郵件到能高山上，遭遇突如其來的風雪，凍死在天池附近。在能高山頂，日本政府曾經豎碑紀念他的『奉公犧牲』。我相信，不管是落水的Sayun或凍雪的Watan，他們遭難的那一刻，在腦海中，除了要完成『職責』之外，應該不會有『爲了報答天皇皇恩』或是『爲了國家政府』、『爲了日本國民』的意念吧。爲了追念這位Watan，我還特別爬了一趟能高—安東軍呢。」

「那，那座殉職紀念碑還在能高山頂上嗎？」

「和莎韻之鐘一樣，早已經下落不明，不知去向了。」

「時間差不多啦，你們還沒決定，今天要溯北溪還是南溪呢？」

「南溪是Sayun故事裡的落水遭難地，離武塔不遠，北溪中游有碧侯溫泉，兩邊都值得去。Walis和Sayun第一次來，就先去北溪找溫泉，好不好？」

「沒問題，準備出發吧。」

南澳北溪、南溪都是大南澳溪的支流。北溪流域長度爲三一．六公里，下游沙洲可以露營戲水，往上溯溪二、三小時抵達中游的碧侯，則是溫泉區。溪谷兩岸巨石嶙峋，陡峭險峻，溪中礁岩棋佈，沿岸瀑布奇岩隨處可見。淙淙水聲在溪岸峽谷間迴盪，落差極大的溪床形成深潭、險灘。好不容易抵達露天自然溪中溫泉，一夥人二話不說紛紛躍入溪水暖流中。山澗鳥鳴，伴隨著歡聲笑語，這就是青春的時刻。只是，女孩在場，一凡Watan再怎麼想也不敢裸泳了。

從武塔搭乘十八點三十八分北上區間車到羅東轉乘噶瑪蘭客運，大約三個小時就可以回到台北科技大樓捷運站。一路上，三個人對這趟南澳之行回味再三，尤其兩位日本青年，更是覺得收穫豐碩、驚奇連連。一凡要求他們一定要將部落訪問心得寫出來po在FB上，正說著，凡一突然想起：

「對了，我們不是答應立虹阿姨在旅途中要完成夢境紀錄和提出問題嗎？根本都忘了，完蛋了。」

「沒關係，你專心寫武塔紀行，夢境紀錄我來作，至於問題，一人想一個，最重要最困難的，就可以了。時間還來得及，後天才交。」

「原來你早就計劃好了。肚子好餓，犁記的糕餅還有嗎？」

「對……對不起，早就被我吃光了。」說這話的當然是小葵，來自日本的現代Sayun。

隔天，這位Sayun在ＦＢ上po出的武塔之行感想如下：

〈部落之旅〉

有太多太多想說，反而不知道打什麼，哈哈哈～

謝謝所有的人，謝謝你們和我分享快樂，

和我共度滿滿的兩天。

美麗的部落，美麗的人，我愛你們，

回到台中，腦中還是你們的身影，

眞的很不捨得離開這樣的世外桃源，

山、水、人、狗、車、房子，

每樣東西都最質樸、最純眞也最動人，

飯也是最好吃，哈哈哈，

一定會再和你們相聚，

田一凡Watan，你眞的是一個溫柔的美男子，

哈哈哈，這樣講你有沒有很開心。

我的泰雅名字，Sayun。

看著這篇貼文，一凡嘆了口氣，文筆眞是有夠爛，但是，日本人，也不能太苛求了。

凡一傳來，這次要向爸爸提出的問題是：

「爲什麼要活著？自己活得不快樂，又給別人麻煩負擔，活的理由何在？」

有這個大哉問，應該就夠爸爸傷腦筋了，自己可以偷懶一點，再補上這個問題：「怎樣才能活得快樂？怎麼活，人生才會有趣，才不會無聊？」就行了。大概心裡始終被這種大哉問困擾著吧，覺得凡一一直不是很快樂，總是有一股淡淡的憂鬱。如果他像我一樣，他家像我家一樣，說不定就不會想這麼多了。像我、我們家現實上這麼的辛苦，反而就沒心力去注視這種內心精神上的痛苦了。不要再想了，來給小葵回文，先讚美她武塔紀行寫得好，再問她下次什麼時候還要去。

今年的司法官特考又再度榜上無名，法律系畢業，當兵退伍之後，這已經是第七次的落榜。只差兩分，這次居然只差兩分就可以考上，實在太不甘心了。魅影的心中充滿憤恨不平，那些在學校成績比他差的同學，不是已經分發到各地院檢就是執業當起律師，穿上鑲配藍邊、紅邊、白邊的黑袍人模人樣的在法庭上裝腔作勢。只有他，還沉淪在考試的地獄中和講義、考古題搏鬥奮戰。六、七年來，魅影的生活，就只為了國家考試。白天不是到高點或保成這兩家司法官特考專門補習班上課，就是在法學院的大教室旁聽。晚上待在學校總圖或法圖刻苦複習研讀到閉館，過著修道士一般的日子。

他不是不努力、不用功、資質不佳，就只是運氣不好。有一年，是國文沒有達標。有一年，是民事訴訟法記錯誤用了法條。每次，都是差那麼一點點，擦肩而過。可是，差之毫釐，失之千里。差那麼一點，就是天堂和地獄的分別。一開始，親戚朋友見面了還會問：什麼時候考試啊？想當法官還是檢察官啊？這幾年，漸漸地，越來越沒有人敢在他面前提起國考這件事了。只有極少數超級無敵白目的人，知道他是法律系畢業的，會腦幹反射式的問他：唸法律，怎麼不去當法官檢察官，做律師也好啊！聽到這種話，他真的很想一刀刺進這些白癡的咽喉。

參加國考，真的是法律系畢業生的宿命嗎？有時候，他不禁會這樣質疑。可是，已經準備這麼多年了，已經投入這麼多青春歲月了，說放棄就放棄，不是那麼容易的事情。下一次，下一次一定考得上。每次落榜後，他都是這樣告訴自己，再給自己一次機會。

可是，每一次的結果都是失望。對了，北投丹鳳山上還有一座日本人遺留下來的「台灣幸福石」。魅影決定，今天晚上就展開行動。想到這裡，褲襠裡就蠢蠢欲動想射了。

# 〈九〉

每一件事情的開始都是一個magic，
它會幫助我們活下去。

——《徬徨少年時》赫曼・赫塞（Hermann Hesse）

政大，是一所奇怪的大學。它的前身是創立於中國大陸時期的中央黨務學校，創辦人兼第一任校長就是蔣介石，顧名思義，是爲了養成政治菁英幹部人材而設置的培育所。有了槍桿子，還得有筆桿子才行。這所學校和前身爲黃埔軍校的陸軍官校，並稱蔣氏政權忠貞子弟的兩大文武搖籃。所以不僅創辦人、首任校長是同一個偉大領袖，連兩個學校的校訓都一模一樣，都是「親愛精誠」。對誰親愛，向誰精誠？當然是偉大領袖兼校長囉。

國共內戰敗退台灣，蔣介石把一個政權加一個國家攏行移置到了台灣島上，文武兩大革命子弟兵學校也一起搬遷了過來。中央黨務學校在台復校，搖身一變成爲國立大學，但黨校遺風仍在，校名是毫無避諱的叫做政治大學，早期校舍建築，一幢叫做果夫樓，一幢叫做立夫樓，就爲了紀念國民黨「建校有功」的CC派大老。校內最宏偉的建築物是圖書館，不叫「中正圖書館」怎麼行。後山側門最顯著的樞紐位置上，還立著一尊巨大的偉大領袖戎裝騎馬英姿銅像呢。直至解嚴以前，這所大學的校風，或者說管理方式吧，就是保守二字。但畢竟背景不同、資源不同，自有聯考以來，在人文社會科學方面，它大多是學子們第二志願選擇。第二志願就表示考進政大的孩子，許多也有著第一流的頭腦和志向，尤其是那些一時考試失常本該進台大卻不小心落到這裡來的年輕人。一等的心智被一時的挫折決定了命運，不得不踏入這一保守遺風猶存的環境。常必須強調自己是頂尖人文社會科學院校的政大，這種刻意的強調，其實就反應出了有點奇怪不自在的心態。

向來自認位居台灣第二優秀人文社會學科大學的政大，經過戰後七十年來的發展，在學術研究教學上的程度水準如何呢？缺乏理工科系基礎及應用研究領域的政大，在世界頂尖一流大學名單上缺乏能見度，自是無可厚非。但即便是文科院校，國際間其實也不乏卓越典範，最有名的是兩種不同類型標竿，英國倫敦政經學院和法國國家高等行政學院（現任法國總統馬克宏念的那一所），政大的水準，同樣作爲人文社會學科院校和人家相距有多遠呢？

保守的政大，不見得讀這裡就一定會成爲黨國的忠貞幹部，更不保證政大的師生就都是保守反動。有著開明進步思想，爲台灣民主發展貢獻畢生的一代刑事法權威林山田教授雖然最後是在台大退休，但他一生中最輝煌耀眼的學術生涯，卻是一九八○年代擔任政大法律系主任的時期。而那個時期，也正是一群政大法律系學生即便在戒嚴體制的封鎖壓制下，仍以「野火」之名發行地下刊物鬧得轟轟烈烈的時期。這些學生到了畢業多年之後才知道，當時若不是林山田老師在校務會議中以不惜辭職保護他們，他們可能根本畢不了業，早就被開除了。

保守政大中自由思想的少數基因，其實是一代一代地突發著的，彼此之間互不相識。一九六○年代，政大法律系（又是法律系）學生許席圖，被指控「顛覆政府」而入獄，在獄中遭到殘酷血腥的審訊刑求，於無情無人性的折磨中精神崩潰了，到現在心神狀態仍未能恢復。二十來歲的青春，就這麼全然斷送，人生只剩下無盡長夜般的惡夢。政大蔡炎龍教授的父親也是蹲了十年黑牢的政治犯，他曾提到監獄的政治犯被槍決前的最後一段路上，眾人會齊唱〈安息歌〉作爲送別。這首伴隨死亡槍聲的安魂樂章，是這麼唱的：

「安息吧！死難的同志。
別再爲祖國擔憂，你流的血照亮著路；
我們會繼續前走。

你是民族的光榮，你爲愛國而犧牲，
冬天有淒涼的風，卻是春天的搖籃。」
這首歌曲，還有多少人會詠唱？
曾經唱過這首歌的先賢烈士，還有多少人記得？
這首歌，這些人所活過、寫出的歷史，還有多少人知道？

ϕ

政大周邊不像其他學校有著熱鬧的大學商圈，一條短短的指南路二段擠著一堆貧乏沒什麼特色的商家，Yuri、凡一見面，只好約在校門對面的星巴克。

「不好意思，還讓你從台大跑過來。」

「不會啊，從公館搭236，一段票就到了，很方便的。」

兩人相約，是因爲Yuri打算十月赴德國讀書，專研影像人類學。她的志向是想當紀錄片導演，記錄台灣的故事，讓世界能從她的影像作品中了解台灣與故鄉。爲了準備公費留學考試的書面申請資料，並且加強德文的筆試和面試，特別請凡一來替她修訂德文的研究計劃和文件用語，順便多練習一下德語。幸好凡一在東大紮紮實實地打下了不錯的德文基礎，幫起這個忙來游刃有餘，不成問題。

作完功課，各自再點了一杯玄米煎茶和焦糖瑪奇朵。換凡一請教Yuri了：

「上次妳提到祖靈的Gaga，一凡說這和Sayun的事情有關係，可不可以解釋給我聽呢？」

「先講Sayun的故事。Sayun被日本政府塑造爲奉公報國形象，是一種政治宣傳的操作。在操作宣傳的過程中，連帶的Sayun本身的人格形象和特質，也一併爲了達到政治的效果而被重新包裝、僞造，甚至扭曲了。在日本官方的宣傳品中，爲了呈現Sayun的愛國精神，她被形容爲『教育所中的模範生』；在『女子青年團』中鞠躬盡瘁，身先士卒；在家裡尊敬長上，疼愛幼小；在戰爭時期，不愛打扮，只喜歡耕田織布。以這種種爲政治動員所需的優良美德，將一位台灣原住民女孩，打造成一個完全體現日本傳統女性精神的『大和撫子』。最過分的是，在〈莎韻之鐘〉的電影裡，由李香蘭所飾演的Sayun，竟然是一個爲了熱愛皇民化日本而堅持說國語，也就是日語，而拒絕使用泰雅母語的女孩。而且，片中還明顯的影射，她和那位必須離去從軍的日籍警察，有著曖昧的師生戀關係。在奉公犧牲的動機上，又加上了殉情的男女情愫成分，這，就是我們族人，尤其是老人家們最不能接受的地方。」

「爲什麼呢？是和Gaga有關係嗎？」

「泰雅族人的一生，都是以Gaga的生命禮俗、祭典、儀式、團體組織爲依據的，包括男女愛戀的倫理之中，也是有Gaga存在的。到底Gaga的意義是什麼，玉山神學院院長，原住民故事系統神學的權威，布興・大立博士在一篇論文中有清楚的解說，我幫你節錄印下來了，送給你。」

這篇《泰雅爾族的信仰與文化：神學的觀點》論文裡，對Gaga的說明如下：

近來泰雅爾族知識份子，把Gaga譯成律法、法則、祖訓、倫理生活的規範。但這些譯文只是泰雅爾Gaga的一小部分，未必全然是Gaga所有的涵義。泰雅爾族的先進們認爲，既然所有的翻譯無法適切與Gaga的意義，所以他們主張，不用翻譯，最好直接用Gaga來稱之較爲妥當，一旦被譯成中文的詞彙，Gaga的意義就被限制了。因爲Gaga在泰雅爾族的觀念裡面具有包羅萬象的意義，它是具有宇宙、自然的法則，人生哲理的訓誨，叢林的法則，人與自然界關係的規律，更是部落生活倫理的規範，宗教禮俗的儀式、禁忌等等的意義。

「可以想像，Gaga應該是泰雅族人傳統中最重要的價值體現。」

「是的。所以Sayun的事蹟被日本殖民政府的媒體，尤其是電影描述成師生戀，對Sayun，對她的家人，對後代所有的泰雅族人，從Gaga的觀念來看，是相當不名譽的事情，是一種侮辱。對泰雅族人而言，這是污衊Gaga的行爲，是得不到祝福的。對一個尚未出嫁的泰雅女孩，加諸這樣影射描繪，非常不公平。」

「眞是太不應該了，這完全是另一種形式的統治暴力。日本殖民政府是這麼可惡，終戰之後，國民政府對Sayun故事有沒有給予她應有的尊重呢？」

「沒有。戰後國民政府在台灣推行的全面性『中國化』政策，含帶著反日、仇日的政治意識形態，『愛國少女』所愛的國家就從大日本帝國搖身一變成爲中華民國了。一九五八年拍攝上映的電影〈紗蓉〉就是呈現這種訴求，爲了商業宣傳，再加上『處女紗蓉殉情記』的愛情悲歌元素來促銷票房。除此之外，戰後的五十年間，Sayun事蹟被公開傳頌討論或是研究的機會，是幾乎完全喪失的。只剩下莎韻之鐘這首歌，在原住民部落之間偶爾的傳唱，Sayun的歷史記憶成爲以聲音的形式傳遞下來的片段集體經驗。」

「文化的共同記憶消逝，就好像那座莎韻之鐘完全遺失不見了一樣。」

「不只是那座銅鐘，在我們武塔部落旁邊，當時立著上面刻有『愛國少女サヨン遭難之地』碑文的紀念碑，也在一九七〇年代和日本斷交前後被人抹除了其中『愛國』和『サヨン』的部分，後來甚至整個碑石基座底部被連根拔起，丟棄在南溪岸旁。」

「怎麼會這樣？這不就有點類似不久之前發生的八田與一銅像斷頭事件嗎？被切下的頭顱，直到現在還不知去向，眞讓人傷心。這樣傷心的事情，我來台灣之後發現還有不少，單單台北的北投就有三處，都是日本殖民時期留下的石碑：『故教育者紀念碑』被人用紅色噴漆打了一個大叉。『弘法大師碑』被鈍器鑿打到最後幾行字已經快不見了。『台灣幸福石』也被敲擊掉了一大塊，看了眞的心裡很難過。」

「有這麼多破壞行爲，怎麼還能說台灣最美的風景是人心呢？這三座碑，我都沒聽說過。」

「一八九六年北投發生芝山岩事件，抗日民衆殺死了六名日本教師，事後總督府設置了『學務官僚遭難碑』，後來又立了故教育者紀念碑來紀念曾經在台灣任教的日本教師；弘法大師碑則是眞言宗的分靈紀念碑，它的本尊在日本高野山已經被列爲聯合國世界文化遺產了。至於台灣幸福石，是二〇一四年在北投丹鳳山被發現的，上面刻著『台湾よ、永に幸なれ』，台灣啊，要永遠幸福。這樣的祈願，沒有政治宗教的意味，應該沒有什麼不對吧。」

「我覺得你是個善良有愛心的日本人，嗯，有資格用Walis這個名字。莎韻之鐘雖然找不回來了，Sayun的歷史記憶，必須和Gaga的精神結合在一起，只要我們用心，是可以重新型塑的，這應該就是我們這一代人的責任了。」

「夢想就是在責任中產生的吧。很高興Yuri妳看見了自己的責任，也找到了自己的夢想。有責任又有夢想的人，才會是幸福的人。妳什麼時候回武塔，再帶我們去溯溪吧。」

「OK的，下次去南澳南溪找紀念碑遺址。喂，我德文有問題，可以隨時LINE你嗎？」

「Kein Problem！」（德語：沒問題！）

這次從武塔回台北後，Mawi的一句話，一直在一凡心裡縈迴不去。每次到部落，除非重大節日，在部落裡見到的都是中老年人和小朋友。年輕人呢？「我們原住民年輕人，不是在都市裡做工，就是在部隊裡當兵啦。」Mawi這樣回答。

除了協助Mawi考上警專，是不是可以幫部落多做一些事呢？自己只有一個人，又能夠多做些什麼呢？部落裡需要的是什麼呢？

想著想著，一凡完成了這麼一份方案，準備發在學校的網站上：

〈宜蘭武塔泰雅部落課輔計劃〉

你曾嚮往在一個一天只有幾班區間車無人小站，待上一天嗎？

那個地方依山傍海，有山林的美景，有湛藍的太平洋。

平常沒什麼人車，有的是泰雅族人彼此凝聚的人情溫暖。

這個地方是距離台北約莫三小時的宜蘭武塔，

相信絕對可以滿足大家心裡的嚮往。

你是否曾想過貢獻自己的一絲心力在偏鄉教育，

卻不想加入爲數衆多的服務性社團。

你是否很賭爛學校的服務學習學分，想要做點有意義的事情，或是覺得想要長期投入一個地方，只是爲了奉獻。

這個地方可以讓你更認識原住民文化，

聽聽部落長輩談論過去上山打獵，

還有對獵槍管制、傳統領域劃設的批判，

聽聽蘇花高興建對他們部落環境的破壞。

這個課輔計劃，沒有很多的限制、羈絆，

沒有階級、老菜之分，有的只是完成一個理想的初衷。

歡迎你跟著我們一起來完成一件簡單卻充滿溫暖的事情。

※緣起（一個小小的夢想）

從小對大自然有很深的熱愛，因緣際會下來到武塔部落，也深深的愛上了這個地方，在部落裡認識了一些原住民青年，從開學至今每週末都會帶一些好友到武塔提供課業上的協助，不過一、兩個人還是勢單力薄能做到的有限。

除了少數青年，部落裡還有許多國中、國小的孩子，沒有太多資源或是機會接觸這個世界。

我們希望能召集更多熱心的同學，比起當「老師」，更希望能與這些孩子成為「好朋友」，不僅僅限於知識上的傳授，也能跟孩子們聊聊天，打打球。

我們不是社團，也不是NGO，只是兩、三位想要帶給這個社會更多溫暖的同學，因為人力有限，希望找尋更多志同道合的好友，跟著我們來到武塔，認識部落的人，認識這個溫暖的地方。

※詳細資訊

次數：每次以一個週末為單位，很有彈性，哪個週末有空就哪個週末出發，沒有次數要求與限制。

時間：去程可以每星期五下午（約18：00）在科技大樓搭乘噶瑪蘭客運至羅東轉運站，徒步三分鐘轉乘最後一班區間車（羅東19：54～20：31武塔）；或是星期六一早出發也行，非常的彈性。

回程可以搭星期天18：39北上區間（也可坐更早班列車）。

住宿：武塔長老教會（部落的信仰中心）2F。

四人通鋪房間X3＋乾淨的衛浴設施X2。

（晚上窗外不時傳來北迴鐵路火車的轟隆聲，有那麼個瞬間劃破了緊挨著鐵道之中央山脈的

靜謐）

形式：沒有既定的形式，可以是一對一的課業輔導，或是帶一些簡單的基礎能力課程，可以視參與人數來決定，未來大家可以一起討論。除了課輔以外，若天氣、時間允許，部落長輩也會帶大家到山林走走，去看瀑布、溪谷美景，運氣好還可以看到山羌（我看過一次XD），如果剛好遇上部落復活節、聖誕節，也可以跟著族人一起歡慶。

聯絡（報名）方式：有興趣的同學歡迎用ＦＢ訊息私訊我，也歡迎非台大的好友同行。人數夠的話我們就成立一個簡單的ＦＢ社團，進行後續的安排與討論。

P.S.：南澳武塔部落，就是泰雅族月光少女Sayun故事的原鄉。

計劃才剛發出去，就聽見凡一回來的開門聲。

「你回來啦，和Yuri的約會怎麼樣？順利嗎？」

「不是約會啦，我終於搞懂什麼是泰雅Gaga了，很有收穫。」

「我媽說冰箱有屏東東港的肉粿，微波加熱就可以吃。我剛吃完，超讚的。」

「東港肉粿，和肉圓不一樣嗎？有什麼特色，解釋一下。」

「早就知道你會問，先做功課了。這是東港龍華市場裡面那一家的肉粿，用慢火把純的在來米漿蒸煮成形，搭配鮮肉、櫻花蝦、香腸片，不加其他澱粉和人工調味，純粹就是純米香氣，又有很濃稠的湯頭，我一個人可以吃三份。對了，我們上次提給我爸的要死不活問題，他回覆了，寫好多喔，我還來不及看，你要不要先拿去，邊吃肉粿邊看。」

「好啊，神人之語配肉粿。謝啦。」

ф

For：Dear一凡、凡一

這次你們提的兩個問題，不只是可以寫一套哲學、神學全集而已，應該說人類自古迄今的歷史，就是爲了追尋這兩個問題的答案而寫成的。

面對這兩大疑問，必須先從〈問題二〉開始討論。怎樣才能活得快樂？我的答案是：「人生沒有眞正的快樂可言！」所有的快樂都是假象，都是暫時的，都是終究要消失的。快樂，不是人類生命的本質，任何有形、無形的，看似快樂的事物，到最後必定會毀滅破壞成爲苦。

既然人生根本無樂可言，那麼〈問題一〉就非常重要了：

人爲什麼要活著？我的答案是：「生而爲人太難得了，所以要好好活著！」試想：所有的次原子粒子以這種形式結合得這麼好，又具備這樣的心靈意識，將之納入這個時空架構中，在不知什麼因果關係作用下，又恰好成為我們的孩子，被取了一凡（凡一）這個名字，這……這機率也實在太低太低了吧。人身難得，悉達多曾經如此比喻：隨便往茫茫大海的任一處丟個救生圈，深海海底的一隻海龜無意地往海面浮出，浮到海面的那一刻，海龜的頭，恰好套在這一只任意漂流的救生圈之中，這樣的機率，夠低了吧。但，生而為人的機率比之還要更低。換句話說，為什麼活著最重要的一個理由，就是好不容易有機會以人的生命形式存在，若不好好活著，就太可惜了。

既然人生有苦無樂，又難得活著不應輕易放棄，那究竟活著要幹嘛？究竟要怎麼活？這才是問題的核心，分成以下幾個層次討論：

一、生命本質意義的思索

除了快樂是一種目的或價值之外，「人，是什麼？」是另一個作為人活著，非常重要（甚至，比苦樂更重要、更超越）的目的和價值。為什麼呢？什麼是人？人的生命意義何在？我的論點演繹如下：

(1)人的存在（Being），是為了要經由這自我的實存（existence），去實現「人的成為（Becoming）」。成為意味著我們每個人是一種「未完成」的生命體。活著，是一個轉變的過程，去把原本作爲「人」未完成的部分予以完成。

(2) 人的本質（Nature），在尚未完成的階段，是一種流動、變化的東西，而且往往同時伴隨著許多相互對立的成份，例如：「自由／約束」、「超越／倒退」、「歸屬／疏離」……等等。

(3) 「人」和其他生命最重要的區別是：人知道自己在走向死亡，而且是面對著死亡而生活、生存的。這種「死亡意識」，讓人認知到自己的生命是一個整體，是從出生到結束的時間延伸。使得人和時空建立起了一種與其他生命不同的關係——能夠產生「人生模式」和「行動方針」的關係。（動物的生命終結，只是「消滅」。死亡，只對人發生意義。）

(4) 人的本質：未完成性和生命認知：死亡意識，構成了人可以定義爲一種具有「人格性（personal）」的生物。人格性是人之所以爲人，和其他一切生命作出最根本區別的所在。人格性的內涵包羅萬象，眞、善、美、愛、恨……。其中最重要的一項叫做：「自由」。人作爲一種存在物的中心本質，最具體又最抽象的，足以定義「人是什麼？」並回答「人爲何而活？」的就是自由。

(5) 什麼是自由？自由不是任何東西，我們替它下定義的時候，往往只能用否定句型表示：「行動不受限制」啦、「不是某人的奴隸」啦、「沒有被命令束縛」啦、「沒在坐牢」

啦……。自由是「限制的缺席」，是一個尚未填滿的開放空間，是一種空曠的領域。這種「否定性」，構成了人、人格，以及生命意義的重心。

(6)人的存在，就是自由的開端，實存的開端，精神的開端。自由根本上是虛無的，它不是神所創造的。就算神從虛空混沌中創造了世界，就算這世界按照有秩序的方式進行運演，人還是必須而且可以行使自己的自由，在其中去體驗創造性，去塑造自己，去決定自己要「成爲」什麼，這就是「意志的自由」。

(7)因爲有著創造自己的自由意志，我們每個尚未完成的半成品，活著就處在「成爲人」的過程中，塑造自己，也塑造自己所身處的這個世界、環境、社會和歷史。

但是，人的自由總是有限的，未來，總是被過去和現在的許多事實所限制住，所以人的未來，無法完全自由地開放，因爲我們都站在被給定的時空和現實條件中。

人的自由受到侷限，又被召喚著追求自由，形成了一股巨大的張力，這種爲了自由而拉扯生命的張力，經常伴隨著憂懼，會暈眩，會害怕，反而變成了會「逃避自由」。

二、爲誰而活的抉擇

生命的意義，是在有限的自由中創造與體驗，令未完成的自己朝向「成爲」一個眞正的「人」。既然人身難得，爲了發揮更大邊際效益，除了讓自己更像一個「人」之外，活著也不是自己一個人的事而已。人可以不想活，不爲自己活，卻也得想想：如何、應該，以及爲什麼，必須爲別人而活。因爲：

(1)你的生命和生存，來自太多太多別人的付出與協助，特別是那些有意識地對你好的人。你受人之恩，太多了。

(2)所有這一生和你互動形成的因果關係，造就出各式各樣的權利義務、債權債務，必須要負擔，不能逃避。

(3)對那些沒有任何利害關係的個人、團體、社群、國族乃至人類全體，提供我們生命的奉獻，不管是幫助原住民偏鄉的孩子，或寫出一句讓你爸感動落淚的詩句，都是布施與功德，都是偉大而高貴的情操。

(4)所以在爲／不爲自己而活之外，爲別人而活，是很重要而有意義的事情，這不僅是義務，更是一種無私的悲願。

三、不問目的只求過程的生命態度

別去管活著幹嘛，別去管爲自己或他人，爲誰而活的問題了。生命的意義與價值，過程比目的重要，體驗比成果重要，在這一層意義上，著眼生命的終局不如把握即刻的當下。於是在限定的時空中，在有限的「賞味期間」範圍內，「快樂」乃成爲可能且可欲的。即使短暫、臨時，終究要壞滅，也沒關係，反正「不在乎天長地久（反正也不可能），只要我曾經擁有」。如此一來，令生命活得精彩痛快的事情，可多著呢。大致可分爲幾類：

⑴一種難得的成就：像是發現暗物質或是找到所羅門王寶藏之類，所有可以得諾貝爾獎的貢獻都算是。

⑵創造有著特別意義、動人感人的事情：可能是認養一位敘利亞戰火下的兒童，或是讓一個流氓改邪歸正。

⑶一般人難得的經驗、歷練、歷程、冒險、探索：比如登陸火星或是意識脫離肉身翱翔天際。

⑷接觸有趣、特別、珍貴、美好的事物：從音樂、藝術、文學、電影到登山、潛水、壯遊、開飛機……。

⑸和各種不同的「人」建立、形成各種特別關係：人和人的連帶性，每一份關係，我們稱之爲緣份吧，都是獨一無二的。怎麼去創造它、經營它，讓它成爲你生命中最珍貴的組成部分，是很有趣、有意義的。例如：把媽媽變成學生，把爸爸變成夥伴，把同學變成革命同志，把路人甲變成終身愛侶。種種人的關係，型塑和轉換，都在創造生命永恆的記憶和刻痕。

(6)生命，活著就是在遊戲：從一個人獨玩兒童樂園、兩個人基隆嶼看日出、全家三人溯南勢溪、全班拔河隊呼、台大法律系大地遊戲，甚至一場從鼻頭角到鵝鑾鼻的百萬人心手相連護台灣，有趣、好玩的事，從獨自一人到三人、多人、百萬人，各有其精彩之處。人身不但難得，人身的每一時刻，都何其值得玩賞品味啊！

魅影的家庭背景並不特別，家境殷實生活優渥無虞，但也不是什麼豪門巨富。父親是白手起家創業成功的中小企業主，隨著上游產業外移也跟著到大陸東莞設廠。前幾年生意倒是越做越大，不過最近中國大陸工資飛漲，勞動條件、環保標準趨嚴，稅務稽查更是雷厲風行，好像越來越難以生存，聽說正在考慮把工廠遷到緬甸去。在大陸和各級官員稱兄道弟的父親私下總是說：共產黨的話能信，母豬都會爬樹。投票的時候，他一定支持民進黨。一半外省籍的媽媽，是師專畢業的國小老師，熱心教學又愛護學生，當選過好幾次教師節模範老師。最近年金改革方案通過後，經常在抱怨後悔，怎麼沒像其他同事早幾年就給他辦退休，待到現在，退也不是，再做也沒意思。她是死忠派的國民黨，選舉的季節不但動員左鄰右舍拉票，還會跑去人家的競選總部當義工。在美國唸書的姊姊交了一個法國男朋友，已經訂婚了，以後要當法國人。才大二的妹妹沒能趕上參加太陽花學運頗覺生不逢時，是時代力量黨主席的鐵粉，問她為什麼，她說因為他很帥。

家裡成員有綠中的深綠，有藍中的深藍，有鮮明的黃色，至於魅影呢？他都不是，什麼顏色都不是。從小時候第一次讀到南京大屠殺的慘劇開始，他就極度痛恨日本。大中華民族教育的反日仇日思想讓他認為早晚要和大陸統一，更令他對日本充滿厭惡鄙夷。讀了越多的中國近代史、台灣史和日本侵略史之後，這樣的觀念益發強化堅固。日本是亞洲唯一的邪惡帝國，它的殖民，在台灣都是源自卑劣動機，留下的都是齷齪汙穢的遺跡。日本的東西，除了AV，他一概不屑也不碰。日本AV，他也只挑繩縛、凌虐、喝尿、鞭打這一類的片來看，無碼航空版的，光華商場附近多得很。

魅影沒有顏色，他是黑的。所有的顏色累加堆疊之後，就成為黑色的。

# 〈十〉

唯一值得踏上的旅程，是自我的旅程。

——葉慈（William Butler Yeats）

田家宅邸裡揚起了華格納的樂章，是大師的神話歌劇傑作：〈崔斯坦與伊索德〉。準是那些不知從何而來的奇異夢境，又再度出現在兩位年輕人的夜眠之中了吧。

經過一凡父親的啓迪，一凡和凡一開始逐漸了解華格納音樂和湯瑪斯．曼文學之間所存在的絲縷細膩關係。華格納的觀念影響湯瑪斯．曼至深且鉅。他的樂曲之所以華麗恢弘，並不是樂器奏鳴的聲量效果，而在於整體意義的飽和繁複。華格納擅長使用的一種音樂技巧是「主導動機」，透過局部細節的重複，讓同一個主題反覆呈現，而每次的主題再現，都再一次地加深、強化整體意義的內涵。湯瑪斯．曼將這種音樂技巧移植到了文學的書寫上，他的小說角色每一次出現，都會重複一些先前的描述，讓作爲整體意義的人物主題更爲豐富鮮明生動且複雜而深刻。使得湯瑪斯．曼的文體韻律，帶有強烈的音樂性，每一個段落字句，都成爲詩。詩是用來傳遞文字以外的喻意，那是神的話語。以這種詩的手法，讓故事小說超越文字，進入一個不可言詮的國度，於是成爲神話。所以湯瑪斯．曼的文學，乃成爲鏡像反射夢境與神話的典範顯現，而得以啓發人類心理或性靈最深處的根源。

「這次的作夢方式更是奇怪了，我們兩個人的夢境，一開始竟然一模一樣。」

「同樣的時空場景，只是角色不同而已。我是亞瑟王的圓桌武士，名叫加旺（Sir Gawain），我們正要進入黑森林尋找聖杯的下落。」

「武士們一致認爲，一起進去，結伴而行是不名譽的，每個人都應該分別按照自己所抉擇的不同地點走入黑森林中。凡一你在我夢中現場，的確就是加旺沒錯，至於我，是圓桌武士中的哪一位，已經記不清楚了，是藍斯洛嗎？是高樂翰嗎？還是華格納這齣歌劇的主角崔斯坦？凡一你知道我是誰嗎？」

「你一下就衝進黑森林，我都還來不及和你打招呼，印象太模糊了，分辨不出來。」

「那，後來呢？加旺武士你發生了什麼事情？」

「夢境場景跳到了亞瑟王的飯廳，來了一個騎著一匹巨大綠馬的綠色巨人，跟我們的王說：

『我挑戰這裡所有的人，拿這柄我帶來的大戰斧，砍掉我的頭。明年此時在格林教堂會面，死後的我會在那裡砍掉他的頭。』

「國王的武士中唯一有勇氣接受這項怪異挑戰邀約的，當然只有加旺我啦。我把這個傢伙的頭砍了下來，這位格林武士收回戰斧、拿起頭，騎上馬，離開時還大聲嚷嚷：『一年後見。』

「這一年大家都對我超好的，約期快到時，我騎馬出發去格林教堂履約，大概剩三天左右，來到一個獵人小屋。獵人快樂和藹又親切，跟我說：『教堂很近，你可以住我家，三天後再去就行了。』我同意了。獵人又說：『明天我去打獵，回來後我們交換獵物，我給你打獵的收穫，你也給我你當天得到的東西。』

「第一天，獵人一出門，他的漂亮太太就跑進房來勾引我。身爲亞瑟王手下名譽至上的武士，我怎麼能背叛接待我的主人，就算慾火焚身也要抵死不從。這美麗動人的女子最後只好說：『那麼讓我吻你一下就好。』我於是接受了她的一個熱吻。晚上，獵人回來，把一大袋的獵物送給我，我就給了他一個親吻。

「第二天，獵人老婆又來了，更加熱情如火，攻勢猛烈，這次結果是兩個熱吻。獵人回來，獵物只有昨天的一半，我用兩個親吻和他交換。

「第三天，即將前往赴死的我，接受了這絕世美女的三個吻，作爲生命最後的獻禮。親吻之後，獵人太太拿出一條勳帶，作爲愛的表示，她說：『它很好看，而且可以幫助你渡過危險。』我收下了。獵人回來，這次只帶來一隻笨臭狐狸，我給了他三個親吻，但是勳帶，沒有拿出來。」

「凡一，沒想到你的夢境竟然這麼香豔刺激，簡直是北歐出品的A片情節嘛。換成是我，才不會像你這個魯蛇這樣守身如玉，太浪費了，暴殄天物。後來呢？被砍頭了嗎？」

「我才不像你那麼飢不擇食。後來我到了格林教堂，格林武士正在咻—咻的磨利斧頭等著我。他說：『脖子伸過來』，我照做了。格林武士將斧頭高舉，說：『伸長一點』，我又照做了。他又說了一次：『再長一點』，我拚命將脖子伸得再也不能更長了，只聽見呼——的一聲，斧頭在我頭上劃了一道小小的傷口。格林武士對我說：『這一斧，是爲了那條勳帶。』」

「啥咪？原來這格林武士就是那位獵人喔。好險好險，幸好你守身如翡翠，朋友妻不敢戲，不然就慘了。然後呢？獵人有順便把美豔老婆送給你嗎？」

「然後我就醒了，春夢了無痕。一凡你呢？進了黑森林遇見了什麼？」

「我的夢境也不是在黑森林裡，是在一個威爾斯鄉下叫做什麼康乃狄克之類的小地方。我家很窮，只有媽媽和我相依爲命撫養我長大。對了，想起來了，我名叫波西瓦（Perceval）。大概十五、十六歲的時候，有一天，我在田裡遇見三個騎士騎馬經過，英姿煥發、神采飛揚，害我以為他們就是媽媽常告訴我的上帝天使，趕緊跟他們下跪。騎士說：『起來，你不用跪拜我們，我們是來自亞瑟王宮殿的騎士』。我就問，什麼是騎士，對方於是把有關騎士的種種事情講給我聽，讓我覺得實在太屌了，我也要成為騎士，進入亞瑟王的宮廷。

「我跟我媽說要出門闖蕩當騎士，她氣到暈過去，也不知道她為什麼這麼生氣，這麼反對。反正不管，我非離家不可。媽竟然做了一套小丑服裝讓我穿在裡面，再套上已經生鏽的盔甲。可憐我年少無知，又是鄉巴佬，完全不知道那套衣服是小丑在穿的。

「離家沒多久，來到一個小城堡，主人是名叫古內曼茲（Gunemanz）的騎士，本來有三個兒子，都喪生了，只剩下最小的女兒陪伴身邊。我出現的時候，城堡的人誤以為我是什麼赫赫有名的那個紅騎士，超熱烈的歡迎我，準備美食佳餚款待。飲宴之前，要沐浴更衣，盔甲一脫，發現我身上都是鐵鏽，抹去鏽後，出現的竟是一套小丑裝。所有人當場差點笑掉大牙，立刻海陸大餐all you can eat 加single malt威士忌全都收了起來。只有古內曼茲慧眼識我這個英雄，不但接受我、招待我，還把騎士所有的格鬥技巧、馭馬技術和比武規則通通傳授給我，甚至還要把唯一的女兒嫁給我。」

「那你在夢中也艷福不淺啊。」

「沒有，我拒絕了，對這位無緣的岳父大人說：『我必須自己贏得自己的太太，而不是別人給我一個太太。』，就離開城堡了。」

「一定是他女兒長得不夠辣，不然你才不會不要。」

「我也不知道怎麼作夢的時候這麼有志氣……」

「一凡，等一下，我Google到波西瓦了，他是亞瑟王聖杯傳說裡的武士。波西瓦的父親，是一個為伊斯蘭君主、巴格達哈里發效力的基督教騎士，名叫加莫瑞（Gahmuret）。他在一個由黑人公主貝爾卡尼（Belkane）統治的札札曼克（Zazamanc）地方比武獲得冠軍，又擊敗了來犯的敵軍，獲得黑人公主青睞，結婚懷了孩子。不過小孩沒出生，就落跑不告而別，回到了威爾斯。威爾斯的女王是赫斯蘿德（Herzeloyde），加莫瑞參加武士比賽獲勝後，又成了女王的丈夫，又讓女王懷孕，又在小孩還沒生下就落跑回巴格達，結果戰死沙場。」

「這個男人真厲害，娶了兩個女王，不過也真不負責任，老婆肚子有了新生命就立刻逃跑。這是什麼心態？寧可死在戰場也不願意安居樂業養兒育女？」

「可見老婆比敵人還可怕。加莫瑞在近東生的黑白混血兒子取名為費羅費斯（Feirefiz），生於威爾斯的就是波西瓦。原來波西瓦這位基督教騎士，有一位伊斯蘭的同父異母兄弟，只是你自己並不知道。」

「基督教和伊斯蘭系出同源，很有道理啊，聖杯傳說的武士故事還滿貼近史實的。波西瓦的媽媽不是女王嗎？我怎麼夢見是在鄉下長大，貧窮困苦？怎麼我不是一位王子呢？」

「波西瓦的女王媽媽爲了不讓兒子重蹈父親的覆轍，決心不讓他知道任何有關騎士的事，才搬到窮鄉僻壤，隱姓埋名，務農爲生。世界上有不少母親，都是以丈夫作爲反面教材樣本來育養孩子的，不是嗎？誰知道，波西瓦天生就流著騎士的血液，父親的基因作用顯然比媽媽的教育影響來得大。」

「這就可以解釋爲什麼波西瓦想當騎士，我媽，不，他媽會那麼生氣，還用生鏽盔甲和小丑裝來修理他了。凡一，謝謝你喔，Google眞厲害，一下就把我的身世之謎解開了。」

「在你夢裡，波西瓦比他爸有長進多了，城主的女兒要嫁他，他竟然拒絕。可見這時候的他，已經脫胎換骨，成爲一位眞正的騎士了。然後呢？夢境還有後續嗎？」

「成爲眞正的騎士就是妹要自己把啦。後來，夢裡的我，波西瓦來到一座城堡，城堡女王年紀和我同齡，叫做康薇拉茉（Condwiramurs）。我接受她的款待，在城堡住下，睡到半夜醒來，竟然發現這位少女城主跪在我的床前嚶嚶哭泣，而且，一身的戰鬥服裝，嚇了我一大跳。」

「戰鬥服裝？她要來謀刺你，還是要邀你一起玩生存遊戲？」

「笨蛋，我說戰鬥服裝你還聽不懂，是一件全身半透明的薄紗睡袍啦。我看這女生哭得這麼可憐，問她到底怎麼了，她說：『你要答應不侵犯我，我才願意講。』媽呀，既然如此，幹嘛還穿得這麼誘惑人，叫我怎麼專心聽她訴苦呢？」
「大概就是要考驗一下你是不是個小色魔吧。」
「誰不是？除了凡一你這個魯蛇以外。康薇拉茉的煩惱是，原來城堡正在被圍攻，有一個號稱世上最強騎士的克拉密特（Clamide），想強佔城堡強娶她爲妻。她說她寧可從城堡高塔跳下也不願意嫁給那個人。在楚楚可憐的薄翼輕紗美少女面前，我當然二話不說捶胸保證，明天一定幫妳解決問題。第二天，城堡吊橋放下，號角響起，我策馬衝入敵陣之中，三兩下就把對方的領軍騎士打倒在地。連續幾天，來一個騎士就打敗一個，直到他們投降收兵爲止。」
「那，美麗動人的美少女城主不就開心的馬上以身相許？」
「是啊。打完勝仗回來，康薇拉茉已經把自己的頭髮挽起來，打扮成已婚女子模樣在等著我，表示她已經認定自己是我老婆了，誰知道，誰知道……唉，眞衰！」
「怎麼了？是夢就醒了，害你完全沒happy到嗎？」
「不是，比那還慘。誰知道，我和康薇拉茉同床共枕了兩個晚上，竟然什麼事都沒發生，連摸都沒摸一下。原來波西瓦這個天字第一號大呆瓜，竟然根本不知道那件事該怎麼做，然後我就醒過來了。可惡，可惡，可惡！」
「哈哈哈！比我夢見的加旺武士還慘，我是自願自制全身而退，你這波西瓦，是缺乏性教育指導，不得其門而入，倒楣指數破表。」

「不准笑！加旺和波西瓦都是聖杯傳奇故事裡亞瑟王手下的武士，這些事蹟雖然流傳已久，可是會出現在我們夢裡，一定有什麼象徵涵義，這大概要問我爸才能解開了。凡一，有件事我一直想跟你說，又不好意思。你來我們家一陣子了，雖然一切都很好，可是我始終覺得你並不是眞的很快樂，是不是有什麼事情悶在心裡困擾你。這樣好不好，夢境都我來寫，你把心底的煩惱寫下來，一起交給我爸，看他怎麼回應，你願意嗎？」

「嗯，我想想看。不過，一凡，眞的很謝謝你。」

門鈴聲響起，立虹來到樓上，說：

「應該是小葵到了，一凡去開門，早午餐準備好了，通通下來，一起吃飯。」

今天田家美食小吃總匯提供的是新北土城裕民路的專業趙蚵仔麵線。這家位於海山捷運站附近以鐵皮屋搭建的小鋪，在香滑可口的麵線裡，加進了入味的大腸、肥美的蚵仔以及軟Q的肉羹，香味撲鼻，滋味無窮。在遍佈台灣的眾家麵線之中，其食材檔次可算是豪華等級的。

「立虹阿姨，說出來好丟臉喔，現在每次要來你們家，早上我都不敢吃東西，不空著肚子來享用阿姨準備的台灣美食，就太可惜了。這是蚵仔麵線我知道，還有這麼多小菜，太豐盛了。這是什麼？我可以先吃一口看看嗎？」

「當然啦，どうぞ（請～），我就喜歡小葵這麼捧場。這個叫做小肚，其實是豬的膀胱。怎麼樣？有沒有嚇到？在日本沒吃過吧？」

「第一次吃，豬膀胱也可以做的這麼好吃，真神奇。一點腥味怪味也沒有，滑嫩又爽口。」

「小肚和大腸要配著薑絲吃，還有這家麵線攤的豬皮、乾蚵、泡菜、油豆腐，來，每一味都嘗嘗看。」

「好好好，幸せ！對了，阿姨，聽一凡說，妳是校園民歌的專家，而且擁有很多專輯的蒐藏，可以讓我拜妳為師，好好指導我嗎？」

「不是什麼專家啦。我的音樂愛好範圍很廣泛，校園民歌是其中之一，只不過比較特別的是，它和我的成長歲月同步，也和我的個人背景有關，所以有更多的往事和記憶在其中。」

「和個人背景有關？怎麼說呢？」小葵已經吃完一碗蚵仔麵線，東張西望找鍋子要盛第二碗。

「我媽年輕的時候，是救國團的菁英幹部，總團部康輔服務體系的領隊，單單中橫健行，她就來回走了五十幾趟，創下沒人能破的紀錄。」

「救國團？那是什麼？為什麼救國要去走中橫？」

「救國團，原來全名是中國青年反共救國團，是國民政府撤退來台後，由蔣經國成立、領導的組織，應該是想要仿效蘇共、中共的共青團模式，建立一個列寧式政黨的青年預備體系。不過，畫虎不成。在蘇聯和中國，共青團都是入會審查非常嚴格的機構，只有思想忠貞根正苗紅，菁英中的菁英才能加入。台灣的救國團，聽說到我媽唸高中的時代，已經沒有什麼加入不加入的問題，入學第一天，教官就直接跟所有新生宣布：『你們通通都是救國團的當然成員』。麻，我說的對不對？」

「是這樣沒錯，所以救國團就必須利用辦理各種活動來吸引年輕人參與。每年寒暑假，都有各式各樣的戰鬥營、登山營、野營隊、健行隊，幾十種不同類型的營隊，在全台灣的山地、海濱、森林、農村甚至各個軍事基地展開。每個營隊的輔導員，都是從大學社團中選拔出的，在救國團內形成一個次級系統。比如說台北市團委會的，就叫做嚕啦啦。康輔幹部的成員，雖然不敢說是菁英，至少是經過遴選、比較優秀、多才多藝、有責任感的才能加入。我的大學時代，寒暑假都在救國團的營隊擔任輔導員，最多的就是在中橫健行隊的慈恩山莊駐站，每一個梯次，都要帶領學員們從大禹嶺、慈恩，經過洛韶，走到天祥，六天五夜。那個時代，社會風氣不開放，旅遊資源很缺乏，學校又禁止男女生談戀愛，所以參加救國團寒暑假營隊，就成爲只此一家別無分號，廣受高中、大學生歡迎的活動。民歌的萌芽、發展，和當時的年輕人在救國團活動中傳唱這些歌曲，有相當大的關係。像我那時候在營隊康輔時間教唱的一些歌：〈偶然〉、〈加克利〉，還有那首本來連歌名都沒有的『我是多麼想你，你可不要忘記……』，都是先在救國團裡流行於年輕學生之間，後來才被拿去錄唱片。有些歌曲，詞曲創作者是誰，都不可考了。」

「這麼說來，台灣校園民歌的起源是來自救國團囉？」小葵，蚵仔麵線第三碗，進攻中。

「是淵源之一。嚴格說來，現在公認校園民歌的發端，是四十二年前一位台大研究生楊弦，在台北中山堂開了一場以『唱自己的歌』爲名的演唱會。那時候有一些年輕人，不再只是接受西洋音樂，想要用自己的語言，進行自己的創作。現在回頭來看，那一場唱自己的歌演唱會，唱的是什麼歌呢？是楊弦以余光中詩作譜曲的〈鄉愁四韻〉，是懷想思慕海峽對岸大陸故土的長江水啊、臘梅香啊之類的。但不管怎樣，這些年輕人的追尋，的確是打開了一個新時代的序幕。」

「救國團，或者說當時的國民黨政權，爲什麼不反對甚至鼓勵校園民歌的風行呢？」

「早期校園民歌創作題材的主軸之一，就是從鄉愁延續下來的，以中國文化詩詞爲基底的〈釵頭鳳〉啦、〈雨霖鈴〉啦，或是強調政治正確的民族主義，最經典的高峰就是〈龍的傳人〉，都很符合黨國教育的意識形態。另一主軸，就是屬於年輕人的青春謳歌或誦嘆，像是〈如果〉啦，〈小茉莉〉啦，〈奔放奔放〉啦，〈從山裡來的女孩〉啦，基本上不會去挑戰權威，也不具有反抗的意味或精神。再加上校園民歌踏出校園走入社會大衆，商業機制的力量是不能忽視的重要因素。當時有一家新格唱片公司開辦了『金韻獎』校園歌唱比賽，發掘了許多才華洋溢的年輕人：陳明韶、包美聖、邰肇政、黃大城、葉佳修……，每一屆的金韻獎錄製成專輯，銷售量都很好。每一張我都還保留著，是黑膠唱片喔。商業介入推動成爲流行文化，在戒嚴體制時期，當然就更不敢挑戰政治了。」

立虹最重視營養均衡，今天她爲孩子們準備的蔬菜是地瓜葉，清燙的，淋上一點金蘭醬油。

「噢，這青菜好嫩好好吃，也是日本沒有的。阿姨，妳這麼了解校園民歌，原來就是參加救國團的關係唷。」

「這叫做地瓜葉，就是番薯的葉子，我阿嬤說，以前地瓜葉是豬的飼料，只有窮人才吃，現在是高纖健康食物了。」

「不只是救國團，和我父親是戰後第一代的所謂外省移民也有關係。音樂，尤其是歌曲，總是和文學脫離不了創作上的牽連。我常在想，戰後的台灣，有沒 有『外省文學』這樣的脈絡。如今的台灣，再以本省、外省去區分族群、政治、社會，已經很沒意義，很不應該了。省籍情結，早已經被視爲分化對立撕裂衝突的要不得心態，但是說不定內心有著最深層族群情結的人，往往就是那些將族群意識貼上罪惡的道德標籤而急著將它掩埋煙滅的人。如果能以稀鬆平常若無其事的態度去正視這樣的課題，這個社會是不是才比較正常呢？有別於日治時期有台灣文學之父之稱的賴和開啓了寫實主義作爲本土文學主流的傳統，一九四九年之後隨同黨國體制來台的文學創作者，風格是多樣的，題材是豐富的，內容呢，則是從雲端或故土一步一步落實於這塊土地之上的。早期的外省作家，很多是軍人，或是像白先勇這樣的軍眷。寫《八二三注》的朱西甯，以戰事爲題材，他是軍隊的政戰系統出身的。高陽的歷史小說，以明清爲背景，再也沒有人能寫出那麼棒的《胡雪巖》了。他是讀遍〈大清律例〉的清史專家，到大學任教綽綽有餘。柏楊的《醜陋的中國人》，是全方位全系統全盤歷史地，對中國文化批判得最深入徹底的作家，令人由衷尊敬。司馬中原，以鄉野奇譚爲素材，寫大江南北風土人物，是東方的奇幻文學。這些都是戰後來台第一代的外省文學作家，都是外省籍，可是他們的創作，是面目紛呈的，各有精彩天地。外省文學的第二代，開始和台灣土地連結，同時也開始和世界潮流接軌。就只舉台大出身的好了。朱西甯的女兒，朱天文、朱天心，台大中文，早熟得很，高中就以才女之姿展露文采。一凡爸爸說，她們寫的《擊壤歌：北一女三年記》讓他這個就讀於鄉下學校從來無緣和北聯名校女生認識的小孩，一度以爲唸北一女的女生肯定都是既做作又無趣的文藝女青年。張系國，台大電機之後在美國取得博士擔任電機系教授，是台灣最早用心於創作科幻小說的第一人。同時他也有許多關心國家社會的作品，那本《昨日之怒》，是很棒的政治社會小說。王文興，台大外文系主任，一本《家變》引起強烈的論爭，是完全採用現代意識流手法寫成的小說。劉大任，台大經濟還是哲學的樣子，赴美留學期間參與海外保釣運動，傾中的政治立場讓他得以進入聯合國工作，也從此成了不能返台的黑名單。他的《蜉蝣群落》堪稱那個世代深刻的反思。張大春，雖然不是台大的，輔大中文，連拉法葉案件都能寫成時事小說《上校之死》，他的中文詞彙語言運用功力，是我認為最厲害的。尤其是他會很多早就已經死掉、現在沒人懂沒人用的中文字詞，拿來寫文章嘲笑人罵人特別顯得有學問。這些作家，他們的文字，他們的創作，逐漸地、一貫地，向著不再那麼地『外省』而是更多的台灣與國際，不斷演化進展。到了二十一世紀，成大外文畢業的龍應台出版那部描述外省人如何來台又如何國破山河在的歷史情節時，即便動人，也已經不過是一種懷舊情緒下的傷感罷了。這部讓許多流有外省血統包括我在內的台灣人感懷不已的作品，叫做《大江大海》。」

眼看地瓜葉已經被小葵一掃而空，蚵仔麵線和各式小菜也都鍋盆見底，立虹拿出今天供應的飯後甜點，是郭元益的綠豆椪和蛋黃酥。

「這也是綠豆椪嗎？怎麼比較小顆，好可愛唷。立虹阿姨，不好意思，可以繼續講嗎？真的好精彩喔。」

「郭元益，也是百年老店，口味更傳統，妳試試看。我覺得文學是藝術與文化創造的根基，向土地蔓生，汲取養份，滋養人的心靈。影響戰後台灣世代的外省文學，同時也向著其他文化藝術領域蔓生，影響了不同形式的文藝創造。校園民歌，從王維、徐志摩、鄭愁予的詩詞，到〈歸人沙城〉、〈今山古道〉的新創，都是由文學延伸的文化內涵與素材技巧，加上黨國體制下救國團式準軍事康樂活動孕育、轉化，移植為流行音樂市場商業行銷。這一個趨勢風潮，造就出一整個台灣世代在亞洲最先進的華語流行音樂創作力量。到了今天，像方文山那種拗口無比的中文歌詞，甚至成為『國語』教科書內容，這難道不是傳承自外省文學另一種形式的發揚光大嗎？電影也是，李安的《臥虎藏龍》其實是一部華語文學想像的好萊塢視覺效果版本，更不要說從白先勇的舞台劇《遊園驚夢》到八點檔電視劇改編自瓊瑤原著的《還珠格格》了。一凡你還記不記得，爸爸第一次帶你去國家戲劇院，看的是什麼？不是雲門舞集的〈流浪者之歌〉，不是〈查理三世〉，也不是卡斯登穆勒（Peter Kastenmüller）的德國狂潮〈那一夜，在台北〉……」

「是京戲，還是叫做平劇，那時候我小學四年級。」

「我當時很驚訝，一凡爸爸這個台獨分子竟然會讓孩子看這麼中國的東西。他跟我說：『能夠欣賞一個文化的心靈，就擁有包容那個文明的心胸。』對校園民歌，對外省文學，我也是如此看待。它們所形成的文化，都已經滲透在我們的身心之內了。」

「外省女生嫁給台獨份子，一凡，你真的是台灣之子耶。」

「我媽不是純的外省人啦，我阿公來自河南，是漢民族。我阿嬤是蘆洲的本省人，可能有凱達格蘭加西班牙的血統。聽說我阿嬤的媽媽，有著一頭紅髮，我阿嬤年輕的時候，是蘆洲第一美女，五官像混血兒，眼睛又大臉蛋又立體。你們看，我媽的頭髮是不是也帶著寶石紅？沒有染的唷。我爸那邊，是彰化的漳州人，算是百越吧，還要加上現在已經消失的洪雅平埔族。血統這麼複雜的我，叫做台灣之子，當之無愧啦。」

「一凡的祖父，從前從前是郭元益的製餅師傅。怎麼樣，綠豆椪好吃嗎？」

「很——好吃，和犁記的不一樣，沒有加滷肉油蔥，完全以綠豆內餡決勝負，更單純，也更原味。」

「小葵，你快成爲綠豆椪達人了。」

「誰叫我來到綠豆椪師傅之孫的家，哈哈，可以再吃一個嗎？」

「小葵，我媽是二分之一的外省第二代，妳今天只聽了她講校園民歌和外省文學，下次應該再聽她講另外的二分之一，台語歌和本土文學，我媽也很懂喔。」

「一定要一定要。立虹阿姨，今天眞的上了很寶貴的一課，謝謝妳教我這麼多，請繼續給我指導，お願いします（拜託）！」

小葵既滿足又感謝，一凡有點驕傲的很得意，只有凡一始終無語，想著他的心事。

# 〈十一〉

唯有死亡的自覺，才是生命之愛。

——田中美知太郎，日本哲學家

今天凡一和Yuri約好了要進行一趟「加強延長版台北博物館之旅」。博物館在台北，其實也有著可看之處，只是不像一些歐美帝國主義大國，規模那麼宏大，氣勢那麼懾人，展品那麼毫不掩飾的掠奪戰利，像倫敦的大英博物館、紐約的大都會博物館，或柏林的佩加蒙博物館。台北的博物館，展示的空間都相當有限，即使是全球觀光客慕名而來的故宮博物院，展場區域也不大，絕大多數飄洋過海而來的眞蹟古物，都堆存在隧道洞窟式的庫房裡。不過如果專注在特殊的、獨特的文化主題上，這許多散佈大台北地區的各式各樣博物館，也可以經營得小巧而精美。南海路上的歷史博物館，其中國古文明時期的青銅器、玉器是稀世珍品。八里的十三行博物館位於淡水河口南方，它的十三行遺址證明了這裡本是原住民的生息之地。瑞芳九份的黃金博物館、台陽礦業博物館，呈現了掏金與採礦產業的起落滄桑。坪林的茶業博物館，是北台灣茶葉經濟的歷史縮影。鶯歌的陶瓷博物館，可以窺見傳統窯業邁向規模生產的工業化過程，又如何演化為本土工藝技術的代表性極致；甚至於一些規模更小，謙虛地不以博物館自居，而稱之為文物館的地方小博物館，就更是不勝枚舉了。一個大多數人忽略掉的例子是座落於三峽國小旁的「歷史文物館」，就在祖師廟的後方（祖師廟本身的雕刻藝術及建築之美，也是一幢殿堂等級的博物館），是一九二八年竣工的舊庄役場（就是鎮公所），號稱是當時「全台灣最美麗的辦公大樓」，再加上附近的李梅樹紀念館，小小一個三峽的博物館，仔細品味一天也看不完。

凡一和Yuri的博物館巡禮，主題是台灣原住民。第一站造訪的當然是位於二二八紀念公園內的台灣博物館。這幢竣工於一九一五年的建築，是日籍建築師野村一郎和荒木榮一攜手合作，結合文藝復興時期和巴洛克風格的作品，外觀是萬神殿形式的多立克式柱和羅馬圓頂，大廳內則林立了三十二根羅馬複合式的柱子，堂皇、典雅、精美、氣度寬弘、莊重雄偉。一到博物館門口，凡一就被神殿般行列的柱子吸引住了，舉著他的iPhone不同角度不同距離拍個不停。

「怎麼不是要看展嗎？幹嘛一直拍柱子？」

「這些柱子實在太可愛、太親切了。這叫做多立克式柱子，我從小就是看這些柱子長大的。」

「啊？爲什麼？你爸是建築工人嗎？」

「不是啦。這些柱子，赫赫有名，撐起了三千年前絕大多數的希臘建築。希臘形式的建築美學影響了後世直到現代的建築觀念，只要是想強調古典、莊嚴，塑造偉大神聖的形象氛圍，建築師們再怎麼絞盡腦汁，還是大多脫離不了採擷希臘建築的設計元素。而希臘建築最重要的典範象徵就是柱子。有三種：多立克柱式，沒有柱基，柱頭造型最簡約。科林斯柱式，除了有基座外，柱頭是繁複的花草植物雕刻，最華麗。愛奧尼克柱式，沒有基座，柱頭螺旋捲曲的設計，既穩重又優雅，是被使用得最普遍的形式。偉大的羅馬作家兼建築師維特魯威（Vitruvius）把這三根柱子對比爲希臘神話的三位典型人物：多立克式，樸實雄偉，有如壯碩英勇的海克力斯。愛奧尼克式，裝飾精美，可比端莊典雅的中年女神希拉。科林斯式，繁複精緻、身形修長，宛若青春美麗的愛神阿芙蘿黛蒂。眞想不到在台灣也能看到這麼漂亮的希臘風格建築，而且每根柱子都還這麼美麗壯觀。雖然已經一百多歲了，還是讓人很想抱一下。」

「你眞的很愛柱子耶，怎麼會對柱子這麼有感情？」

「是呀。我媽在大學教西洋藝術史，這三支柱子是她講解希臘建築藝術的重中之重。我從小學就開始去旁聽她的課，認識它們已經很久了。再加上每次和我媽出國，她都在拍柱子，從華盛頓D.C.到巴西聖保羅，從印尼雅加達到帛琉、南非約翰尼斯堡，全世界各城市的建築，不管是總統府、最高法院、國會、圖書館、美術館、大學甚至私人豪宅別墅、五星級飯店，到處看得到這三支希臘柱子的身影。我家的柱子建築相片至少有十萬張以上，都是我媽到處拍來的。連客廳壁櫥擺設的唯一陳列物都是從雅典帶回來的希臘柱子模型，每天出門都要跟它說再見，當然很有感情啊。」

「原來如此，就讓你好好把柱子看個夠，我們再去看展吧。」

原住民文物主題展，是台灣博物館經年常設的展覽，由Yuri這位深具自我族群身分認同意識的泰雅女孩爲凡一擔任導覽解說，當然能夠理解得更深入細微。臨去之前，凡一又依依不捨的再照了幾張多立克式柱子的相片，兩個人才轉往士林外雙溪的順益原住民博物館。這是一座私人收集、典藏、營運的台灣原住民族專題博物館。再加上北投的凱達格蘭文物館，串聯起來，就是今天的原住民博物館一日遊。在時間上跨越日治時期到當代的展品物跡，在對象上涵蓋早期被日本殖民政府稱爲高砂族的原住民到近代得到政府承認其原住民地位的平埔族。

凡一在Yuri的引導詮釋下，深深地被台灣原住民族文化的多樣、精彩、豐富而吸引、折服。在工藝器物的層面，達悟的拼板雕舟，泰雅的貝珠布織，排灣的陶壺、琉璃珠，卑南的木雕、刺繡……，炫目璀璨，特色紛呈，令凡一目不暇給。原來三千年前黃河流域還停留在青銅時期，台灣北海就已經有了冶鐵的遺跡。甚至凱達格蘭人的織貝技術，竟然精湛到可以輸出中國給夏王朝作爲貨幣使用。在精神文明的層面，邵族的祖靈籃祭祀儀式，鄒族的Mayasi（戰祭）音樂祭歌；賽夏的矮靈傳說，魯凱的百步蛇崇拜……，都是自然與人文結合的奇妙珍寶，令人讚嘆，也令人敬畏。Yuri特別仔細向凡一說明了泰雅的紋面習俗，那代表成年美麗的意義，也是個人成就的象徵。只有紋面的族人，去世後才能直接越過彩虹彼端的祖靈之橋（Hakkau Uttuf），回到祖靈的天界。凡一尤其感興趣的是台灣原住民族的社會制度。在這一層面，阿美是母系親屬制度，以母系繼嗣爲主體，但又有別於一般的母系社會，男人還是有著司祭者、仲裁人的特殊角色。泰雅則是平權社會，男女地位沒有差別，由聰明有能力的人擔任首領（頭目）。排灣的傳統是階級制度，分成頭目、貴族、勇士、平民四個階級，頭目世襲，但總有一位kalaingan（家宰），擔任他的特別助理或執行長。布農是典型的父系氏族社會，有著十分複雜的氏族體系，分爲「亞氏族」，是最小單位，每個亞氏族的名稱現在被當作「姓」使用。「氏族」（gauduslan）由亞氏族集結而成，是同一個父系祖先的後代。「聯族」（gavian）由相關氏族連結爲更高層次的氏族，負責部落以外的政治事務。小小的台灣島上，竟然有著這麼多元化的族群社會，而且各自發展出截然不同的組織體制、習俗傳統和價值系統，簡直就是世界民族人類臉譜的薈萃。凡一的驚嘆震撼，的的確確值得Yuri自豪驕傲。

一連參觀了三個博物館，飽足於一場文化饗宴的凡一根本不知道天色已晚，Yuri則是早已飢腸轆轆，直待到凱達格蘭文物館的閉館時刻，兩人走到戶外，已經是星光閃爍的夜空了。

「走，帶你去一家來北投必吃的美食。」

位於北投市場二樓的「矮仔財滷肉飯」，曾經被評選爲「全台灣最好吃滷肉飯」，有多好吃？得要看到、聞到、吃到才知道。滷得透徹油亮的滷肉，香氣四溢，吸飽長時間燉煮的滷汁，切成小塊淋在白飯，入口即化，肥而不膩。肉香、醬油香配合米飯的淡淡甜香，簡單樸實，卻讓人一試難忘。滷蛋、滷白菜和嫩Q的原味滷豆腐加進來，再搭上一碗滋味清甜和滷肉飯形成絕配的冬瓜排骨湯，就是一首美妙動人的滷肉飯協奏曲。Yuri 幫兩個人都點了大碗的，意猶未盡，又都各自追加了一份小碗的。號稱全台最好吃滷肉飯，就等於全世界最好吃的了，果然名不虛傳。

「凡一，今天的原住民博物館之旅怎麼樣？你還滿意嗎？」在夏夜習習晚風中，循著坡度輕緩的街道漫步，Yuri眨著的眼眸顯得分外晶亮。

「感觸太多，收穫也太多了。不久之前的國際博物館日，今年的主題是『博物館與有爭議的歷史：博物館講述難以言說的歷史』，正好和妳今天帶我參訪的原住民文化，可以相互印證。」

「咦？怎麼說呢？講給我聽聽。」

「我這學期在台大修了一門童元昭教授開設的『台灣原住民族當代議題』課程，四月八日童老師擔任主任的台大原民中心辦了一場『殖民／解殖博物館』的工作坊。在工作坊中，討論了一項讓我身爲日本人覺得相當羞愧的事情。日本放送協會，也就是ＮＨＫ，二〇〇九年的時候，製作了一系列反省戰前殖民行徑的紀錄片。其中有一集描述一九一〇年時，日本殖民政府帶了幾位排灣族人去倫敦的英日博覽會，展演他們的生活方式。這個展出，當時殖民政府用『人間動物園』這樣的詞彙來描述，而一百多年後的ＮＨＫ，竟然還用這個充滿歧視的語詞作爲紀錄片的標題。童老師說：『博物館常被視爲殖民治理的體現機制之一，透過分類及展示，建立高下尊卑的種族論述，從而也定義了誰是誰，誰是原住民，誰又不是原住民，體現的就是學術殖民。』二十世紀初的日本，和西方列強殖民者對待原住民族的粗暴沒什麼兩樣。當前現代的日本人，怎麼還會犯下這麼無知的錯誤呢？真是反省得太不夠了。」

「殖民者應該主動反省，但是，原住民的文化詮釋，原住民的主體論述，還是應該由原住民自己來主張，自己來進行。因爲只有我們自己，才能夠和祖先、社群作出連結，才能夠清楚的告訴主流社會，事實是什麼，而我們又是誰。」

「所以博物館的角色功能就很重要了，它應該是一個能夠訴說歷史事實的空間，即使那些事實是非常的不堪、不幸、不忍令人回首目睹。而訴說事實的，應該是那段歷史的主體者，原住民的話語，就由原住民來說。殖民的歷史，不能只從殖民者的立場來說，被殖民者更是有話要說。」

「這樣或許才能拉近彼此之間的理解，形成相互尊重。這就是我透過影像人類學想做的事，用影像訴說原住民想說該說的話。好啦，別愧疚了，我說你是我最欣賞的日本人了，這樣有沒有開心一點？誰叫你長得這麼像福山雅治。」

「既然來到北投，還有一個地方，妳這位我最欣賞的台灣原住民，可不可以順便帶我去一下？」

「哪裡？」

「逸仙國小。」

到了逸仙國小門口，Yuri才知道凡一要來這裡的原因：爲了那兩隻石狛犬。

十多年前，逸仙國小進行造景工程，意外地在花園裡挖出了一對石狛犬的石雕。原來，這所小學的石狛犬，屬於一九三〇年所建的北投神社。神社在二戰期間被毀，石狛犬也不知去向，沒想到，竟然就埋在逸仙國小的地底下。石狛犬，是經常出現在日式神社前的神獸，有一說是起源於印度，經過高麗傳到日本，另一說則是出自於中國的石獅子，傳到高麗變成犬，到了日本後又被視爲獅。反正，它就是神社的守護神。逸仙國小發現這對石狛犬之後，也就把它們放在校門口，作爲守護小朋友們的神獸。

上個月初，切斷烏山頭水庫八田與一銅像頭顱的同一批人，趁夜跑到逸仙國小，拿鐵鎚狂敲這兩隻石狛犬，一隻被砸得前腳幾乎掉光崩落，另一隻也遍體鱗傷受損嚴重，大小石塊散滿地面。損毀的人，一邊砸還一邊用FB直播，痛罵石雕是鬼獸，說是在清理日本的垃圾。

凡一蹲在沒了前腿可憐的石狛犬前，心裡傷心得連伸手觸摸撫慰都不忍心。Yuri站在旁邊，看著凡一的悲傷，覺得連伸手觸摸撫慰他，也是一件不忍心的事。剛剛才在討論的彼此理解與尊重，在面對暴力與暴戾的時候，會不會太高調了呢？

凡一站起來，眼眶微紅：「我們走吧。」

「不要難過了，來，帶你去轉換心情，我們去士林的福林冰店吃冰。那家的紅豆牛奶冰是我的最愛，還有三代傳承、手工製作的冰淇淋喔。我推薦花生和芋頭口味的，可以吃得到大甲芋頭的顆粒。」

ф

回到田家，一凡和小葵去了南澳，今晚屋子裡只有凡一單獨一個人。他原本就打算趁這個時候，好好想一想，是不是要把自己心底存藏的問題，寫出來提交給一凡爸爸？如果要，該揭露到什麼程度？若是要毫不保留的呈現，必須怎麼寫，才能忠實地訴說出內心的自己？

想了許久，也苦惱了許多，最後凡一決定不要想了，不再苦惱了，就寫吧！意識裡流動著什麼，就描述什麼。思維中出現了什麼，就記錄什麼。且當作是一次祈禱式的告白吧。

就這樣，在這個無人的夜晚，凡一寫下了如此的文字告白：

向你說話，根本是個神聖的時刻。怎麼界定神聖？神聖就是在日常生活中時時在想望，時時企及不到的幻象。兩個靈魂受語言之橋的連結，而能夠將思想度到彼岸。

你的啓示，把激情給全部征服，不是用理性的韁繩駕馭，而是以通達的所羅門智慧，在世間打滾奮鬥能洞穿事物眞實樣貌的通達。所以在此，我向你訴說。

我在想，爲何自己還在籠裡做無謂的掙扎抵抗呢？明明舉目所見遍處是空，沒有感情，爲什麼心神紊亂，沒有個踏實的依歸呢？

兩種美的評斷標準，一個是在尋常處找出特有，並珍視此時對象的獨有價值，因爲我們知道，此物的獨一，在宇宙的恆常尺度中，再也不會出現；另一個是從不同事物、心靈找到共通處，並期待此一共有價值就是眞理光輝的映射。

到底怎樣才是對的？

我掏空自己，不斷刑求逼問究竟能否爲自己負責。腦中的意識流斷，是徹底的空無，無到發塞，是沒有結構的碎形物。又似黑洞，把一切知覺到經歷過的都吞噬，貪得無厭地把自身塡滿，以犧牲他人作爲極樂手段。但進來的訊息卻又被解離消融，成爲更低層次的嘔吐物，從而與外物一同發鏽，滅入焚毀的餘燼。

是否有神？可以讓我擁抱，來證明自己仍是會哭泣的活物？

對所有事痲木，主觀上不痛快，客觀上造成他人尤其愛我的雙親沉重負擔。我通盤了解到，自己的任務就是把身體這一載體的生理機能代謝掉。死亡才是個安穩的歸宿。我可以好好的不是我了。我瞧不起自己，甚至希望能鞭打屍體以承受薛西弗斯之苦。

聖潔啊，何時能臨在？我是神的棄子，抑是神用來榮耀祂親自創造的傑作？神證明了，是神證明語言邏輯形式，而不是反過來，如聖托馬斯、阿奎那的神學傳統，默思辨明的存有。面對上帝造不出上帝舉不動的石頭，這種關乎神的全能永恆質問，學問家們老早知道，此爲典型的同一率之悖反，沒有討論的實益。眞理的追求者卻將之視爲聖杯來尋覓，可憐又無知啊！

神藉由父母造了我，這頑劣的孽子，作爲實體的見證，我在自己的小宇宙裡擁有敵基督的權柄，是正邪二方的絕緣體，既非耶和華，亦非路西華，不在神或魔的主管範疇，茫然孤獨地生活著。

但我多麼希望自己屬於神，或是膺任魔鬼的侍從也好，對我來說都一樣振奮人心，因爲那可以把自己交託出去，從而得到出賣靈魂、好好做人的應得對價。

我禱告，我禁欲；我狂亂，我褻瀆；我極端虔誠，又徹底墮落。正是我在膜拜，我在呼救，我在邀請，向神祕的不可知力量，擺上懇切的赤裸，以我自己作爲供台上的祭品，獻祭。

我好想是個正常人。

我好想命運能被革命掉。

我好想置換一組新的腦部結構。

神啊！祢到底有沒有？在不在？我好想認識祢！

書寫完畢，傾訴結束的同時，iPhone出現Yuri在這深夜時刻LINE來的一則訊息：「好想念武塔，明天你有空陪我回去看看嗎？」

魅影氣得抓狂，氣得快瘋了！愚蠢、無知、低級！兩隻石狛犬算什麼東西，不過是土裡挖出來的裝飾品而已，根本沒價值、沒意義，把它敲壞了有什麼了不起。媒體居然還是一窩蜂報導，電視新聞頻道還是日夜二十四小時播報，報紙版面還是佔據頭條位置，標題字體比郵票還大，PTT上頭還是吹捧叫好和批判責難加兩方互槓對罵。譁眾取寵，取寵的人固然醜態可鄙，更可笑更可悲更白痴的是那些被譁的眾，讚他們的、幹他們的都一樣，群眾的智商只有十三歲，都是笨蛋！

憤怒、火大、鬱卒、不平衡，無處宣洩，魅影已經又好一陣子不行了。日本變態系AV，不行；sex video網站上的亂倫戀童人獸交，不行；約了一個8K的小模出來，衣服還沒脫就知道不行了。給她一張四個小孩做車錢趕緊打發掉；想到無頭銅像和斷腿石犬，他就不行了。就算帶著噴漆、鐵鎚、球棒、汽油桶到了日治時期佳山溫泉旅館改建的北投文物館準備大幹一場，竟然還是一點感覺也沒有，毫無動靜：不行，不行，不行！

一定是上天在指引我，要做一件真正轟轟烈烈的大事才行。只是對那些沒有生命的文物古蹟搞破壞是不夠的，重要的是人，是日本人。那些軍國主義者的後代到現在都還在囂張，還在參拜靖國神社，還不肯真心誠意地為他們的罪行悔過道歉認罪。他們根本沒有得到應有的懲罰，不，是根本沒有人替天行道好好地懲罰他們。

到時候，所有人就會知道，銅像斷頭石犬毀損只是小題大作的行徑，真正具有教訓意義和懲罰效果的行動，只有像我這樣無私無畏的人才能達成。

魅影想著，從筆電中點開藤原凡一的FB。

# 〈十二〉

好好保存你的夢想……，
你永遠不知何時用得上。

——《風之影》卡洛斯・魯依斯・薩豐（Carlos Ruiz Zafón）

一凡貼在網站上的〈宜蘭武塔泰雅部落課輔計劃〉獲得了廣泛的迴響，台大的同學們不分科系年級，報名參加的情形十分踴躍，一下子就把好幾個月的每周名額排班表塡滿了，還有許多人必須列在候補名單等機會。發起的一凡已經被大伙升格掛上了「校長」頭銜，部落裡的長老們說，他眞是沒有辜負Watan這個名字，既有勇氣，又聰明智慧。

Watan校長很嚴謹的執行每一個同學都要寫下簡短心得的請求，這一點也不困難，因爲每一位造訪部落的年輕人，心中都有很多感受可以說。一時之間，FB上的部落課輔群組，充滿了這些同學們的美好心聲：

〈By Yumin〉

金洋部落，坐落於武塔旁，因爲武塔的小朋友本周多數出去比賽，因此是我本次足跡所踏尋之處。

雖然說我們是來爲小朋友課輔的，但是本組兩人也僅僅帶著三個國中生，甚至多數時間是他們帶著我們闖蕩山谷間的小聚落。

拜訪了兩三個住處，搭了兩三次便車，所到之處的居民，不論是請我們吃午餐的阿姨，或是路邊正在種植的伯伯，對我們卻是兩三句不離：「老師，謝謝你們！」

並不是基於什麼害臊的心理，而是打從心裡的覺得自己並沒有做到什麼而推辭著這樣的感謝。

他們都是以微微生澀的漢文說：「不會啦！眞的謝謝你們願意來這裡。」

很想職業病的學究式批判，但我覺得事情就是如此的單純。

待課輔結束，一個國二的弟弟：「有你們眞不錯，我周末都不會在家無聊，或只是顧店。」

平鋪的不像讚美，只是平緩地說出。

你怎麼能期待更好，喔不，應該說是，更差的一句話？

〈By Lahah〉

一早到了碧侯其實還對自己要做什麼感到徬徨。六、七歲的孩子在周身轉啊轉，瞪大眼看我們這些外來者。對於我們的問話，也僅是簡短地回答寥寥幾字。直到有人口中迸出「玩」這個詞，孩子們才對於我們有了重視。

他們只用了一顆有突起的籃球，一個上午，在籃球場，打籃球、踢足球、玩傳接球、躲避球、足壘球、爬籃框。就這樣黏膩著身體緬懷久違的童年，似乎從前的自己透過這群孩子來到了這個時空。看著他們打著赤膊、光著腳丫，即使踏上碎玻璃，也是喊了一聲痛便站起身，乘載著自然的氣息繼續奔跑。原住民小孩，爲了自己跑得不夠快而洩氣，但總有一天，那雙腿也會伸展向走出部落的步伐。

熟稔之後，除了玩耍也得執行我們此行的主要目的——課輔。年紀稍大一點的有數學作業，才小一、小二的孩子說自己沒有作業，但老師要他們畫畫。一些人在室內，一些人在戶外，總歸是愜意美好的。

他們表達愛的方式，是緊緊抱著你，是攢著你的手帶你去祕密基地講悄悄話，是誇你漂亮、小小的手抓著你的頭髮說好香，一邊紮起口中的艾莎頭，是搶走你的手機嚷嚷著要幫你拍照。

雖然由於經驗不足，有些處理不當的地方。但這次的過程實屬難得，即使回到了台北，仍是想念著那山那溪那些天眞又早熟的孩子。

可以一無所知的來，也可以毫無收穫的走，

能把當下的自己忘在那，才是最浪漫的旅行。

已經很久沒有只望著群山，然後發呆的上午。

也快忘記，曾經將人們串在一起的，美麗溫情。

更沒有爲了一片理想、一片希望，花整個晚上找拼圖的朋友們。

不得不說，時間停在這片可愛的沖積平原，我就這樣深深爲此著迷。

〈By Balai〉

羞赧的受著他們的感謝，我總覺得根本沒有什麼値得他們感謝的付出。同時這也是整個課輔計劃最美妙的地方。因此我要來談談我們在碧候的課輔狀況。

首先，沒人會想和不熟的人相處，魔術、小玩具都是很好的吸引工具。像我們一開始就拿著籃球，衝去籃球場打了整個上午。那邊的孩子很猛，體力好的可以陪他們衝來衝去，之後會比較好聊天。然後千萬不要用錢幣變魔術，我原本表演用的八十元，最後都被拿去買冰吃。錢，是可以避免的善惡樹果。

第二，我們課輔的孩子落在六到十爲主，也就是人生中最沒有課業壓力的時候。課業之餘，他們會帶哥哥姐姐到處玩，要注意不被牽著鼻子走。例如這次我們有幸到南澳北溪的支流玩水，就應該把孩子的安全放在第一，結果自己玩太嗨，很幸運最後沒有孩子受傷。

第三，不要咒罵、不要猥褻、不要開黃腔，孩子會學，也都聽得懂。

眞正的泰雅孩子啊～請加油吧！

聽說和老人家可以直接用日文溝通。

希望大家都能有所收穫！！

〈By Yulaw〉

在因緣際會下參加了這趟課輔活動，認識了一些很棒的朋友，到宜蘭武塔泰雅部落接觸原住民孩子，雖然有些高中臭小孩會想要把她吊起來放進野溪裡清醒一下。要跟國中小孩講歷史故事到最後才想起，啊……那好像是高中老師才說的。和差不多和我同齡的小孩到野溪、海邊玩，早上起床發現，咦，自己怎麼成了半裸男？明明昨晚有穿著短袖睡覺，結果早上竟然被丟在旁邊。跟著唱了泰雅語歌、做了禮拜、上台唱讚美上帝耶穌的歌、參加喬遷禮、和一群小孩打已經一年沒碰的籃球、幫我們的校長Watan慶生二十歲……。

這裡很純樸，小孩只會想要跟你好好玩，但若是上課也很認眞（有的啦），很愛運動，很活潑，會帶你看狗狗。大人也都對我們超好，開著發財車帶我們到海邊逛，吃傳道冰……。一堆有趣的事情。
我想我一定還會再來很多次，繼續在這裡陪這群孩子，繼續探索這一片世外桃源。
我的泰雅名字是Yulaw，希望我也可以像我們Watan校長一樣，名字被孩子們記住XDD。
〈By Walan〉
這次我印象最深刻的事情其實是，在部落裡青年相對很少，大多是中老年人和小孩。我說的青年是指大學或二十、三十歲的年輕人。
我問了Mawi，他說：「跟我同齡的人不是去當兵，就是去做苦工，兩個人在念大學。」不知道爲什麼，這句話一直在我心裡打轉。
我不願意不了解的人用同情的眼光看待，想起高中課文黃春明的戰士乾杯，想起他們說的原罪。
武塔很好，向心力、溫暖、人情、善良，他們有很多我們沒有的，這些都是這個社會漸漸流失的東西。所以武塔的土很黏，黏住我們的心。但無可否認的是，這裡和外面的環境相距很大。
「部落裡的孩子生活得太安逸了，沒有競爭，也會沒有動力念書。」Mawi說。
想要跟大家說的是，到了這裡之後請同理這裡的狀況，用心去了解課輔的孩子，讓他們保留最珍貴的特質。然後如果他們需要，給他們需要並且想要的東西。如果他們沒有發現自己的需求，慢慢陪他們一起找。

然後，好好享受這個地方吧！這裡超棒的，哈哈哈！

〈By Yayut〉

因爲一個月前莫名其妙認識一凡，那時候他告訴我，每個禮拜他都會去一個在宜蘭叫武塔的部落，幫助他的部落兄弟考警專。然後一直向我推薦部落有多好，我一定會很喜歡那裡。聽完之後我被他說服了，於是才有了這麼棒的旅程。

星期六早上我一個人出發，搭五點五十五分的噶瑪蘭到羅東轉區間車到武塔。一下武塔站，發現車站十分冷清，甚至沒有任何工作人員（進出站直接刷悠遊卡），說好要來接我的部落少年也連絡不上，只好一個人沒有方向的走在荒涼的道路上。路上根本沒什麼人，人生地不熟的，再加上不知道往教會的路，當下心裡眞的很害怕，也很後悔，爲什麼要一個人來到這裡。車站附近有間派出所，我只好鼓起勇氣進去問路，幸好裡面的警察伯伯超nice，減少了我的焦慮不安。

問路之後才走了一分鐘，有一個年輕男子騎著摩托車經過。我們兩個互看，也一起微笑，彼此心裡就知道了：「哦~就是那個部落少年／一凡的學生」。眞的連自我介紹都忘了，就搭上他的摩托車開始聊天。（後來一凡說這就是原住民式的認識法，眞的好奇妙！）

部落少年叫Mawi，Mawi熱情又貼心，怕我一早搭車沒吃早餐還先買好。跟他相處，完全不用擔心因爲是陌生人，氣氛會尷尬冷掉。

到了當地教會後，我們就開始檢討考古題（就不說我高中國文跟地理都忘光光了，很多東西都要用手機查XD）。中午休息時間Mawi帶我參觀部落，一路上向我介紹部落的景點，也告訴我許多關於武塔的故事。在參觀的路上，每一個經過的部落族人都會和Mawi打招呼，他告訴我因爲部落不大，所以大家都互相認識，彼此也幾乎都有血緣關係。武塔雖然寧靜且小小的，但是讓人覺得十分溫馨。回到教會後，Mawi拿起吉他自彈自唱，不得不說，原住民唱歌眞的好好聽！

晚餐我到Mawi家吃飯，全家人都非常熱情的招待我。媽媽向我分享許多孩子們的糗事，Mawi和弟弟妹妹打鬧著，爸爸一直向我道歉說他還沒洗澡XD，眞的是非常可愛的一家子！整頓飯吃的超開心的。晚餐後是部落青少年的聚會，我也跟著一起參加。聚會是由神學院的實習牧師帶領，唱聖歌，讀聖經。聖歌是牧師自己寫的，還有泰雅族語版，十分朗朗上口。（不久後一凡來了，部落的人都叫他的泰雅族名字Watan）結束之後，我們跟著牧師一家（牧師一家也超可愛），到附近的碧侯部落串門子。他們熱情地招待我們醃肉烤肉，我們也跟著一起泡茶聊天。其中一家的媽媽還送我和一凡一個有花香的吊飾，一凡在另一家還收到一塊石英。晚上一點左右我們才回到武塔，結束非常完美的第一天。

第二天起床後，我們一起參加了星期日早上的基督教禮拜，這是我第一次參加禮拜，覺得很新鮮。跟著大家唱聖歌、禱告、聽牧師講話。牧師還向大家介紹我這個新朋友，也幫我取了一個泰雅族名字Yayut，我眞的覺得自己已經完全融入當地的生活。

午飯後，牧師帶我和一凡到他的山中小屋。前往小屋的路上，我們兩個坐在發財車的後平台（那眞的是搖滾區），在顛簸的路上，感受被中央山脈圍繞的感覺，風景眞的很壯觀！牧師的小屋裝潢是歐式的，非常美，屋內還有壁爐。周圍的山坡地種滿花花草草以及水果，牧師甚至還在小屋旁建了一個魚池。他向我們介紹種植的每一棵植物，以及小屋的興建過程。我們還目睹牧師的姊夫撒下魚網撈起一隻隻肥大活魚的工夫。晚餐時，回到山下被牧師的姊姊熱情地招待烤肉，跟當地居民邊吃邊聊，每一個到來的人都會向我親切問候，我眞的好愛這種感覺。晚餐過後我就到車站搭車回台北，結束這趟超棒的武塔行。

這次的武塔行是我第一次到原住民部落，短短的兩天眞的收穫滿滿，做了很多沒做過的事，也覺得自己很勇敢XD。一直很嚮往能有這樣的旅行，很感動我終於實現了。我眞的好喜歡好喜歡武塔，謝謝這裡的原住民朋友，我一定會再回來的！最後當然也要謝謝一凡跟我介紹了一個如此美好的部落。

〈By Hana〉

他們幫我取了泰雅名字，叫Hana，在泰雅族語裡是花的意思，重音在後面的音節。

跟著素昧平生的Watan（一凡）來到武塔，其實不能說是跟著他來，我是自己搭客運再轉區間車到這裡的，甚至揹了吉他，看起來可能很可憐，因爲車上的阿姨還問我要不要幫忙拿。

武塔是泰雅部落，位於宜蘭南澳，號稱冷知識王的Watan說，這裡是由七個泰雅部落所組成的Gleson地區（其實我不知道是不是這樣拼），武塔是其中之一。

我先來到隔壁的碧侯，Jessie頂著一頭俏麗短髮衝著我靦腆的笑了笑，然後拿出高中物理，身爲純社會組學生，我心都涼了，還好她才高一，萬有引力定律我還行。Jessie蠻乖巧認眞的，筆記也漂亮，給我的印象很好。離開前，Jessie的媽媽指著一直放在旁邊的紙箱，問我要不要看山豬，他們說，是早上出門的時候撿到的，不知道出門散步撿到山豬帶回家養，在這裡是不是一件稀鬆平常的事。（一個月大的小山豬，公的，很躁動）

下午到了最遠的金洋部落，由衷感謝Mawi和他的機車，眞的是一段不近的距離。我在這裡結識了Pepay，可愛的小女生，名字很像台語的「麥歹」，自我介紹的時候害我差點笑出來。Pepay很認眞，指著習作的某一頁說，希望四點前可以寫到這裡，也很認眞地想把問題弄懂。身爲家教達人的我眞是感觸良多，眞好教。但我又不禁想，下一次她有問題的時候，不知道是不是能順利地找到人問。想到這裡就覺得悶悶的，突然可以理解Watan爲什麼願意每周從台北搭兩小時的車到這裡，再搭兩小時的車回台北。我乾脆地留下LINE，瀟灑地跟Pepay說，有問題就密我吧。打這篇文章的前幾個小時，我還在幫她解題。

第二天的下午，金洋沒有要課輔，族人阿姨就帶我們出去晃晃。我第一次坐發財車後面，不知道今年會不會發。坐發財車是一件人生的must-do，在發財車上站起來看風景是另一件。下了車，走進朝陽步道，爬著山一路走到南澳漁港。這裡很美，從步道可以看見太平洋，當天的霧很濃，我一直有種海上會飄來蓬萊島的錯覺。阿姨撿了一堆貝殼和石頭給我，現在正在我的書桌前。

兩天的時間過得很快，想著下次見面的日子，希望我們的到來，有帶給這個地方好的影響。在腦袋裡轉過很多次的，關於教育的、資源分配的、城鄉的，那些思緒和理想不在這裡提了。有點感傷，很感謝大家，給我這麼棒的兩天。

P.S. 告急！現正開放認養中～昨晚在教堂二樓意外發現貓咪的家，拾獲超萌小貓三名（約一個月大，三胞胎），他們都是聽福音長大的孩子喔！

從這些武塔之旅部落紀行，可以讀得到參與這項課輔活動的台大同學，內心的敏銳、聰穎、溫暖與良善。他們是旅人又恰似詩人，他們有時像是哲人，而最終，都成爲了泰雅族人。

凡一抵達武塔和一凡會合，午餐後Yuri回家陪今天剛好不用值班的父親聊天，小葵在教會裡教小朋友基礎英語會話，Mawi要準備警專入學考不能亂跑，一凡借了Mawi的摩托車，帶凡一探尋武塔族人不可予外人知的私房秘境——無名溪瀑布深潭。一凡老馬識途，機車雙載凡一騎山路完全駕輕就熟，熟門熟路地直抵密林溪谷深奧之處。只有兩個大男生，卸除不必要的裝備，裸泳，對一凡是理所當然，對凡一則得半推半就。凡一在瀑布直下處趺坐承受水勢拍擊的時候，一凡則是潛進深潭池底去看他上次遇見的那尾近尺長苦花之王還在不在。

夏日冰冷沁涼的山溪澗泉浸潤得年輕的軀體起了雞皮疙瘩，兩人貼躺在溪岸巨岩上，吹著風，午後的陽光透過林梢樹間灑落在裸身上，溫度像經過刻意調整之後般的舒適。

「你覺得，小葵和Yuri這兩個女生怎麼樣？」一凡以一種似乎漫不經心隨口提到的語氣問起。

「什麼怎麼樣？你是說，有什麼不一樣嗎？當然很不一樣啊。」

「笨蛋，誰不知道她們不一樣。我是說，你有什麼感覺啦，對小葵或Yuri？」

「感覺喔，我也不知道。兩個人外表感覺差很大，都很漂亮，但是style不一樣，其他的，沒去想太多。」

「你連觀察、分析、形容女生的外在都不太會，內心世界就更不用說了。Yuri是俏麗短髮，最吸引人的是她清澈的大眼睛，明亮的瞳眸，帶著一種旅人特有的昂揚眼神，散發著青瓷般的淡淡光芒，這種美，好像讓人可以融進去，可是這種亮麗，卻似乎足以令人心傷。但明明她的個性，又有著很能溫暖人心的明朗氣息。」

「好噁心喔，你在描述女生怎麼文藝腔這麼重啊，原來都是這樣在把妹的。不過經過你這麼一說，倒是讓我覺得和Yuri在一起的時候，她有一種反射式的體貼親切，不帶感情的直率，會和人保持適度的距離，形成一種透明感，好像會將身邊的光吸納過去，穿透而過的樣子。」

「吸收能量的透明感，講得好，原來哲學家是這樣分析女生的，學起來。小葵和Yuri的型正好高反差，秀髮披肩，鼻梁高挺，有著藍紫色虹膜的杏眼波光瀲灩，醞釀出一種飽含生命力的灼灼光芒，像寶玉一樣溫潤的晶瑩剔透，簡直不像人類，美得彷彿不是眞的，可是又有著天眞澄澈的笑容，像清爽無比的純淨空氣，看到她如同在心中看到一道彩虹，那種魅力，教人炫目。」

「我又起雞皮疙瘩了。不過也沒錯啦，小葵的美麗像是自體發出的溫暖光華，會留下殘像在人的心裡。本哲學家稱之爲，釋放能量的存在感。」

「Yuri是吸收能量的透明感，小葵是釋放能量的存在感。不管是吸收還是釋放，這兩個女生，至少有一個重要共通點。」

「什麼？」

「一次可以吃三碗蚵仔麵線，四隻豬腳。」

「還要加上綠豆椪、鳳梨酥各兩個。」

「哈哈哈，這樣形容女生，就一點也不文青了。」

# 〈十三〉

重要的不是活著，而是好好地活著。

——《克里頓篇》柏拉圖（Plato）

漂盪在田家宅邸中的樂章，是華格納的後期浪漫派歌劇〈唐懷瑟〉（Tannhaüser）。閱讀一凡父親回覆他們夢境的啓示以及生命的疑難，邊聽華格納已經成爲兩個年輕人的習慣，或者說一種儀式了。

唐懷瑟傳奇，是早自中世紀就流傳於日耳曼民間的故事。他是一位騎士，也是吟遊詩人，爲了滿足慾望，冒險進入華爾特堡（Wartburg）附近的維納斯山（Venusberg），被異教的希臘女神維納斯迷惑，沉迷在美色的邪惡世界中，享受美妙刺激的肉體歡愉。在一波又一波的性高潮之後，突然警醒於自己的罪惡，決心前往羅馬朝聖，請求教皇赦免，卻遭到教皇嚴詞拒絕，除非教皇手杖能長出綠葉，否則這樣的罪愆不値得原諒。救贖無望的唐懷瑟於是重回維納斯妖豔情色的懷抱，自暴自棄地與她在山洞中縱慾歡樂。直到有一天，當他的朋友高喊唐懷瑟貞潔的初戀情人「伊莉莎白」之名時，才恢復心智的清明。頓時維納斯山消失了，教皇的手杖也奇蹟地長出鮮嫩的綠葉。

在華格納改編唐懷瑟故事的歌劇中，這位身陷情慾的吟遊騎士最後因爲絕望於自己生命的必朽，感傷生命的短暫易逝，決意離開維納斯的慾望洞窟。他在另一種全然不同的悲傷之中找到了生命的出路，這種悲傷就是伊莉莎白這位人間處女純潔的愛情。伊莉莎白對唐懷瑟懷有深刻的眞情，因爲過度憂心他的罪惡無法獲得赦免而心碎亡故。當伊莉莎白的棺木經過唐懷瑟面前時，他也隨之倒地，氣絕身亡。華格納安排故事主角逃離情慾的深淵，卻只能躍入死亡的空無，以這種轟轟烈烈的「愛之死」（Liebestod），爲所有聆聽歌劇樂章的人們，帶來了靈魂即使平凡、庸俗、罪惡、褻瀆，在聖潔的伊莉莎白眞愛中，仍能終獲救贖的想像。

中世紀的日耳曼騎士民間傳奇，和不列顛島上的聖杯傳說，有著千絲萬縷的關係。就如同盎格魯．薩克遜這一支族群，其實本就來自日耳曼地方的薩克森。一凡與凡一的夢境，從德意志人物的精神意識，到出現亞瑟王騎士的經驗歷程，其中應該也有著難以言喻理清的關聯吧。一凡父親的解析書寫，就從聖杯傳說的原始意義說起：

整個歐洲的傳奇故事、童話世界，幾乎可說都是塞爾特（Celtic）的產物。塞爾特人本來是阿爾卑斯山以北的歐陸民族，西元前五世紀征服了愛爾蘭。以描述亞瑟王爲中心的不列顛傳奇故事，在中世紀總稱爲亞瑟王傳奇，與各種的聖杯傳說結合在一起，形成了豐富精采的塞爾特文化遺產。亞瑟王傳奇裡每一位中世紀的騎士都有著塞爾特的淵源，而這每一個奇幻想像的騎士故事都在訴說著英雄的自我追尋。

騎士們所要進入的黑森林，是召喚英雄展開歷險旅程的情境，象徵著危險、試煉、迷惑與重新的肯定。黑森林是我們每一個人都必須面對的生命處境。但是每一位騎士都只能依著自己的抉選，尋求不同的道路進入，就好像每個人都有他各自不同的生命挑戰與課題，應該找到屬於他自己獨一無二的解答與領悟。一凡是波西瓦，凡一是加旺，這兩位騎士，蘊含與表彰的生命意義和主題，各不相同，但都是作爲一位回應召喚啓動冒險歷程的英雄。透過此一學習的過程，去經驗超越常態的人類精神生活。即便學習的課題有別，英雄歷險的基本主題是一致的。在生命的黑森林之中，如何進化出自我負責、自信的勇氣，脫離既有的境界，發現生命的泉源。通常需要的是一次死亡與再生。所以英雄的冒險，其實是一趟如何讓自己眞正活著的冒險。這樣的冒險，必得以無懼爲開端。克服恐懼，產生生命的勇氣，冒險的歷程才能展開，騎士才敢踏入黑森林之中。

一凡夢見波西瓦騎士，這個傳奇故事的主題是：做一個忠於自己的人。波西瓦有一位極不名譽的的父親，拋妻棄子，逃避婚姻與家庭的責任，身爲基督教騎士卻跑去爲異教伊斯蘭政權賣命打仗。但不論父親身上貼了多少汙名化的標籤，父親是父親，你是你。自己的生命價值，和血緣的遺傳無關，更和基因無關。波西瓦有一位刻意爲他塑造成長環境，預設人生樣態模式的母親。但不論母親的期待合不合理，動機是否可憐可憫，一旦發現了自己的目標，找到了自己想走的路，一切都不能再攔阻，當下就得啓程。就算身上披覆著銹蝕的盔甲和小丑的服裝，衆人的誤解、嘲諷，終究是一時的，待天賦的自我本色呈現之後，那一切無名的外在假象瞬時就會灰飛煙滅。

忠於自己的波西瓦，拒絕相信被要求相信的信仰，同時也拒絕接受與被要求的不愛的對象結婚。當他毅然決然表示，我不要別人給我一個太太，我要自己贏得一位妻子時，正表徵了一種中世紀以來新哲學的開始——擺脫社會加諸於身的東西，如此才能脫胎換骨，成爲眞正的騎士。波西瓦的傳說告訴我們的是，我們年輕時候作成的決定，往往對生命的轉折起著重大的影響作用。而作成決定的唯一關鍵，在於你能不能遵循自己內心直覺的喜悅。只有把自己的心放在自己覺得最快樂的事情，不是興奮、戰慄或驕傲得意，而是一種很深的喜悅，幸福才能被你找到。這就是一個英雄的轉化歷程：不再思考我們自己和自我保護，願意把自己交付給更高的目的或他人時，終極的測試才能通過。所以有點弔詭的，唯有放下自己，才能眞正的忠於自己，實現自己。

波西瓦故事的另一面意涵，在說明男女自主的結合才是愛的最高表現。讓精神與肉體結合得以聖潔化的就是愛。兩人之間毋須岳父大人的撮合，毋須世俗禮法的介入，毋須政治宗教考量的干預，愛情在自己和另一半的誓約中被完成，而這誓約就是愛情的頂點巔峰。從這個觀點來看，一凡在夢中未能實現和康薇拉茉的最終結合，或許正是在提示你對於愛情的誓約本質，是不是認識得還不夠，認眞得也還不夠？

至於凡一所夢見的加旺武士故事，「超越」（transcendent）這個字，就是故事的關鍵字。加旺的英雄歷程，是不斷接受測試考驗的歷程。美麗女人的投懷送抱，測試的是慾望貪念，考驗的是忠貞，朋友的責任，以及理想：武士的美德。另一個測試，則是對死亡的恐懼，考驗無畏的勇氣，敢不敢在銳利戰斧之前伸長脖子，再伸長。

沒有人可以了解死亡，我們只能學習在死亡中默認它的必然。但不是這麼消極而已。只有能不把死亡當作生命的對立，而是生命的另一面向來接受它，人才可能經驗到對於生命的無條件肯定。克服對死亡的恐懼之後，隨之而來的就是生命喜悅的恢復。加旺故事告訴我們，你的生命正是痛苦與恐懼之所在，而生命的動能，正是靠著痛苦與恐懼的經驗去維繫的。勇氣和信仰一樣，和神一樣，就在你的心中。只有仰賴它，才能形成支撐自我生命的一種超越力量，超越慾望貪念，超越死亡恐懼。所謂的菩薩，就是那些了悟自己的超越性之後，自願參與人世的人；而所謂的效法基督，就是要歡歡喜喜地參與世間的愁苦。加旺武士證實了他擁有足夠的勇氣去接受生命裡的承諾，沒有反悔，沒有逃避，沒有自艾自憐怨天尤人。他把自己放下了，也就眞正地忠於自己了。據說英國騎士最高的嘉德勳位，就是由這個傳說而來的。

加旺武士故事的啓示，和凡一緊扣著「神到底存不存在」爲核心所揭露的生存疑惑，恰好有一個共通的交會點，就是「超越」。

超越，相對於「內在」。從「自由」的意涵闡明了「人爲什麼活著？」的課題之後，本來就打算跟你們釐清超越性（transcendence）和內在性（immanence）這兩個觀念。沒想到透過加旺武士，此一概念已經先行出現在凡一的夢境之中了。

神，毋庸置疑地是一種超越的存在。其實超越性也是一種人類與生俱有的本質。超越的原意，是「攀登而跨過」或「超出界限」、「走到另一邊去」。如果說自由是人類原始的渴求，超越就是爲了實現自由的創造性發展。不斷的超越，就是邁向自由的持續過程，這是一種十分動態的模式。人類永遠處在運動的狀態中，而超越則是在這運動的生命裡，追求豐富、深化、昇華，將人性本身的地平線或境界不斷向前向上推進的動態過程。

人，最終會不會來到一條不可能超越的界限？

人，超越了一條地平線又有新的地平線出現，這樣的超越性人生，豈不是無窮無盡，沒完沒了？

體驗超越的成就，就是幸福的恩典嗎？永無止境的超越，難道不反而可能是痛苦的掙扎嗎？為什麼人非得如此自找麻煩，自尋煩惱呢？

從智性的角度來看，人天生喜歡問問題，不只會問自己父親，「我為何活著？」問母親，「妳為何生我？」連學開車都要問駕訓班教練：「為何路邊停車，要先向右打方向盤三圈半，再往左打正？」人，本能就有一種要認識事物的內在慾望，就像亞里斯多德說的，「存在著一種心智的慾望，一種心智上的愛。沒有這種愛慾，就不會產生任何疑問、任何探索、任何驚奇。」所以說，提出問題，就是人類邁出超越性的第一步。

這一步踏出之後，就沒完沒了了。

從太陽為什麼自東方升起？宇宙外太空有沒有外星人？問到我從哪裡來？我將去哪裡？我是誰？問題從智性的、知識的，不斷變成感性的、靈性的，乃至更為神性的。誰在主導這一切？真的有一切的主宰嗎？

超越，因為人總是處在走向種種不同形式、不同層次、不同面向的，實存的轉變過程中。因為，人尚未完成，人面對著生命的開放性和可能性，所以不得不塑造自己。人必須要超越。

人類是一種自我超越的存在者。

從神性的角度來看，神的形象被賦與了人，同時也提供了人一種潛能，人可以經由成長而實現這種潛能，向著神而靠近。這一從人性向著神性逐步展開接近的過程，與其用宗教名詞說是「神聖化」，不如說，就是「超越」。

西方基督宗教十分強調聖經中的上帝具有絕對的超越性，絕對到全然地和人類相異，全然地神聖，唯一自存，全然地無法理解。如果神的超越性絕對到如此地步，那麼我們怎麼認識祂？怎麼相信祂？祂對人有什麼意義？我認爲神如果存在，祂必定是人可以接近的。這時神的「內在性」就很重要了。

內在性，從世俗的觀點來看，是順從習慣的隨波逐流。人自己不去做抉擇，只是讓生活中往來復去的種種欲求、社會期待、壓力、時尚潮流所擺弄操作。但是若從神聖的觀點來看，內在性，不只東方宗教的智者如釋迦牟尼十分強調，西方一神教傳統中的東方教派：基督宗教裡的希臘正教，猶太教裡的卡巴拉神祕主義，伊斯蘭教裡的蘇菲教派，也都非常重視神的內在性。所謂神、上帝或眞主的內在性，是指神接近人們，神住在祂的創造物——人之中，在其中活動。

神，既是最遠的，又是最近的。對人而言。

超越性和內在性，是兩個看起來相反的對立面，但這兩個對立面又似乎包含著對方。神既超越又內在，看似矛盾，其實理所當然。若不是這樣，這世界不僅會太過於無趣，而且也不會像現在這樣子運作了。人內在於物質又超越物質，神不也是內在於物理秩序，又超越物理秩序嗎？那麼超越的人和超越的神，二者之間的關係又是如何呢？我的答案是：成爲超越美好的神，就是人的超越所要達成的目標。

爲什麼可以這樣大膽放肆的把「成爲神」設定爲生命所要超越的終點呢？要說是因爲神的的慈悲或大愛，好像難以理直氣壯，有那麼一點牽強。之所以會有這樣的主張，是因爲我相信：「在人超越自己的時候，神也才走出祂自己。」伊斯蘭教的「聖訓」（Sunnah and Hadith）有這麼一句箴言：「超越的神同時也是我們（人）此刻遭逢的內涵存在！」如此地詩意，又如此地充滿智慧。

相形之下，基督教神學家哈茨霍恩〈Charles Hartshome〉的見解，雖然沒有穆斯林哲學家的深刻優雅，但也值得參考。他在〈上帝的絕對性與上帝的相對性〉論文（*Transcendence*,Boston:Beacon,1969,頁169）中指出：「較高形式的權力不是那種壓制人之自由的權力，而是鼓舞人自由的權力。是藝術家、先知、有天分的人，和眞正政治家的權力。上帝乃是無法超越的、鼓舞一切自由的天才，而不是壓制性決定一切的暴君。」換句話說，基督宗教比較傾向於：「對上帝的侍奉就是完全的自由。」從這裡建立起人的超越和上帝的超越之間的正面聯繫關係。

在做出我的結論之前，先介紹一首歌。往往，再多的語言文字論述，都比不上詩和音樂，更能夠接近、彰顯神的精神寓意。所以，有關超越性和內在性的力學關係，存在於人與神之間的連動狀態，或許可以在歌聲詞曲中曾見那一端。這是羅大佑詞曲，甄妮演唱的〈海上花〉：

「是這般奇情的你，粉碎我的夢想，

漂流在海面無盡的閃耀光亮，是我的一生。

睡夢成眞，轉身波濤洶湧沒紅塵，

空流水紋，殘留餘恨，願只願他生。

昨日的身影已相隨，永生永世不離分。」

作爲一介凡人，對於這「奇情」的神，我們在紅塵中幻滅、粉碎了一切夢想之後，才產生了那超越的可能光亮。閃爍之處，是睡夢中的我眞實的內在。拋卻憾恨，喚起想望祈願，但求生死相隨於那至高的永在。

我相信，夢想與紅塵皆各自有著它對我們、對神非凡而特別的意義和作用。

一個不斷和宇宙無事瞎忙的神是荒謬的，而干擾人類自由和創造力的神則是可惡的。幸好神沒那麼蠢，也沒那麼壞。我的結論是：「神是世界之所在，世界卻無神容身之處。經由人從自我的內在超越之後，神才能終於走出祂自己。」

所以，神能不慈悲，能不愛人嗎？

親愛的凡一，不必去煩惱神是否存在，不必去擔心該如何認識神或神來認識你。加旺武士的傳說故事已經給了你答案：找到忠於你自己的勇氣。神，就在那裡。

至於一凡，究竟是要不斷投身於可欲的維納斯懷抱，還是要找尋可愛的聖潔伊莉莎白，只有你自己才能決定，而這一決定，最終將定義你生命境界的程度。

華格納的音樂所要表達的態度是：「追求一件事物是爲了該事物本身。」這就是德意志的特質，也是塞爾特亞瑟王騎士聖杯傳說的精神。你們兩人的夢境，可眞是意義深遠啊。

ф

看完一凡父親的長篇大論，〈唐懷瑟〉歌劇樂章也已進入尾聲。一凡下定決心提出他放在心裡好一陣子的問題：「凡一，你和小葵，是男女朋友關係嗎？」

「應該不是吧。我們比普通朋友要好，很談得來，有許多話可以講，也滿喜歡在一起的。可是從來沒有超過朋友的界限，沒有去確認過我就是她的『彼』（男朋友）或她就是我的『彼女』（女朋友）。」

「那，你喜歡她嗎？不是普通的那種喜歡，我說的是想和她戀愛的那種喜歡。」

「我有想過。我當然很喜歡小葵，不過好像不是那種會想要交往戀愛的感覺，她對我好像也是這個樣子。你會問我這個問題，一定是對小葵居心不良，別有企圖，對不對？」

「我……我好像喜歡上她了。」

「你動不動就會喜歡，被你喜歡過的女生那麼多，始亂終棄的比喜歡的更多。警告你喔，不要隨便對小葵出手，她是很認眞的女生，我絕對不允許任何人傷害她，包括你在內。」

「這一次不一樣。對小葵，我應該不只是喜歡而已。我也不知道爲什麼，常常想著她，想多接近她，了解她，想要一直和她在一起。不只是今天，這禮拜，而是一直一直在一起下去。是喜歡她的漂亮美貌嗎？奇怪，我不是偏好金髮藍眼珠的白人嗎？還是因爲小葵很特別，又是媽祖、聖母瑪利亞，又是演歌、校園民歌？應該都和這些沒關係吧。還是說這不只是喜歡而已，而是愛上一個人的感覺。我眞的不知道，有點糊塗了。」

「確認你的感覺很重要。如果你對小葵是眞正的愛，是你爸剛才寫到的會變成誓約、會承擔責任的那種感情，我一定會支持你的。如果不要拈花惹草到處留情，如果能夠用情專一的話，你是很棒的男人，和你在一起的女生一定會很快樂幸福的。」

「眞的要去愛一個人嗎？那我不就完蛋了？美眉終結者變身世間癡情男子？眞是太可怕了。」

「你是Watan耶，勇氣，拿出勇氣來。」

「你這個魯蛇有什麼資格說我。對了，和小葵沒掛，那Yuri呢？難不成你心裡有意思的是我們的泰雅公主？」

「別…別胡說，沒……才沒有咧……」門鈴響起，適時解救了不知如何回應陷入一片慌亂中的凡一。

原來他們每個周末大老遠跑到南澳，是在推動什麼武塔部落課輔計劃。哼，偽善、虛榮，這些台大學生已經是人生勝利組了，跑到原住民部落來，假惺惺的打著幫助弱勢族群孩子的名義，其實只是在自我滿足：看，我多有愛心啊！看，這些人還好有我關心，不然多可憐啊！都是在做做樣子，什麼也改變不了。台大菁英和偏鄉小孩，優劣懸殊的社會位置是不可能調換過來的，沒有人會以犧牲自己優勢地位為代價，去換取對弱勢者的協助成果。

不過，在南澳的話，事情就好辦得很了。都市裡，人實在太多了，校園、街道、商店、住家，到處都是人，日夜都有人。而且監視器也太密集了，要找到能夠避開鏡頭的角落位置就已經很不容易了，如果想規劃出一條不被攝入監視器畫面的行動動線，更是難上加難，接近不可能的任務。台北，是全世界監視器分布密度最高的城市。至於南澳，雞不生蛋鳥不拉屎，人口稀落，監視器要拍什麼？難道要裝在樹上鳥巢邊拍山豬？再加上這個地區，我太熟悉了。從南澳南溪、北溪，分別溯到上游山區，挺進南湖大山，穿越中央山脈北一段，我閉著眼睛都會走。溪谷的地形，森林的地貌，環境的生態，氣候的特性，全部瞭若指掌。只要在這裡盯著，不怕沒有機會。

看起來，這對小日本情侶感情還滿好的，每個星期都一起來。要讓教訓意義極致化，要讓懲罰效果最大化，就必須創造出極大值的痛苦。最痛苦的，絕對不是自己受到傷害，而是眼見心愛的人受到傷害，無可挽回、無可彌補而又無力回天。然後，再輪到本人接受制裁。

松田葵，這個漂亮的日本女生，她瀕臨死亡之際的表情肯定異常地美麗。想到這，下面開始有感覺了。

# 〈十四〉

雨夜花，雨夜花，受風雨吹落地，
沒人看見，每日怨嗟，花謝落土不再回

——〈雨夜花〉鄧雨賢作曲．周添旺作詞

Mawi的警專入學考和Yuri的德國公費留學考，時間都日益漸近了。Mawi的數學由一凡Watan負責補習，Yuri的德文口語和筆試，則是凡一Walis幫忙練習加強。南澳部落的小朋友課輔計劃，已經上軌道的排定到了學期末，每個孩子都有了自己專屬的老師，不只是課業，各種奇怪、不奇怪的問題都能得到指導解答。每個周末，凡一到政大陪Yuri上德文，小葵來家裡和一凡會合前往武塔，成了最近的固定行程。行程中，周六上午的早午餐是很重要的一環。

今天田家美食總匯，立虹做了和以往大不相同的準備，惹得小葵一進門就直呼：「好香啊，立虹阿姨，妳在烤麵包嗎？啊，原來是披薩，好香好香好香！」

「每次都讓妳吃傳統小吃，這次換換口味，讓妳見識一下台灣也有義大利手工窯烤披薩。來，這是這家Pino義大利餐廳的招牌：漁港海鮮披薩，女生優先，小葵吃吃看。」

只見披薩上擺滿了帆立貝、蝦仁、透抽，搭配黑橄欖、義大利番茄、羅勒葉，加上馬札瑞拉起司、橄欖油和天然海鹽，光是視覺，就令人食指大動。義大利披薩可以分爲北義風味的羅馬披薩和大家較熟悉的南義拿坡里披薩，有別於後者的厚重，Pino的披薩一律都是北義風味的，口感薄脆清爽。作爲披薩「靈魂」的麵團，用的是義大利麵粉，單單發酵就要五個小時。餐廳的主人，是全台灣第一位取得拿坡里披薩協會官方認證的師傅，以純手工，窯爐現烤，呈現最經典道地的義式口味。

「吃披薩，配台式豬腳，阿姨，這種混搭吃法，也太後現代了吧。太棒了！」

「看妳這麼喜歡台灣豬腳，我媽決定把妳栽培爲豬腳達人啦。厤，之前小葵錯過的屏東萬巒豬腳是創始老店熊家的，今天的豬腳又是來自哪裡呢？」

「是台中最老牌豬腳名店阿水獅的，它的特色就是乾淨用心，每一隻豬腳的去毛手續做得非常徹底，然後在大陶鍋裡以醬汁小火慢熬。怎麼樣，是不是又有不一樣的風味？」

「嗯，這家的豬腳更軟嫩，入口即化，滷汁完整包覆了豬腳，香氣十足，口感綿密又入味，眞是好吃。台灣的豬腳，每一家名店都有自己的個性，表現出不同的特色。一樣是豬腳，表達美味的方式卻都不一樣，實在太厲害了。」

「小葵的評論還眞有豬腳達人的架式，台灣應該聘妳當豬腳大使駐日代表，這樣妳就有吃不完的豬腳了。」

「豬腳大使，頭銜聽起來怪怪的，不過有豬腳吃，什麼都好，叫豬腳公主也沒問題。」

左手拿披薩，右手挾豬腳，葵左右進擊的同時，還能不忘問起：「立虹阿姨，上次講過校園民歌的發展，今天能不能為我解說台語歌的演變。台語歌曲，是不是和日本演歌的關係比較密切，受到演歌相當大的影響呢？」

「越是早期，台語歌和日本流行音樂之間的淵源就越深。五〇年代，台灣戰後最早期台語電影〈湯島白梅記〉的主題曲〈湯島白梅〉，連歌名都和日語原曲一模一樣。天王巨星文夏的〈漂浪之女〉，據說是他留學日本音樂學校的畢業作品。文夏先生演唱的歌，大多數都翻唱自日本歌。六〇年代的他，開著敞篷跑車，配合電影隨片登台，所到之處，萬人空巷。寶島歌王洪一峰先生，是創作型的歌手，受日本音樂教育養成，風格自然也帶有明顯的東洋特色。洪先生還曾經因為政府打壓台語歌曲，氣得乾脆放棄當時如日中天的歌壇地位，跑到日本去待了好些年呢。日本歌改編填詞的台語歌，到現在還傳唱不已的非常多，比如〈溫泉鄉的吉他〉，作曲者就是創作

〈莎韻之鐘〉的同一位音樂家古賀政男，其他如〈山頂黑狗兄〉、〈墓仔埔也敢去〉、〈內山姑娘要出嫁〉，這些常被拿來改成搖滾版曲風的台語歌，通通都是日本歌。」

「是不是和當時老一輩的台灣人普遍接受了日本教育有關呢？」

「是的。因爲文化背景薰陶的接近性，台語歌承襲了日本音樂的要素和技巧，但另一方面也慢慢地在社會變遷的過程中摸索自己的道路，作爲抒發基層人民心聲的管道。像是〈媽媽請妳也保重〉、〈孤女的願望〉這些歌曲，就很清晰的傳達出農村社會結構解體歷程中，外流人口徘徊都市邊緣所面臨的處境。日本演歌的台灣化脈絡，直到近晚期依然沒有中斷，演歌豬肉王子蔡小虎翻唱自日本曲目的歌，膾炙人口，就是最好的證明。直到現在，才女詹雅雯的歌雖然都是她自己創作的，卻仍充滿了濃濃的演歌風味。那首〈想厝的人〉，大量繁複的轉音加上哀淒的鼻腔共鳴，聽說在監牢裡的人，唱著唱著都會禁不住流下淚來。」

「爲什麼蔡小虎叫做豬肉王子啊？」

「因爲他家裡在賣豬肉，成爲職業歌手以前，就在豬肉攤上邊剁豬肉邊唱歌。除了日本演歌的東洋風格融入一些像是恰恰、探戈、倫巴這些較爲傳統的節奏曲風，形成所謂的台灣味之外，台語歌也隨著社會的開放以及國際流行音樂文化的輸入，不斷地進化演變，風貌更加地多元寬廣。更重要的是，在自己的土地上找到屬於自己的音樂元素。九〇年代，一波新台語歌的浪潮興起，西方音樂的形式賦與了台語歌更爲豐富的生命，除了搖滾，slow rock、R and B、soul、藍調、爵士，甚至heavy metal、rap、嘻哈，都能夠用台語表現得淋漓盡致。這股新創的力量，從林強的〈向前行〉，到最近玖壹壹的〈打鐵〉，眞是五彩繽紛，眩人耳目。每一次我聽見董事長樂團唱〈衆神護台灣〉，看他們踩著八家將的七星步，晃動肢體搖擺腦袋，都要起雞皮疙瘩。更不用說天團五月天的〈尬車〉和〈春嬌與志明〉了，這些新世代年輕人的台語音樂是我們年輕的時候根本無法想像的。」

「所以說，每一個地方的本土音樂，都和它的社會轉型相連動。是不是，歌曲本身也在傳達著某種社會或文化意識呢？」

「完全正確。從這個角度看台語歌，就不得不提到台灣剛解嚴那段期間，一個重要的音樂創作團體和一位音樂創作人。黑名單工作室發行的〈抓狂歌〉專輯是最經典也最具啓蒙意義的台語抗議歌曲，以一種地下樂團的，非主流的身分位置，將當時對政治的批判，對社會的諷刺，以及壓抑鬱悶的年輕人心聲，有點歡樂戲謔實則憤怒不滿的情緒，表達得暢快人心。」

「是不是可以說，他們唱出了年輕人心裡的賭爛。」

「一凡，講話老是這麼粗魯。不過，很貼切。」

「那另一位影響台語歌重大的創作者是誰呢？」

「陳明章。我覺得他完全是一位現代台灣的吟遊詩人，在本土文化裡發掘創作的泉源，卻又不受傳統的拘束，自由自在的讓台灣歌的情感觸角，伸向所有可能抵達的角落面向。早期他把南管、北管的曲調用來描述台灣今昔的風土人情景象，有著自然主義的色彩。慢慢的，社會的關懷，底層小人物的哀愁，土地的想像和認識，都進入到他所創作的歌曲之中。〈華西街的一蕊花〉寫的是雛妓的淪落風塵，〈下晡的一齣戲〉訴說的是懷舊的鄉愁，很小衆，卻有很強大的穿透力。而他的創作也可以非常大衆，〈流浪到淡水〉這首麒麟啤酒的廣告歌流行之時，大街小巷沒有人不會唱的。還有那一首〈伊是咱的寶貝〉，是台灣歷史上僅見的創舉：百萬人牽手護台灣活動的主題曲。當台灣人民扶老攜幼從鼻頭角到鵝鑾鼻心手相連串接起來的那一刻，伴隨著這首歌營造的感動，是這個島嶼上深刻不滅的共同記憶。這種社會、人民、土地意識的音樂傳承，最近一次讓我有著同樣感動的，就是三一八太陽花學運時滅火器樂團的那首〈島嶼天光〉了。」

「阿姨，這麼說來，台語歌的發展，在台灣，是不是已經跨越族群，跨越階層，甚至跨越世代以及語言習慣使用者的限制了呢？」

「我認爲是。最好的證明就是江蕙現象，這位獲得了十二座金曲獎殊榮，獎座多到宣布不再參賽的天后，封麥之前每年的演唱會簡直成了一場社會運動，大家都想去，只是搶不到票。想聽江蕙演唱的聽衆，已經沒有族群、社會階級、年齡身分的區別了。江蕙的歌，從早期〈惜別的海岸〉、〈酒後的心聲〉、〈半醉半清醒〉，一路排列到後來的〈家後〉、〈博杯〉、〈落雨聲〉、〈炮仔聲〉、〈甲你攬牢牢〉，眞可當作近三十年來新台語歌演進史的縮影寫照。她和施文彬對唱的〈傷心酒店〉，是改編自吉幾三作曲的日本演歌〈酒よ〉。可是到後來聽她和妹妹江淑娜對唱〈風吹的願望〉，哪裡還有一絲演歌的味道呢？江蕙以她自己的風格，重新定義了台語歌的風格。另一位許多人沒有注意到的創作者是施文彬，他是所謂的外省第二代，當初和江蕙合作〈傷心酒店〉時，是個連台語都不會講的年輕人。二、三十年下來，他所創作的台語歌，讓我看到了天賦與努力，也讓我看到了無窮的創意和用心。什麼素材、什麼題目他都能用台語歌詞和音樂結合得天衣無縫，有一首〈水果共和國〉，甚至把台灣的各種好吃水果和男女戀情描寫在一塊，渾然天成，眞是才華洋溢。」

「阿姨，那，可以請教妳，妳自己最喜歡的台語歌是哪一首嗎？」

「有一次，名列世界三大男高音的多明哥來台灣開演唱會，邀請江蕙擔任特別來賓和他合唱一首台語歌。那首歌是三十九歲英年早逝的天才作曲家，鄧雨賢先生的作品：〈雨夜花〉。這首歌曲，沒有日本演歌的影子，純然的台灣本土創作，簡單、深刻、優美、雋永。尤其八個小節的前奏盪氣迴腸，扣人心弦，在音符中，彷彿讓人看見台灣的歷史命運就鋪展在眼前。〈雨夜花〉，除了單純的喜歡，我更認爲這首歌就是台語歌曲創作的原點。」

「一凡，拜託，一定要幫我把〈雨夜花〉錄在MP3裡面，我要學起來，以後唱起這首歌，就會想起台灣，想起立虹阿姨教我這麼多台灣的文化知識。」

「還有想起台灣的豬腳和阿姨準備的美味小吃啦。」

「豬腳和〈雨夜花〉並列，我都愛，有什麼不可以？」

葵的食量是一凡的兩倍，Pino的海鮮披薩，她一個人解決掉半個，剩下的一半，才由兩個男生分享。豬腳比例亦同。重視營養均衡的立虹，今天爲孩子們準備的蔬果是番茄沙拉。

「這番茄怎麼這麼好吃，顏色好紅好漂亮，雖然很甜，又有恰到好處的酸味，眞是特別。」

「這叫做玫瑰番茄，是雲林口湖海邊一個水哥農場的獨家產物，甜度可以達到十七度，口感有奇異果和葡萄的多重層次，是利用地層下陷被海水入侵的鹽化土壤種植出來的。吃完番茄沙拉還有綠豆椪喔。」

「綠豆椪，太棒了，這麼大一顆，是哪一家的？」

「台中豐原的雪花齋，也是百年老店。台中阿水獅的豬腳，當然要搭配來自台中的綠豆椪囉。」

「小葵，妳的志向，除了豬腳大使，還可以再加一個綠豆椪達人，相得益彰。」

「沒錯沒錯，我願意。」

「對了馬麻，最近PTT上面有一個熱門討論話題，我想聽聽妳的意見。」

「什麼事情？你們年輕人關心的東西，我又不見得懂。」

「前一陣子，英國高等教育調查公司QS，公布二〇一七年世界大學排行榜，台灣只有台大擠進全球前百大，第七十六名，但是比去年下滑八名。沒多久，英國泰晤士報的高等教育特刊公布年度全球最佳聲譽大學排行榜，也是只有台大進前百大，排在五十一到六十名區間。大家就開始議論紛紛，排名是不是不公平，台大爲什麼會退步，最後連學校的研發長都出來講話了。」

「台大的排名這樣，那東大呢？凡一你有注意到嗎？」

「QS排行榜東大好像是第二十八名，泰晤士報的排名則是全球第十一名。」

「那麼，台大研發長對排名結果怎麼回應呢？」

「研發長說，是經費減少，讓台大不容易招攬人才，優秀學生也比較沒意願在台大讀研究所，導致無法產出有影響力的研究和論文，就連帶影響了大學的排名。他說，五年五百億的研究補助經費，本來台大還可以每年分到三十億，逐年遞減，現在只剩下十八億。教學和研究環境不能與國際競爭，排名就自然往下掉了。」

「東大呢？日本政府每年輔助東大的經費有多少？凡一你知道嗎？」

「大概知道。日本文部省和中央省廳撥給大學的預算有兩種，一種叫做『運營交付金』，文部省把經費交給各大學後，完全由學校決定如何利用。因爲大學自治，所以來自國家的補助，大學可以自由使用，不受限制。另一種是『科學研究費補助金』，來自於中央政府預算中的『科學技術振興費』，這是競爭型的補助，每個學校要編定計劃進行評比，勝出的才能得到經費。這一項預算的金額，從平成元年到平成二十九年也就是今年，三十年之間增加了三倍，增加比例比因應快速高齡少子化的『社會保障費』預算還要高，這算是反映了日本以科學技術立國爲目標的資源分配結果。」

「那，每個學校分配到的預算金額是多少呢？」

「每個學校都不一樣。以『運營交付金』這項補助來說，二〇一六年預算總額是日幣一兆零七十一億円，分配給全國八十六所國立大學。東大、京大、東北大、大阪大、九州大等前十所大學，獲得了四一九一億円經費，占將近一兆總額的四十一．六%。東大得到的補助最多，有八一九億円。」

「八百多億日幣，台幣二百億耶，我們台大才十八億，這也差太多了。」

「所以，我覺得台大很棒，很了不起。以差人家這麼多的經費，還能排在世界前百大的中間位置，如果不是老師同學們都非常努力，不可能有這樣的成果。台灣的大學教授薪資水準，不要說和日本比，相較於亞洲其他地區的重點大學：香港大學、新加坡大學、北大、北京清華，只有人家的一半甚至三分之一。這些台大的老師們，許多是世界頂尖傑出的研究教學人材，在任何國家都不怕找不到工作。如果不是心裡的熱忱驅動，想要把自己所學、研發的貢獻給這塊土地，他們為什麼要忍受這麼低的待遇回到台大任教?所以啊，以後你們對老師要更尊敬一些才行。」

「我們本來就對老師很尊敬，不過，混的老師也是有。」

「另外，從凡一剛才說明日本文部省補助金額分配的情形看來，根本沒有所謂的公平原則可言，越是尖端的重點大學，得到的金額就越多，甚至近半的資源都集中配置在前十所學校。最近我聽說，五年五百億邁頂計劃結束後，台灣的教育部準備推出五年八五〇百億的高等教育深耕計劃，要把以前集中在少數頂尖大學的拔尖補助，改為以教學為中心的校校有獎。理由是，不再追求世界大學排名。世界大學排行名次，參考就好，不必太在意，這是對的。可是，國家的高等教育，涉及研究、發展、創新，如果經費資源分配淪為齊頭式的平等，就糟糕了。台灣有一百五十八所大學，其中有很多根本沒有資格條件當做大學，早就該關門退場了。台灣的大學錄取率超過九成，有很多年輕人並不適合也沒有學力唸大學，早就該限縮名額了，如果還搞起齊頭式平等，學術研究的環境機制就危在旦夕了。」

「麻，妳的擔心讓我也很擔心，我們有些同學就說，只要夠優秀，出國去了就不一定要回來。妳也在大學教書這麼久，對台灣的教育，有什麼想法呢?」

「不只是教育，而是怎麼看待這個國家的未來，怎麼對待我們年輕的下一代。我記得，歐巴馬總統第一任總統任期內，推出了一項備受稱許的計劃：〈You invest U.S.，U.S. invests you〉，宣布由聯邦政府編列預算，全額補助大學期間到各個地方或NGO團體擔任志工的年輕人所需的經費。因爲既然年輕人願意將自己的青春歲月、聰明才智，貢獻予自己的國家，爲土地人民服務，去投資於美國，美國政府就應該投資這樣的年輕人。經過擔任志工的經驗歷練之後，受益的不只是被服務的對象，成長收穫最大的往往是服務者自己。視野、思維、胸襟都會有卓越的提升進步。我覺得一個國家眞正的前瞻計劃就是要投資年輕人，投資下一個世代，因爲未來的希望在那裡，綜合國力的基礎也在那裡。假設政府推出一個每年度五千個名額爲期十年的『青年夢想方案』，每個計劃名額可以申請到五十萬元經費，讓大學生、年輕人去做一件實現自己夢想的事。政府主管機關只評估申請計劃的可行性，不能去干預計劃的目的性、目標或預期成果，因爲年輕人要作什麼樣的夢想，大人、老人、中年人不會懂，也管不著。但是夢想的計劃要能執行，要有風險評估控管。只要和阿拉斯加的伊紐克（Inuk）雪橇學校訂定好詳實的訓練計劃，不用管我花半年搭乘狗拉雪橇橫越北極的目的是爲了什麼。但是那種單人坐浴缸漂流到阿留申群島的有勇無謀兼無腦方案，當然就要把它打回票。」

「聽起來好棒唷。只是會不會太浪費錢了？」

「五千個名額是假設，的確滿多的，現在一屆大學生入學才幾萬人。就算名額這麼多，一年五十萬總共也才二十五億。十年之後，我們台灣將有一整個世代的年輕人，五萬人接受過這項夢想方案的洗禮，追逐過、規劃過、執行過、實現過自己心中最想要做的那件事。經過這種階段衝擊孕育出來的世代，會產生什麼樣的潛能，創造出什麼樣的成就，是任何人無法想像的。一個跑到德國巴伐利亞的啤酒廠蹲點一年的年輕人，二十年後，說不定是一位專帶慕尼黑旅行團的導遊，但說不定也可能以台東特有的紅藜創建出世界頂級的手工釀造啤酒品牌。而那位搭狗拉雪橇橫越北極的青年，日後設計出全球極端氣候分析模型的發想，或許正是起始於初次看到極光的那個夜晚。一年二十五億，十年一個世代二五〇億，可以讓年輕人在實現夢想中激發、累積台灣未來的想像和能力。可是我們的政府，大人、老人、中年人們，卻寧願耗費八四〇〇億去用混凝土、鋼鐵軌道填滿土地而稱之為基礎建設。相較之下，每年二十五億，只是零頭而已。但這項對於年輕世代的投資，難道不是更為基礎更為前瞻的建設嗎？」

「麻，如果有這個方案，武塔的課輔計劃，就不必擔心長期的活動經費沒有著落了。」

「Yuri想要拍的泰雅Gaga紀錄片，好像就可以開始進行了。」

「立虹阿姨，妳的理念，眞讓我感動，我越來越崇拜妳了。」

「也不能感動到綠豆椪都忘了吃啊，來，比較一下，雪花齋和犁記、郭元益的，有什麼不一樣。」

「嗨！いただきます～（開動了～）」

〈十五〉

這些星星為什麼會閃閃發光呢？
也許是為了讓每個人有一天能重新回到自己的星球吧！

——《小王子》安東尼奧・聖修伯里（Antoine de Saint-Exupery）

這星期的武塔之行，一凡和葵認識了除了拍攝記錄片得獎的Yuri之外，還有另外兩位，一老一少，也是南澳之光的泰雅族人。

端午節時，大雨暴下，蘇花公路嚴重落石，封閉長達三天。幾萬輛返鄉的、旅遊的汽車把整條海岸線塞成了巨大停車場，動彈不得。人潮車流像逃難似的，卻又無路可逃，連就地過夜都很困難。斷崖巨石崩落的路段就在南澳與東澳之間，這一段岩壁地形最為脆弱的山海危隘，蘇花一一二・六公里處。

岩壁崩塌，斷層鬆動，巨石滑移，落石頻率高達每小時掉落近一百八十次，像暴雨一樣。幾近垂直角度，一五七公尺的山壁，等於五十七樓高，機具設備根本無法進場，必須得靠人徒手攀爬上去，像蜘蛛人一樣，吊掛在半空中，進行所謂的「刷坡」作業，也就是用雙手把崖壁上鬆動的岩石撬下，保留維持穩定堅固的坡面結構。帶頭從事這項高難度高危險工作的，就是南澳的泰雅族人Yugan Watan。又是一位名叫Watan的泰雅勇士。

蜘蛛人Watan已經六十歲了，他的身上綁著安全索，從一一二．六公里山壁後方往上爬，用鐮刀劈開堅韌的樹叢雜草，從沒有路的坡壁中開路前進。攀到斷崖頂峰，一步一步地要耗費三個小時。肩膀背脊上，揹負的是超過四十公斤的裝備。辛苦萬端爬到崖頂，眞正驚心動魄的考驗才要開始。這位Watan跟另一位Watan一凡說：「爬到最高點，往下看就是一片藍色大海，石塊不斷向下掉，土壤又鬆動，很恐怖。我的身體騰空垂掛，兩隻腳要在九十度陡峭的岩壁上找到支撐點，抵住土石很不穩定的壁面，進行刷坡作業。腳邊一直有石頭墜落，還要不時抬頭看看，是不是有落石會從上面掉下來。掛在山壁上的時候，人根本就像飛在空中一樣，風一吹，就不停晃動搖擺。」

一凡問起這項飛簷走壁工作的待遇，老Watan繼續說：「薪水按日計酬，有做才有錢，一天大概二千五。本來我是在做水溝工程的工人，薪水比較少，一天只有一千五，工作又不穩定，常常很久一段時間沒頭路。六年前才開始當蜘蛛人，第一次爬山壁，也是在蘇花公路台九線，才二十公尺就嚇得腳底發麻，現在五、六十層樓高，也沒什麼，習慣了就好。」

每天砍樹開路，掃落石塊，負重攀岩，老Watan的一雙手到處都是傷痕。天氣好的時候，一個月有二十五天都吊在岩壁上，一吊就是六個小時。他吊掛在半空中，家人的一顆心也掛在半空中，老婆常常念他叫他不要做了。他總是說：「注意安全就好，還有小孩要養。」問他要做到幾歲，他說：「都是爲了生活啊。靠著小時候跟阿公、爸爸上山打獵的經驗，繼續跟山搏鬥，也感謝山讓我混口飯吃。只要有體力，就會繼續爬上去。」

年輕時中央山脈裡的獵人，中老年時蘇花斷崖絕壁上的蜘蛛飛人，泰雅勇士Watan對山的感恩始終未曾改變。冒險是他的日常，沒有冠冕堂皇的理由，只是爲了生活，爲了孩子。這樣的Watan，在一凡和葵的眼中，閃耀著質樸而令他們尊敬的南澳之光。

另一位光耀南澳的泰雅族人是才二十三歲的Yulau，台北市立大學休閒運動管理系四年級，亞洲雪橇錦標賽銅牌，亞洲盃雪橇賽青年組銀牌，代表台灣參加俄羅斯冬季奧運的雪橇國手。他專長的項目是無舵雪橇，在二〇一二年奧地利的青年冬季奧運中，Yulau是這個項目裡唯一的亞洲選手。這是一項高難度高危險的雪橇比賽，Yulau跟一凡解釋：「無舵雪橇在軌道上滑行的時候，時速可以超過一五〇公里。因爲沒有煞車，一四〇〇公尺的滑道，從出發到終點，通常不到一分鐘就分出勝負了。滑道不是一直線，有十幾個彎道，每個彎道的難度和設計又都不同，加上雪橇只會加速，不能減速，速度很快然後你又滑的很好的時候，感覺就像在玩雲霄飛車。」

無舵雪橇分爲單人和雙人二種，選手仰面躺在雪橇上，雙腳在前，用身體姿勢的調整變換，操控雪橇高速迴轉滑降。比賽的雪橇是木製的，沒有舵板可以調方向，也沒有制動器可以踩煞車。比賽的場地，在一〇〇〇到一四〇〇公尺的距離之間，起點到終點的高度落差可以達到一三〇公尺，四十層樓高。巨大的重力加速度形成了恐怖的地面飛行速度，是奧運比賽裡最危險的項目之一。

「最可怕的就是高速翻車，如果摔得非常慘烈，選手可能會飛到滑道外面，萬一一個不小心飛出去撞到背或撞到肺，我可能就不在這個世界上了。」

若非擁有天生超人的運動細胞，加上一顆比常人更大的心臟，是沒辦法駕馭這種極限速度競賽的。一凡好奇的問起，在不下雪的台灣，又生長於南澳偏鄉，Yulau是怎麼成爲一位雪橇選手的。

「從小在部落生活，在沒有雪、沒有冰的國家，我從來沒有想過最後會成爲雪橇選手。我從小就很喜歡運動，原本的夢想是打進ＮＢＡ，國中參加台北金華國中籃球隊打得分後衛。國二暑假時，因爲訓練過度，膝蓋嚴重受傷，回南澳休養。有一天走在部落裡看見馬路斜坡上有一群人在排隊，試躺一塊我從來沒見過的板子，很好奇，就湊上去看熱鬧。原來是有教練來南澳國中甄選雪橇選手，問我要不要試看看。我就覺得這好酷，怎麼可以滑這麼快，沒想到，最後教練居然選上只是不小心路過的我，就這樣走上了雪橇這條路。」

「可是台灣沒冰沒雪沒場地，你要怎麼練習？」

「所以很克難啊，而且一切只能靠自己。我把雪橇上的冰刀拆掉，換成直排輪的輪子，在有坡度的柏油馬路上做滑行練習，常常犁田，受傷是家常便飯。最接近實戰環境的，在台灣頂多是去冰宮模擬雙手抓地技巧而已。一直到千辛萬苦訓練了很久之後，才有機會第一次出國去日本比賽，那時候才親眼看到下雪，就把雪放到盤子上，用早餐剩下的果醬淋上去，開始吃雪，哈哈哈，太爽了！」如果不是極度的樂觀，誰能忍受如此極度的克難。

「我現在常常必須一個人背著雪橇到有雪的國家去訓練，其他國家的選手，有專屬的團隊、專車、教練和防護員，我呢，所有事情都只能靠自己。比賽期間，常常有些國外選手聽說我來自一個沒有冰雪的亞熱帶國家，很好奇跑來和我聊天拍照。滑輪我這個無雪國家的選手的話，他們應該會印象深刻很難忘吧。哈哈哈！」

一凡問他，作一位雪橇選手最重要的特質是什麼，Yulau毫不考慮地回答：「勇敢冒險。」

這樣的人生信念，不只是玩雪橇的Yulau，所有的泰雅勇士都具備了這種精神。現代攀岩刷坡的空中飛人Yugan Watan、拍攝泰雅人類學紀錄片的Yuri是如此，從前率族人抗日的首領Watan，為族人爭取權益而於二二八事件殞命的Lasin Watan也是如此。泰雅的靈魂，代代地傳承著，時代的使命不同，卻從不曾止息。

ф

羅東開往台北的噶瑪蘭客運上，乘客不多，安靜的車廂在夜色中奔馳。

「小葵，問妳一個問題，好不好？」

「什麼問題？你問啊。」

「我們，可以在一起嗎？」

「啊？有點太突然了。換我問你，你看過《小王子》嗎？」

「是不是安東尼奧·聖修伯里寫的那本書？國中的時候讀過英文版的，不過都是在練習英文閱讀，內容不太記得了。故事好像是在說一個善良聰明的小王子，從故鄉的星星出走，在星際間流浪的樣子，是不是？」

「這個小王子，是因為和他的花鬧彆扭，才離家出走的。他不明瞭，自己其實深愛著這朵花，也不知道該怎麼去愛她，一邊流浪，一邊心裡很悲傷的想著花。直到來到地球，遇到了狐狸，才知道自己到底該怎麼做。你還記得狐狸教了小王子什麼嗎？」

「有點忘記了。」

「Tame，馴服，狐狸請小王子馴服他。馴服就是『建立關係』，狐狸告訴小王子：『如果你馴服了我，我們之間就會有某種關係，我們就離不開彼此了。對我來說，你是世界上的唯一，對你來說，我也是世界上的唯一。』因爲只有被你馴服的事物，你才能瞭解他們。你要很有耐心，付出時間，對你馴服過的一切負責任。幸福是需要付出代價的，可是，一旦馴服之後，那個人，對你而言，就是世界上獨一無二的。經過馴服，她會改變，會變得很快樂。一凡，我覺得你就是一個小王子。」

「所以，妳的意思是，我必須要馴服妳才行嗎？」

「或是被我馴服也行。狐狸還告訴小王子一個馴服的祕密：只有用『心』去看，你才能看見一切，因爲眞正重要的東西，是眼睛看不見的。小王子，我跟你說，如果你馴服了，愛上了你獨一無二的那朵花，那麼不論你走到什麼地方，當你看著天空的星星時，幸福就會在你的心中喔。」

「是因爲我爲了我的花朵付出了時間，她才會變得如此重要，而我才會覺得這麼幸福，是嗎？狐狸小姐。」
「聰明，有慧根。所以需要時間，時間很重要，知道嗎？而且我不是狐狸，我要當獨一無二的那朵花。」
「瞭解，頑張ります。雖然還沒成立馴服關係，至少先親我一下，可以嗎？」
「だーめ！（不行！）我們一定要有『儀式』的觀念，這也是狐狸教導小王子的。」
「儀式？是什麼？」
「儀式就是賦與某件事情特殊的意義，它使某一個日子與其他日子不同，使某一個時刻與其他時刻不同。現在還不能親，不過輕輕抱一下可以……」
其實，小王子的流浪、狐狸的教導、馴服與愛的意義，一凡根本沒忘記，通通記得一清二楚。他只是覺得小王子這個故事，太過悲傷了，不太想再想起。少年的一凡當初讀完《小王子》時，心裡就有著這樣的疑問：
爲什麼，小王子馴服了狐狸，卻又非離開不可？非回到他的星星不可呢？只因爲要對那朵玫瑰花負責嗎？
小王子回去了，他很幸福。可是狐狸卻永遠必須孤獨傷心，誰來陪伴他、理解他，對他負責呢？

難道，已經被小王子馴服的狐狸，還得再去找到一個馴服的對象，去理解、去負責任嗎？

可是，馴服的關係，不是世界上唯一的、獨一無二的關係嗎？

少年的一凡覺得，不是所有人都能當小王子。若成為被馴服而又被離別的狐狸，就再也不能、不會去馴服或被馴服了，只能也只會一直一直地傷心吧。這個故事，真是太悲傷了。

從短暫的輕輕擁抱中分開，巴士已經出了雪隧。

「為了馴服妳，帶你去新生南路的路邊攤吃碳烤海鮮好不好？叫凡一和Yuri也一起來，double date（雙對約會）。」

「吃海鮮沒配啤酒可馴服不了我喔。害我講這麼多話，肚子真的餓了。」

四個年輕人在人行道上擺的竹桌椅凳會合，最後抵達的Yuri趕到時，一凡已經點好滿桌子的菜了：鹹豬肉、嘴邊肉、薑絲大腸、三杯田雞、七里香（烤雞屁股）、燙A菜、炒珠蔥、吻仔魚莧菜、燙軟絲、炒蟹腳、香酥溪蝦、墨魚香腸，還有一尾難得的岸邊磯釣石狗公魚，用烤的。一凡很用心，儘點一些日本人沒吃過的料理，顯然打算以台灣食物作為馴服小葵的第一步。意料之外的，葵最愛的竟是九層塔加辣椒炒得烏七麻黑的蝸牛螺肉。

「這個配啤酒太棒了，乾杯乾杯。台灣的生啤酒杯真大，這樣大概有一〇〇〇西西吧。」

「這算還好而已，我在台中的露天啤酒屋，曾經看過在冷凍庫用水凝結成的冰杯，五〇〇〇西西，像個小水族箱一樣，要戴手套才能抬得起來。」

「那怎麼喝？真的有人點來喝嗎？」

「用吸管喝。老闆說偶爾會有人來『喝上一杯』。凡一，喝酒啦，在想心事喔。」

「沒有啦，剛剛出發前收到我的研究室指導教授田中老師發的mail，給我出功課，叫我要用論文形式擬一份研究計劃架構，主題是『台灣的民主鞏固與社會退化現象』，學期末要交。本來就有一篇觀察台灣的心得報告要寫了，再加上這個，我慘了。你看，田中老師的mail在這裡。」

凡一拿出iPhone，叫出信件，遞給一凡。iPhone上面，綁了一條紅色細繩，吊著一個小得不能再小的小鈴鐺，叮叮噹噹地發出了清脆悅耳的聲音。

「這個鈴鐺吊飾好特別，哪買的？」

「鈴鐺是Yuri給我的，我自己找繩子繫在手機上，就變成吊飾了。」

「Yuri，這是定情之物喔？」

「亂講，是為了感謝凡一幫我補德文，送給他做紀念。這個鈴鐺本來是掛在我家小倉鼠身上的，很可愛吧。有沒有看過《小王子》，故事裡小王子跟作者說：雖然我沒有送你星星，但是送你可以製造許多歡笑的小鈴鐺。所以鈴鐺可以製造歡笑，這個鈴鐺送給凡一，是希望他可以很快樂。」

「今天怎麼每個人都在說《小王子》……」

「什麼？」

「沒事，沒事。凡一要寫報告，趁這個機會，不如聽聽看Yuri這位唸民族學系，將來要當影像人類學家的泰雅女青年有什麼看法，尤其是發生在我們南澳故鄉的莎韻事件。」

「日本殖民政府把莎韻塑造爲愛國少女典範，來配合軍國主義需要的犧牲奉獻；戰後國民政府則是刻意忽略漠視這個史實，莎韻的歌曲只是在民間部落裡自行傳唱，從政治意識形態，退入私人領域，以休閒娛樂、閒聊話題、經驗回憶的方式進行傳遞；台灣民主化的同時，社會運動興起，莎韻事件成爲原住民批判外來統治的議題，後來又被寫成鄉土文化教材的一部分。這樣的發展過程，可以看見對莎韻事件的歷史知識，它的詮釋和存續狀態，是隨著時代在轉變的。反而作爲事件當事人的我們－莎韻的家人，後代泰雅族人，卻沒辦法自己解讀自己的歷史，只能接受不同立場、不同目的之下，一層又一層的外在詮釋，讓莎韻事件變成了多重的象徵與標記。但是，作爲一種實踐我們泰雅族傳統的代表意義，都已經失落了。」

「Yuri，妳講得太有道理了，我敬你。」小葵已經續了第三杯生啤，她一說，大伙紛紛舉杯。

「當代的人類學者透過對歷史事件、神話、傳說、故事的田野調查或重啓研究，發現歷史詮釋不但是多元性的、異質性的、可操縱性的，同時更是一種動態性、變動性的存在。簡單的說，歷史是一種『多聲性』的存在。Yuri說的，和我在台灣觀察的感覺很一致，這樣我就大致確定心得報告的方向要怎麼寫了。Yuri，眞是謝謝妳，妳以後一定會成爲一位一流的人類學家。」

「也要感謝我，把你們兩個找出來吧。」

「對了一凡，正想問你，當初你怎麼會跑到南澳武塔這麼偏僻的泰雅部落去呢？」

「說來話長，我們家眞的和泰雅族很有緣份。從小我爸就喜歡帶我媽和我到處跑，登山、縱走、健行、野營、攀岩、溯溪、潛水加野外求生。小四到國三，那時候家裡有一台Infinity的FX35，中古的，二百九十匹馬力，超大，全時四輪傳動，我們就跑遍了台灣的山林原野和原住民部落：南庄向天湖賽夏矮靈祭場聖地、司馬庫斯神木群、三地門排灣琉璃珠石板烤肉、武界濁水溪泛輪胎救生圈、象鼻民宿摘水果、四季南山採高麗菜、卓溪布農打耳祭、太巴塱阿美木雕、尖石慕懷樹溯溪、東埔東光一鄰是八通關古道入口，走父子斷崖到乙女瀑布。最難忘的一次，是在鎭西堡，躺在車裡開天窗看滿天星星。你看，隨便講就十幾個部落，這還只是一小部分。南澳也是我爸帶我去的，那時候住在武塔唯一的一家民宿：三枝的家。少年時期，我幾乎沒有什麼朋友，唯一的、最好的朋友就是爸爸。」

「太厲害了。可是各族的部落都有，爲什麼和泰雅特別有緣？」

「你們知道力行產業道路嗎？那段日子，我們跑遍了台灣的山路林道：丹大林道、郡大林道、萬大林道、大雪山二〇一、二一〇、二三一、天池林道，都去過。這條力行產業道路，從清境附近的福壽山農場進入，終點在快到霧社的中橫支線台十四甲線，是一條根本不是路的路，沒有柏油，沒有護欄，甚至沒有路基。一邊是山壁，另一邊就是懸崖溪谷，路面落差起伏超級大，平時天氣好是載農產的貨卡在走的，天一下雨路就斷了。幸好是開FX35，才勉強過得去，還是超驚險的。這條路線，我們跑了三次，第一次是去紅香部落尋找傳說中經常變換位置的野溪溫泉，第二次是到鐵比倫峽谷探訪神祕的巫女禁地，第三次則是爲了Pinsbukan而去的。」

「賓沙布干，那是我們泰雅族祖先起源的聖石耶。」

「這顆大石頭，就在力行產業道路沿線的瑞岩部落。很多年前，我爸和大學時代志同道合的朋友一起成立了一個人文空間基金會，是以社區營造爲宗旨的非營利組織。基金會的人員無意間發現，這顆矗立在一位泰雅族人保留地上的聖石，地基下面坡崁被溪水嚴重沖蝕，岌岌可危，再不保護就要滾落溪底了。可是地主卻想要把土地開闢爲菜園，打算把聖石推落溪中以便整地開發。基金會人員勸阻不成，和地主商量要把土地買下來也被嚴詞拒絕。」

「啊？那怎麼辦？」

「過了好一陣子，這位地主忽然主動回頭來找我爸他們說願意出讓土地。原來自從他拒絕基金會之後，每天晚上都夢見祖先出現來罵他，罵得他受不了。再加上兩次叫來怪手要推動聖石，很奇怪，兩次怪手都無緣無故的故障，找不出原因。於是就回心轉意了。」

「眞是神奇，那麼，這賓沙布干現在還好好的嗎？」

「是啊，爲了保持祂的神聖性，也因爲祂本來就是屬於泰雅族人的，基金會和瑞岩部落的長老教會牧師合作，由也是泰雅長老的牧師出面承受這塊原住民保留地，而保留地上聖石的邊坡維修和保護，就由基金會來協助處理，一直到現在。你們說，這一段和泰雅的緣份是不是很特別？」

「Watan，改天一定要帶我去朝拜，我們泰雅的聖石，我卻還沒見過呢。敬你，也敬陪你一路成長的爸爸。」

「一凡，日本人喝酒的時候，什麼話都可以說。有件事我一直想問你，來你家住這麼久了，爲什麼一直沒見過令尊，只看到他寫來給我們的文字？」

「我知道你應該覺得很奇怪，只是你沒問，我也不知道怎麼說。我爸現在在監獄裡坐牢。」

一凡的回答讓三個朋友頓時愣了好一會，先回過神來的是凡一。

「那……那你不就常常很難過悲傷？」

「我不能難過悲傷。如果我難過，在裡面的爸爸就不知道要比我多幾倍的悲傷。所以我不讓自己難過，每次心裡覺得快要悲傷的時候，就回想爸爸臨去之前和我說的話，難過悲傷的心情就過去了。」

「可以告訴我們你父親說了什麼嗎？」

「那是我爸要入獄服刑的前一天，我剛滿十五歲，很多事都不懂。爸爸帶我去北投的吟松閣洗溫泉，那是日治時期整幢用檜木建成的建築，市定三級古蹟。下午沒有營業的時間，湯屋裡面只有我和爸爸兩個人。

我問：爸，你要去的地方，比較弱的人是不是都會被強的人『那個』呢？

爸說：不會啦，以前可能有，現在到處都是監視器，性侵的情形不太發生了。

我又問：裡面吃的菜，是不是都有很多蟲呢？

爸說：沒有吧，可能沒洗得很乾淨，也不太好吃，應該不會有蟲啦。

我就跟爸爸說：那，我覺得你要去的地方並不齷齪，把你送進去的過程才齷齪。但是希望你不要怨恨他們。」

「令尊怎麼回答？」

「沒有回答。他說了一段話代替回答，是一位德國新教牧師內莫勒（Martin Niemoller）二次戰後從集中營劫後餘生所說的：

當他們，就是納粹，開始逮捕工運份子的時候，我沉默，因爲我不是工運份子。
當他們，開始逮捕共產黨的時候，我沉默，因爲我不是共產黨。
當他們，開始逮捕猶太人的時候，我沉默，因爲我不是猶太人。
當他們，開始逮捕天主教神父的時候，我沉默，因爲我不是天主教神父。
最後，當他們來逮捕我的時候，已經沒有人可以替我說話了。」
四個年輕人，又是好一會兒的沉默。打破沉默的是小葵：「敬你父親，我把這杯乾了，一氣！Buttom up！」

眾人都乾杯，整桌的菜餚也都一掃而空了。凡一送Yuri回政大，一凡陪小葵到台北客運總站搭統聯回台中東海。

買好車票，正巧趕上巴士開車的時間。走到車門口的小葵，突然跑回來在目送著她的一凡臉頰上，用力的親了一下說：「我喜歡你在說爸爸事情時候認眞的眼神，かっこいい！很帥！」說完，轉身跑上車去。

車子開動，留下呆立在原地，還沒能從這個「儀式」的瞬間恢復過來的一凡。這，就是馴服嗎？

他的名字：「魅影」，是軍中服役時的代號。從小就是軍武迷的他，大學畢業在陸軍基幹營受完入伍基礎訓練，甲等體位被選上加入空降特戰部隊。同梯的人唉聲嘆氣抱怨籤運不佳，他卻雀躍不已，覺得是求之不得的好機會。訓練期間，充滿菁英意識的他，每個領域、每個項目都表現得出類拔萃超人一等。基本體能只能算是前戲：每天早上一萬公尺長跑以每百公尺三十秒配速控制在五十分鐘跑完全程，再加上五百個伏地挺身和一千下開合跳，小菜一碟，輕鬆自在，號稱是沒有心臟的怪物。傘訓，從三十公尺高的跳塔開始，一直到C130上的三千公尺高空跳傘，他永遠都是第一個躍出艙門的。制服別上象徵傘訓合格結業的傘花徽章後，接受野外叢林生存游擊的山地作戰特訓更是讓他嶄露頭角，魅影的綽號也是那時候被冠上的。

在山野森林中，魅影，一如其名，真正地能做到來無影去無蹤。他的偽裝技巧以及隱藏能力出神入化，能夠配合各種地貌地物植被環境，完全融入背景之中潛伏躲藏；他的行動敏捷迅速卻又無聲無息，不管是陣地移轉或突擊撤離，都有如鬼魅般的飄忽無踪；加上超絕的野外求生技能（就地取食各種野生動植物從飛鼠到樟菇）和異於常人的耐受程度（斷糧五天右小腿骨折還能徒步三十公里求援），進入山林之後，沒有人類可以作為他的對手。

曾經只攜帶一週份乾糧，獨自完成六十天中央山脈南北大縱走的魅影，同時也是輕兵器專家。

長程狙擊步槍，MP5衝鋒槍、克拉克或貝瑞塔90手槍，對他來說都像玩具一樣。他最喜歡的，還是徒手格鬥，奧地利製的軍用戰鬥匕首，雙刃的，是魅影的最愛。

## 〈十六〉

我們都是希臘人。
我們的法律、文字、宗教和藝術之根都在希臘。

——雪萊（Percy Bysshe Shelley）

一凡與凡一在家裡聆聽華格納的最後一部作品，宗教歌劇〈波西瓦〉。其中一段由德國傳統男聲合唱團演唱的〈聖杯騎士合唱〉，是能夠深深觸動每一個頑固執拗男性心靈的樂章，讓男人們得以經歷到自己能夠變得多麼柔軟，內心可以產生多麼特別的感受。

華格納是第一位將歌劇的音樂和歌詞結合為一種類似有機體緊密關係的音樂家，他是作曲家，也是詩人。在創作歌劇時，才華洋溢的華格納會先用詩句撰寫劇本，再把音樂從詩句的韻文歌詞中徹底展開出來，彼此融合成一件完整的藝術作品。如此一來，音樂救贖了文字，文字也救贖了音樂。〈波西瓦〉這部作品就是這種「總體藝術」思想的登峰造極之作，把華格納的音樂形上學觀念表現得淋漓盡致。甚至在歌劇的結尾，還讓演出的衆人齊聲高唱：「讓拯救者也得到救贖！」

華格納的音樂，曾經因爲受到德國納粹的推崇，視爲精神鼓舞的動力與象徵，而玷染汙名，並遭到批判。對此，曾經說過：「人們可以身爲音樂家，而不是德國人嗎？」的湯瑪斯．曼，在二次大戰納粹宣佈投降三個星期後於華盛頓國會圖書館演講時指出，德意志民族墜入納粹法西斯的深淵，是一場和魔鬼的交易，是「德意志性情與魔鬼的祕密結合」，而這個令德意志民族無法抗拒的魔鬼，不是別的，正是音樂。湯瑪斯．曼說：「音樂是帶著數學負號的基督教藝術。它以充滿魔幻咒語的姿態出現，大玩數字魔術，抽象而神祕，是最熱情，離現實世界最遙遠的藝術。……德意志民族跟這個世界的關係，就是抽象而神祕的音樂性。」

湯瑪斯．曼是文學家，在年輕的時候，他覺得自己本質上更是個音樂家，稱頌音樂是「最純粹的典範，是所有藝術創作的神聖基本原型」，所以，眞正的音樂和世俗的文明與文化，甚至庸俗的民主是不相容的。如果他的音樂信念，只是侷限在年輕時這種激情的、對抗人性的層次，在面對納粹所造成的歷史浩劫時，應該會讓自己陷入不解的困境而無比痛苦。但這位大文豪沒有如此淺薄，他後來決定成爲年輕時自己所厭惡的「文明的文學家」，不再對抗人性，而是爲人性服務，堅持站在「人」的立場上創作，於是才能屹立不搖地反對納粹的集體暴行，不至於落入魔鬼可怕的道德深淵。

湯瑪斯．曼青年時期的愛國精神是華格納的音樂所激發出來的。二十歲的時候，他在羅馬聽一場華格納音樂會，當「諾頌寶劍主導動機」第二次傳出時，周圍的義大利聽衆大喝倒采，噓聲四起，他的眼眶卻突然湧出淚水。在那一刻，這位未來將成爲偉大德意志文學心靈的年輕人才深刻地察覺到，什麼是他「心靈的故鄉」。

在華格納的樂章中，一凡和凡一分享閱讀著一凡父親寄自獄中對於他們最新夢境的解析與提問的回覆。在幾天前的夢中，兩個人不約而同的都成了古希臘時期的人物。

凡一的夢境單純而快樂。中年的他，在距離雅典市中心幾哩外，與皮雷埃爾斯港灣之間的梅利特（Melite）地區，蓋了一間廣闊的房子，和一群朋友住在一起。其中，有數學家波利埃勞斯（Polyaenus）、商人伊多曼納斯（Idomeneus）、哲學家梅拓多魯斯（Metrodorus），都是氣味相投的夥伴。他們爲了避免替不喜歡的人做事，也爲了不用去回應那些無聊無趣的羞辱嘲諷或質疑，通通辭掉了雅典商業中心裡的工作，以實現「讓自己從日常生活瑣碎和政治事務的牢房中脫離出來」爲目標，形成了一個公社模式。在住家附近距離狄比隆門（Dipylon gate）不遠的地方買了一塊菜園，種植像是甘藍菜、洋蔥和一種稱爲kinara，現在叫做朝鮮薊的蔬果爲生。以極爲簡單的方式，過著自給自足的生活。他們的飲食既不奢華也不豐富，但足夠美味營養。他們手頭拮据沒什麼金錢財富，但卻不用聽從討厭的上司命令和庸人的廢話。

夢中的凡一，每天早上睡到自然醒，把睡過的毯子抖開，優雅地披在身上當作衣服，既不刮臉也不吃早餐。洗澡？免談！非萬不得已（但幾乎也從不曾有什麼萬不得已的情形），是絕不洗澡的。他從小就研習哲學，十四歲起開始流浪旅行。聽過柏拉圖學派學者潘斐魯斯（Pamphilus）和原子論哲學家諾息菲尼斯（Nausiphanes）的課程，覺得不太以爲然。最後在三十五歲時建立起這個屬於自己的公社社區，決定將自己的思想融合爲特有的生命哲學。一生寫了三百多本書，內容無所不包，例如：《論愛》（*On Love*）、《論音樂》（*On Music*）、《論公正行爲》（*On Just Dealing*）、《論人類生活》（*On Human Life*），和《論自然》（*On Nature*）。他的哲學以強調感官的愉悅爲重心，認爲：「愉悅是快樂生活的開始與目標。」主張：「每一種善的起源與根基都來自胃的舒適愉悅，甚至智慧與文化也與此相關。」在當時以厭惡享樂、禁慾苦修爲主流的思想之中，這種觀念是很反常的。於是許多對公社生活的汙衊抹黑謠言不脛而走開始散播，與現代盛行充斥於ＦＢ上的假新聞相比，絲毫不遑多讓：爲了吃大餐，一天要故意嘔吐兩次啦；男女同居日夜狂歡性派對啦；有個斯多噶學派（Stoic）學者狄歐堤莫斯（Diotimus）還僞造了五十封淫穢書信，宣稱是夢中凡一在醉酒和沉溺於性事時所寫的。事實上，在夢中，凡一不但住的不是豪宅，吃的也非常簡單，寧可喝水不喝酒，晚餐有麵包、蔬果和一個手掌份量的橄欖就覺得很滿足了。他的生活品味是：「給我一碟乳酪，我就能隨時享有盛宴。」

夢境中的凡一，名字叫做伊比鳩魯（Epicurus）。

夢醒之後，凡一對一凡這麼說：「我現在完全瞭解了，世人對伊比鳩魯學派是享樂主義的認識，根本是一場誤會。」

「是啊，我們都這麼不愛洗澡、不刮鬍子、不修邊幅，終於也找到原因了，原來是傳承自希臘的生活習慣。」

至於一凡的夢，就稍微複雜一些了，夢境幾乎都是一場又一場辯論或演說的場景。夢中的他，有著多重的身分，貴族出身，是位周遊四方見過世面的商人，也是才華洋溢的吟遊詩人，有哲學頭腦，也有政治才能。最重要的，他是雅典城邦的領袖，大權獨攬的執政官（dictator）。承平時期，他致力於城邦體制的改革，取消債務，解放被奴役者，設立地產限額，恢復債務人喪失的土地，贖回被賣到海外的公民，擴大民主的參與，讓最窮的、最低階層的公民都能參加公民大會，並由公民互選出四百人構成的執行委員會，負擔起行使政治權能的責任。

在面臨斯巴達侵略的危機，戰爭一觸即發的時刻，全國人民陷入不知道應力戰強敵或乞降求和的迷惘之中，他在群眾之間挺身而出，堅決主張：

「我們讓步，那怕是一個極小的讓步，都會被理解爲是一種膽怯的表現。」

「我們是島上的人民，哪有誰會比我們更難以征服呢？」

「我所害怕的，不是敵人的侵略，而是我們自己的錯誤。」

那個錯誤，叫做姑息，叫做屈服，叫做乞和，叫做投降。雅典公民被他說服了，但身爲執政官的夢中一凡知道，戰爭一旦開打，意志不堅、吝惜犧牲的人民又會反悔，又會反過來指責主戰到底的他的不是。果然戰爭的第二年，在艱苦黑暗的困境中，人們開始譴責他，認爲是他造成局勢走向戰爭，急著和斯巴達媾和的輿論喧囂塵上。這時一凡在夢中再度站出來發表演說，告訴全國人民：

「我還是我，改變的是你們。一場災難降臨到你們頭上，你們就不能堅持一切在太平時選定的政策。是你們缺乏堅定性，才使我的策略看起來是錯了。」

「你們擁有一個偉大的城邦和巨大的聲望，但你們必須配得上這些。」

「如果你們在需要爲擁有權利而付出努力時畏縮不前，那麼你們就不配！」

「不要指望能安全地放棄這個國家，放棄國家，就意味著奴役。」

「對於來自敵人的打擊，我們必須勇敢地抵禦，而對於神明所降的災禍，我們只能馴服地忍受。」

人民又再一次被他說服了，不再企圖遣使求和。爲了有個下台階並且找個宣洩不滿情緒的出口，公民大會決議罰他一筆錢，然後再次選舉他爲將軍，把所有的重責大任都託付給他。

夢中的凡一，在一場悼念陣亡將士的葬禮儀典中，對雅典的精神做出了最高的期許：

「我們的勇敢，來自於天生的氣質，而不是法律的強迫。」

「我們熱愛藝術，但不做過度的炫耀。」

「我們愛好智慧，但不會因此而變得軟弱。」

演講結束後，夢中的凡一交卸了他所有職務，乘著船出海，雲遊四方而去，再也沒有回到雅典，人們自此不知他的去向。這樣的夢境，讓兩個熟知希臘歷史的年輕人有些困惑。

「一凡，你在夢裡的雄辯演說，都是修昔底德《伯羅奔尼撒戰爭史》之中，雅典統帥伯里克利（Pericles）的講詞。但是，伯里克利最後是很悲劇的在戰爭中染上瘟疫而死的，哪有那麼瀟灑的快樂出帆去。」

「放下執政官職務出海漫遊的，應該是比伯里克利早一百多年的梭倫（Solon），而且夢裡前半部那些改革措施在歷史上也都是梭倫的政績，兼具商人、詩人、哲學家、思想家、政治家多重身分的也是他才對。」

「所以說，夢中的你，是梭倫和伯里克利的綜合體囉。這一定有什麼涵義，還是趕快把夢境記錄下來，請教令尊幫我們解讀吧。」

「沒錯，那麼除了解夢，你還有什麼問題要提給我爸嗎？」

「只有一個，我想請問：『我是誰？』」

Φ

給一凡和凡一的回覆，一凡父親首先從「我是誰？」的提問談起：

我是誰？我是什麼？什麼是（或，構成）我？這就是探討「自我」（ego）如何存在的課題。自我作爲一個實體而存在，第一個條件就是「自我」需要時間，亦即自我是徹頭徹尾地「歷時」的。每一個人都是通過時間和經歷來塑造自己，從而創造自己的各種可能性。在空間中延伸，是物質的性質標誌，而在時間跨度中實存，則是自我的性質特徵。

人，亦即自我，還有另一項獨特性，就是「邊緣十分不確定」。這種特性來自於人本身具有的超越性。人的超越性，會讓自我向時間的前方投射，去成長、去變化。也會讓自我進入他人之中，透過和他人的雙向交流，因著他人的存在而進入自己的存在。此外，自我意識以及無意識的領域和界限之間，也經常不是分明的，它的邊緣往往是變動的。就好像夢中的你，和伊比鳩魯、梭倫、伯里克利，究竟誰是誰，其實並不清楚。

自我的另一種獨特性，就是在自我之中又有不同的自我。自我總是呈現著複雜的內部關係，有期待的自我：「我希望自己能和爸爸一（不一）樣。」有惱怒的自我：「我覺得自己是一個魯蛇。」有準備行動的自我：「考到駕照，我就要開車去把妹。」自我之中，有充分也有衝突。「我」的存在，是許多「不同的自我」（alter ego）綜合而形成的。使得人的行動可以區分出純粹出於偶發性以及自己意志的抉擇，那樣的區分叫做「自由」。而判別自我的生命走向、行事模式、行動行爲，究竟是眞實或虛假的區分，根據的是生命賦與我們本身的一種指引或方向性，朝向眞實自我那一個方向指引我們的，叫做「良知」。

越是想要擴張自我的目的，反而越是向下沉淪到低於凡人的生存標準之下。這種自我中心主義，就是「良知」的正反面。

每一個自我都是獨一無二的，那麼自我中心有什麼不對？其實也不是什麼不對，只是這樣比較蠢，或者說實在很蠢而已。蠢在於，自我中心主義者，被一種侷限性的理解把自己蒙昧了，將自己愚笨化了。他們只看到自己的狹隘視野，無法去看見自我其實是一個更大整體的組成部分。自我必須成爲這個更大整體的組成部分才行。因爲作爲「我」的自我，只是一塊抽象的碎片，要完成自我，就必須走出自我。

唯有自我否棄，才得以自我完成。如同那位甘願被釘十字架的年輕人，他是這樣的一個人，「爲人類做出沒有底線的犧牲」——自我否棄。但是，他又是這樣的一個人，「實現了人類所有侷限約制下不可能的偉大成就」——自我完成。

就像〈橄欖樹〉（詞：三毛，曲：李泰祥，演唱：齊豫）歌中所唱的：

「不要問我從哪裡來，我的故鄉在遠方。

爲什麼流浪，流浪遠方，流浪。

爲了天空飛翔的小鳥，爲了林間奔流的小溪，

爲了廣闊的草原。

流浪遠方，流浪。

還有，還有，爲了我夢中的橄欖樹，橄欖樹，

我的故鄉在遠方。

爲了我夢中的，橄欖樹。」

每一個人，都在自我的時間轉逝中流浪，在流浪中尋找自我。終其一生，揹負著自我在搜尋自我。可到最後連自我是什麼都看不清，看不到，看不見。而那夢中有著橄欖樹的人，好比心中有著神的人一般，知道自我從哪裡來，不必多問，問了講給你聽你也不懂。反正自己知道，故

鄉雖遠，在什麼地方。所以這趟流浪，我便可以看盡飛鳥、溪流和原野，看盡那繁花落日生老病死。反正故鄉終究在那兒，橄欖樹終究在那兒，神終究在那兒。

放下自我，才能夠認識神。可是如果不能認識神，又怎麼能夠認識得了自己呢？沒關係的，就像故鄉在那遙遠不知名的遠方，橄欖樹在那隱約模糊的夢中一樣，只要這樣記得，朝著自由的方向，讓良知引你而去就是了。

神，終究會讓你認識的，那時你就知道自己是誰了。

從自由與良知對自我的引領，來檢視一凡與凡一的希臘賢哲之夢，意義就很清晰了，伊比鳩魯追求的是自由，梭倫、伯里克利體現的則是良知。伊比鳩魯以快樂作爲人生目標，其實是爲了讓人從慾望和苦難之中解脫出來，除了藉由遠離世俗價值觀，不以物質基礎評斷自己，過著簡樸生活來達成自由之外，他還舉出了一些獲得快樂所不可或缺的東西，其一是友誼。伊比鳩魯說：

「在智慧幫助人們終身活得快樂的所有事情中，最重要的是擁有友誼。」

因爲朋友們的知識和對我們的關心，有一種能將我們自痲木不仁中解救出來的力量。朋友懂我們說的話，證明了我們的自我認同，接受我們成爲這世間的一份子。而且眞正的朋友不以世俗標準評價我們，只對我們本身感興趣，並給予我們愛與尊重。

其二則是思想。伊比鳩魯強調，以理智和同理心去檢視個人所遭遇的所有問題，只有冷靜的分析，才能讓心靈平靜，快樂才能夠獲得，甚至連死亡這樣的事情也一樣。他說：

「一個眞正了解死亡並不可怕的人，在現實生活中也不會有什麼害怕的事。」

因爲在理性地思考過死亡之後，他認爲人們就能了解死亡背後除了被遺忘之外，什麼都沒有，所以擔心害怕沒有任何意義。

至於梭倫與伯利克里，兩個人結合起來，正好就是希臘公民良知的典範。梭倫致力於追求建立一個彼此承擔責任的共同體，引導公民從自我中心走出來，形成一種參與、合作的倫理政治；伯利克里則是進一步將公民身分予以道德情操化，把公共奉獻置於私人利益之上，但是也顧及補償個人爲共同體的犧牲所受到的損失，傳達出一種一體的、美好的、相互關聯的城邦生活理念。他們的努力，都是基於作爲一位公民的「良知」所引導、發揚的。

希臘的典範意義，除了自由與良知，還有更值得深刻省思的，或許那更是這些希臘夢境所要啓示曉諭的。記得刻在德爾菲的阿波羅神廟三句箴言中最有名的那一句是什麼嗎？「認識你自己。」說不定，這才是你們希臘之夢最重要的隱喻。

古希臘是英雄的年代。希臘的英雄之所以是英雄，因爲他會死。死亡爲英雄的存在製造出侷限，卻也賦與了意義。人必須能夠正面直視自己死亡的場景，才能成爲英雄。希臘的英雄人物，生命激烈、壯麗但轉瞬即逝，他們往往是優雅地迎接死亡，而不是戰鬥至死，因爲「認識你自己」的含意，就是記住自己是一個「人」，一個受限於命運終須一死的人，所以就像梭倫所說的，必須要「死得高貴」。

在後世的英雄中分別屬於使徒和騎士的美德，希臘英雄兼具二者於其身。對於死亡，德意志民族是轟轟烈烈的尋求死，不列顛騎士是平平靜靜的等待死，希臘英雄則是從從容容的面對死。

親愛的一凡、凡一，死亡是生命的一部分，不需要把它視爲特別的課題，最重要的是活出生命。只要有勇氣就行了，拚命也好，輕鬆也好，去活著、受苦、迷失、冒險、給予和失去，就能逼得死亡不斷後退，而生命逐漸美好圓滿。

如此，你們就都是我心中的英雄。

ф

讀完一凡父親的剖析書寫，凡一還在默靜深思的當下，一凡的htc訊息聲響起，打開一看，立刻高興的跳起來歡呼：「Yes！太棒了！Mawi考上警專了！凡一，部落說要殺豬慶賀，邀請我們一定要參加。你通知Yuri，我來連絡小葵。趁這個機會，你也該向Yuri表白了吧。」

# 〈十七〉

我們必須接受失望，因為它是有限的；
但千萬不可失去希望，因為它是無限的。

——馬丁路德·金恩（Martin Luther King, Jr.）

「凡一，這陣子我們聽了這麼多華格納歌劇的CD，是不是也應該要聽聽看現場演唱，感受一下實境演出的張力和氣氛呢？」

「聽現場的，感動程度當然不一樣，你會這麼問，一定有什麼計劃了，對不對？」

「你知道，喬納斯·考夫曼（Jonas Kaufman）嗎？」

「知道啊，他是當今全世界最頂尖的德國男高音，是德語歌劇最佳『華格納歌手』，又被公認是義大利歌劇威爾第和普契尼作品最好的詮釋者，是極少數既能唱莫札特又能唱華格納，同時精通德國、義大利和法國歌劇的聲樂家。我記得他好像是慕尼黑出生，慕尼黑音樂大學畢業的。」

「考夫曼過一陣子要來台灣演出，我們去聽好不好？你約Yuri，我約小葵，演唱會只有一場，票我來想辦法。沒辦法，就拜託我媽出馬。你負責把演出曲目的德文台詞劇本找來，我們先讀一遍，到時候就不用看翻譯字幕了。你也可以先教一下Yuri歌劇德語，又能藉機約會，這樣的計劃是不是很完美？」

「什麼事在你的運籌帷幄之下，都很完美。考夫曼的演唱我真的很想聽，之前世界三大男高音，我在日本都聽過他們唱現場，據說考夫曼一個人兼具了帕華洛帝璀璨動人的歌聲、卡列拉斯的帥氣魅力、多明哥的戲劇感染性，已經被當作是帕華洛帝接班人的『男高音之王』了。」

「我家有一張考夫曼二〇〇八年在巴伐利亞音樂節主演華格納歌劇〈羅恩格林〉引起轟動的演唱會CD，待會找出來你先拿去聽。咦，小葵應該快來了，我媽的早午餐已經準備好，香味都從廚房傳出來了。」

說人人到，門鈴聲響起，一凡趕緊幫小葵開門去。他們倆人即使不見面，每天也能在FB上私訊分享許多事情，講不完的話。戀愛就是談出來的。一凡和葵談的這場戀愛，進展得穩定而順利。倒是凡一和Yuri，還處在曖昧不明的狀態，凡一對自己的感情曖昧，Yuri對凡一的態度不明。凡一心裡糾葛不清的是：「很喜歡她，和她在一起很開心，自在又輕鬆，她眞的很可愛，但爲什麼自己不能表白，或沒有足夠的力量去表白呢？還是我對她，其實還沒有達到可以表白那種程度的喜歡或愛呢？」相對於凡一的曖昧，Yuri的態度，是純粹的好朋友或者還有著若干情意，也是不明朗的。兩人的關係，就這麼在拖延混沌中持續著。

田家美食廚房今天提供的台灣道地小吃是三重龍門路上的鴨肉羹麵。

「這家的鴨肉羹麵很好玩，麵在一樓的店面煮，鴨肉羹則是在二樓的住家烹調製作，老闆在一樓天花板也就是二樓地板上打一個洞，從二樓接一條不鏽鋼管路到一樓來，做好的鴨肉羹就倒進管路直接輸送下來和煮好的麵會合，盛碗內用或裝袋外賣，生意好得不得了。小葵，來，這碗給妳，麵少一點，鴨肉多一點，先嘗嘗看怎麼樣。」

「謝謝阿姨，いただきます。」

「爲什麼不在同一個地方做就好，這樣羹麵分離，不是很麻煩嗎？」

「聽說是爲了保護商業機密，店家不願意調製鴨肉羹的過程被公開看見，以免獨家秘方被學走了，才採取這種措施。」

「和電腦主機隔離防止駭客入侵的概念差不多。唔，眞的好好吃，值得值得，這麼美味的鴨肉羹，眞的值得用隔離措施保護起來，以免撇步被人家偷學去。」

「小葵的台語又進步了，連撇步都會講，今天還是有豬腳，妳的最愛喔。」

「麻，今天的豬腳是哪裡的，趕快跟小葵這個立志成為豬腳大使的女生講一下吧。」

「本來應該用三重的五燈獎豬腳來和三重的鴨肉羹麵搭配，可是小葵已經嘗過了，今天就選來自高雄的『古早味極品豬腳』。這是高雄極少數的豬腳專賣店之一，讓你們比較一下，南國港都的口味，和其他地方的有什麼不一樣。來，松田葵台灣駐日豬腳大使，考考妳，先吃一塊，告訴我妳的感覺。」

「等一下，嗯，眞美味，讓我想一下，不能只說好吃。我覺得這家的豬腳，肉質比較緊實，不鬆散，可能是先炸過之後再下去滷，滷很久。口感柔嫩不失Q勁，味道是鹹中帶甘，沒有任何其他香料藥材加進來。是不是，這種作法，就是眞正台灣傳統的古早味呢？」

「小葵，給妳拍拍手，合格了，高分通過。這家豬腳的特色，強調古早味，就是不加肉桂、八角或各種中藥材，只用醬油、米酒、冰糖去燉滷。製作程序確實是先炸再滷，要滷上四個鐘頭。用這種老阿嬤以前時代的傳統古法來一決勝負，回復到台灣豬腳最單純熟悉的滋味。這種古早味就是在地美食的原點，對不對？」

「古早味的原點和在地食物文化的精神，這個研究題目太棒了，太適合我了。立虹老師，謝謝妳又幫我上了一課。這種寓教於吃的學習，我眞的好愛唷。」

「對了，凡一，聽說田中康博教授給你出功課，要你就台灣民主的議題寫一份研究計劃是嗎？」

「對啊，田中老師給的題目是台灣的民主鞏固與社會退化，我正在傷腦筋，不知道要怎麼整理出一個完整的討論架構。」

「這個題目，和我前幾年在政大國發所博士課程做過的一項專題研究滿接近的，可能有些觀點可以供你參考，你要不要聽聽看？」

「要要要，當然要，小葵，我的豬腳通通給妳，我要專心聽講，等一下，我去拿筆記本和錄音筆。」

「當時我做的論文題目是『台灣民主的退化與缺陷』。一般我們寫學術論文的架構，第一章通常是研究目的，第二章是研究方法，後面幾章是主要討論的內容，最後一章是研究發現、結論和成果。研究目的，和你的問題意識有關，也就是研究的動機是什麼。台灣一路走來的民主化歷程讓人覺得，民主退化爲只剩下選舉，選舉退化爲只剩下歧見，歧見退化爲只剩下抹黑、貼標籤、戴帽子的爛泥戰。爲什麼台灣的民主政治這麼immature，不成熟？這麼detective，不健全？甚至，造成社會不斷處在undermine，損傷狀態中？我想，這也是田中教授觀察到的現象，才會要求你寫這份研究計劃。」

「對於這些現象，田中老師用degeneration，退化這個字來定義。」

「我用的是稍爲中性一些的名詞，這是defect of democracy，民主缺陷。這種民主缺陷現象，我認爲出自於不成熟的民主情境，也就是situation of immature democracy。」

「那麼，怎麼去分析這種現象呢？」

「這就是研究方法的問題了。這個課題涉及到價值層面和認知層面的探討，很難運用現代政治學的計量統計去量化分析，比較偏重政治哲學的實踐。尤其是民主缺陷之中，包含了『民主悖論』（paradox of democracy）和『民主兩難』（dilemma of democracy）這兩種不盡相同的現象型態。我覺得，應該回歸到以古典的政治哲學方法論來處理，用『思辨分析』——speculative analysis，作爲主要的研究方法，把台灣的民主缺陷區分爲『價值』、『群體』、『效能』、『福祉』四個面向，分別進行討論。然後在每一個面向之中，再加上『情境案例研究』，situated case study，列舉出台灣民主的悖論和兩難實際案例，來展開說明和辯證。」

「所以民主與價值、民主與群體、民主與效能、民主與福祉，就是研究方法之後，第三到第六章的內容囉？」

「眞聰明，就是這樣。我們來當作思考遊戲試試看，我解釋每一個面向的核心意涵，然後你和一凡一人舉出一個悖論和兩難的實例，好不好？」

「好，我負責兩難。」

「那我就來想悖論。麻，小葵豬腳都吃光了，今天有甜點嗎？她還要當綠豆椪達人耶。」

「對對對，當然有綠豆椪，是鹿港玉珍齋的，他們的綠豆糕也很好吃，百年名店的古早味，來，兩樣都吃吃看。」

「謝謝阿姨，你們繼續討論，我來泡茶，喝大禹嶺一〇五K高山茶，好不好？」葵對田家廚房的設備食材，已經熟悉到得心應手了。

「政治最根本的目的，在於實現共同的價值，培育個人的美德。台灣政治民主化，走到令衆人覺得無力、失望，覺得焦躁、鬱卒、憂傷、憤怒，覺得人與人之間的關係，怎麼越來越糟糕。在價值的面向，我們要分析的是第一，民主政治是不是一人一票的權利而已，還是有著更高貴的情操和使命？第二，集體的共同價值，像是：自由、正義、榮譽、奉獻，在民主政治中怎麼體現？第三，個人的美德，例如：良善、互助、無私、同理心，和民主政治如何相容？第四，爲什麼台灣政治民主化帶來的竟然是共同價值的渙散和個人美德的淪失？好，你們誰先，兩難先還是悖論先？」

「悖論先好了，凡一是外國人，讓他多一點時間想。民主化之後，黨政軍都不能干預媒體，言論自由等於媒體自由，報紙爲了銷路全面水果化，越腥羶色，越聳動越好，電子媒體除了怪力亂神就是噴口水互罵，這都是民主，任何力量都不該介入影響，否則就是開民主倒車。至於媒體老闆指揮言論走向，則是誰也管不著，不敢管。」

「媒體是現代政治共同價值凝聚提升或是沉淪墮落的關鍵。好，兩難呢？」

「核四存廢，公投決定。人民即使公投廢核，電價也不許漲。而且碳排放也得減量，防止全球暖化。當然以上都要做到，還不能影響經濟成長，更不容許缺電停電。這些都是政府的責任。環境保護和生活品質是否一定衝突？不管啦，反正我天氣熱就是要開冷氣。」

「公共利益和個人利益之間的矛盾，是人性的考驗，也是民主與價值的考驗。這就牽涉到從共同價值衍生的『責任』以及歸屬認同的主題。對於群體，有認同感，有歸屬感，人們才會覺得必須對它負責任，甚至於經過群體和自我的關係，來完成更爲圓滿的人格。但是在台灣，個人和群體的關係，卻被分割、被撕裂得破碎零落、四散紛飛。民主和群體的兩難與悖論，誰先講？」

「一樣悖論先。外籍配偶或是大陸配偶，嫁到台灣來享受社會福利資源，婚姻只是手段，所以不應該在結婚後立刻給予身份證和各項國民待遇，以免更多外配湧入，瓜分有限資源。同理，外配的生產意願高，生育率也高，但社經能力低下，會造成全民社會負擔，所以，不但不應鼓勵，反而應該降低提供給他們的各項生育獎助措施。」

「聽起來好像德國納粹的法西斯種族主義，噢，玉珍齋的綠豆椪也超~好吃的，綠豆糕入口即化，我吃了三個。」

「悖論本來就是錯誤荒謬的，但是往往被包裝得很有道理，振振有詞。很多違反人性的行爲就是在這種主張下發生的。凡一，你的兩難呢？」

「贊成募兵制的人說：這樣才能有效利用人力資源，增進全體利益。而且把要不要當兵，從『義務』變成『志願』，更是一種自由權利的保障，將決定權還給人民。反對的人說，保衛國家可以花錢雇人來做嗎？這樣的話，去爲國家犧牲的國民，都是爲了經濟誘因而從軍的窮人家孩子，富人的生命就比較值錢嗎？爲國家作戰的責任義務，不應該因爲經濟階級而有差別。」

「很好，你們舉的案例，讓我們省思，政治民主了，爲什麼愛國精神卻不見了？政治民主了，爲什麼社會反而更分裂了？民主政治能不能在鞏固和團結公共群體的同時，體現個人獨立和歸屬認同，相互包容共存？接下來，是效能的面向。台灣政治民主了，經濟卻衰退了，人民得到政治權力，政府卻從此失去效能。這塊土地上的leadership（領導）不見了，國家的治理能力下降了，總的來說就是累積爲一句話概括，政府無能，人民無感。這次誰先？」

「我先好了，民主和效能的兩難，比如說教育改革，實施十二年國教，升學不再一試定終身，消滅建中、北一女這些學校的明星地位，高中全面社區化，一律普遍平等。既然人人想念大學，就普設大學，入學錄取率超過百分之九十，考十七分也有大學可念。可是作爲家長，我的孩子天資聰穎應該有資優班、升學名校栽培他才行，而且一定要進台大，不然，就及早送出國。」

「食安問題企業怎麼可以判決無罪？政客立即表示，這種判決違反民意。民意也就是輿論，比司法的構成要件更重要，也比證據是否充份更重要。在民意之下，司法是不是獨立審判，反而不重要。人人都可以對判決表示懷疑，表達反對，因為這是民主社會。法官如果不是重判以符合『社會的期待』，就是有問題或是恐龍。至於檢方的起訴事實和理由是否堅強、程序是否周延也不重要，反正這些被告都是壞蛋，關給他死活該。」

「政治民主化了，可是卻不斷上演各種畸形變異的劇碼。整個公共部門的治理能力、判斷能力、運營能力甚至責任能力，還停留在『前民主化時期』的水準。這些公共事務部門包括：文官體制、司法機關、政黨、教育體系、地方自治政府，以及學術研究機構。本來應該作為改革者的，反而成了最該被改革的對象，而作為終端仲裁者的，則淪為末端被仲裁的目標。於是就導致了集體性的衰落退化。公共部門的功能，保障安全、維護平等、創造願景、實現希望，就在失能之中離散了。最後，福祉這個面向，一方面是具體的利益，生命的維繫以及生活的舒適便利。另一方面是抽象的尊嚴，更低的匱乏感，更少的相對剝奪感，更多的滿足，更高的保障。政治，是人們集體追求快樂的手段，可是民主化以來的台灣是不是更加快樂呢？再者，人的幸福，只能用經濟成長率和收入水準來衡量而已嗎？兩位同學，請發表高見。」

「立虹阿姨，我負責兩難，可是我只想到悖論的例子。」

「沒關係，凡一，悖論你講，剛好我只想到了兩難的案例，我們交換，麻，可以嗎？」

「當然OK。」

「全民健保瀕臨破產，徹底解決之道只有調升健保費率，但只要一提到多收錢，立即一片罵聲，就算一年調個一、二百元，照罵不誤。可是愛看病、愛領藥、愛吃藥、愛小病也到醫學中心等等各種浪費醫療資源現象，永遠無法改善。反正，這是我的權益，不用白不用。這是我想到的民主與福祉的悖論例證。」

「隨著政治民主化，政府負債也節節攀升。中央政府債務，從第一任民選總統李登輝時期的五六五一億、陳水扁時期變成二・四五兆、馬英九執政到二〇一四年暴增為五・三兆。許多立委主張提高舉債上限，聲稱有些國家債務占GDP比重超過百分之二〇〇，還不是活得好好的，我們的債務『才』占GDP的四成『而已』。到底是避免債留子孫重要，還是擴大公共投資提振經濟解決當前困境重要？」

「人的幸福快樂，除了經濟成長，還有很多其他要素：降低貧富差距、援助救濟弱勢、保障未來生活、提供優良的公共服務和基礎設施。以及更重要的：制度公平合理所維護的平等尊嚴，政策法令激勵人們發揮天賦能力的誘因，這些才是充分的福祉，是民主政治應該要能夠實現的。」

「麻，我們今天的討論，好像我夢境裡古希臘領袖梭倫和伯里克利在辯論城邦共同體和公民責任的現代台灣民主政治版本喔。原來我們做的夢，都很有意義，早就把現實中的方向預告出來了。」

「阿姨，從四個面向討論完民主缺陷現象之後，是不是應該要提出怎麼改善這些缺陷，導引民主政治走向健全化的建議，作爲整個研究計劃的結論呢？」

「是啊，提出問題、分析問題，還要能解決問題，不然研究就白做了。至於台灣民主政治的健全之道，也就是我論文的結論建議，今天不講，留給你自己思考，自己找答案。等你想完整了，研究計劃也就完成了，到時候我們再來比較一下，和我論文裡的解答，有什麼異同，好嗎？」

「阿姨，吃了來自鹿港玉珍齋的綠豆椪才讓我想到，今年台中要舉辦百年媽祖會，可是七媽缺一媽，獨缺鹿港天后宮媽祖不能參加，眞是好可惜唷。一凡，到時候你要不要來台中，陪我參加這個歷史盛會？」

「你這個媽祖迷，一凡當你男朋友，不參加怎麼行？不過，百年媽祖會，是什麼東東啊？」

「一九一七年，台中火車站和第二市場落成啓用，爲了慶祝盛事，在當年六月舉辦了長達二個月俗稱『七媽會』的『台中媽祖大祭』。由殖民政府官方支持，地方政商名流發動，邀請了台中萬春宮、旱溪樂成宮、北港朝天宮、梧棲朝元宮、新港奉天宮、彰化南瑤宮，以及鹿港天后宮，這七座媽祖宮廟，聯合駐駕台中四十天見證盛事。當年台灣全島的總人口只有三百二十萬人，竟然有二十萬人前來朝聖參觀，可見多麼轟動。今年剛好是七媽會一百週年，台中市政府決定復刻重現七媽會，聯合遶境台中祈福。百年一次的盛會，沒去會後悔一百年，當然非去不可囉。一凡，去不去？」

「去去去，我可不想後悔一百年。不過，我們還是先出發去南澳吧，Yuri已經到了，Mawi和部落裡的族人都在等我們呢。」

## 〈十八〉

不問生之所以為，不問命之所無奈，人欲免為形者兮，莫如棄也。棄世則無累，無累則正平，正平則彼達生兮，達生者不朽矣。

——〈喪妻，鼓盆之〉莊周

Mawi考上警專，的確是值得好好慶祝的事情。近幾年來，報考警專入學考試的人數平均達到一萬兩千人，錄取率只有百分之十左右，比進大學難多了。前來應試的，不乏國立大學甚至醫學系的錄取生。更何況Mawi是以一般生的成績門檻合格的，沒去占用到原住民保留名額，眞是難能可貴。

殺豬，是部落族人慶賀喜事的最高等級形式，不僅是歡欣鼓舞的，也是神聖、鄭重、莊嚴的。宰殺好的溫體豬肉，半隻切成均等份量的各部位，分送給部落裡家家戶戶的親族鄰朋同沾喜氣。分享是泰雅族人先祖千百年來傳承的美德。另外的半隻豬，則是串穿在鐵架上，升起火堆煙薰炙烤。在Mawi的金榜題名慶祝會場，現烤、現割、現吃的新鮮鹽燒烤肉，也是衆人分享，美味極了。爲了幫Mawi慶祝，整個泰雅南澳Klesan地區的七個部落，從金岳、碧候到金洋、澳花，大家都來到武塔教會，熱鬧盛況比起一年一度的復活節七部落聯歡活動不遑多讓。烤肉加上小米酒，唱歌跳舞加上不須彩排練習就精彩無比的各項才藝表演，以及相互之間幽默風趣的笑話互虧，今天的武塔，洋溢著一片快樂昂揚的氛圍。

Mawi，是大家祝賀的焦點，也是衆人灌酒虧揶的目標。每個人都故意稱呼他「巡查大人」，所到之處「大人，好！」之聲此起彼落，弄得他不知如何是好，尷尬的模樣，笑倒了一片人。Watan一凡則是族人感謝的對象，大家都看到Watan幾個月以來毫不間斷每個星期不辭辛勞爲Mawi盡心盡力補習的付出，衆人發自內心由衷的謝忱，讓Watan在慶祝會中受到宛若英雄般的崇拜禮遇。今天的Watan說什麼，大家就得聽他的話做什麼，誰叫他是Mawi巡查大人的老師。慶祝會的最高潮，就是Watan在衆人起鬨中行使他的英雄權力，提出他的指示要求。Watan的指令是Walis凡一和Yuri，各唱一首歌給對方聽。此話一出，現場無不拍手叫好，歡呼聲不斷。

凡一當場楞在原地，害羞靦腆得耳根都紅了。倒是Yuri落落大方，走到鋼琴前坐下，輕撫琴鍵，幾個流暢優美的前奏和弦之後，是驚人的天籟美聲。唱出的，是理查・馬克斯（Richard

Marx）的〈Right here waiting〉：

Ocean aprart, day after day.
And I slowly go insane.
I hear your voice on the line.
But it doesn't stop the pain.
If I see you next to never.
How can we say forever.
Wherever you go.
Whatever you do.
I will be right here waiting for you.
Whatever it takes.
Or how my heart breaks.
I will be right here waiting for you.

海洋一天又一天遠離
而我慢慢地走向狂亂

在航道上聽見你的音聲
但它無法停止傷痛
如果我再也不能見到你
我們如何能訴說永恆
無論你去到哪裡
無論你做了什麼
我將就在這裡等待著你
不管世事如何演變
或我的心如何跳動
我將就在這裡等待著你

男歌女唱，Yuri完全不必降key，清亮、圓渾，甜美中帶有些許哀傷婉轉的動人歌聲，富含著充沛飽滿的情緒，感染穿透了每一位聆聽的人。只用鋼琴伴奏，將歌聲的美推到了界限的邊緣，無法掩飾、無法隱藏、無法脫逃，只能一覽無遺地呈現每一個共鳴最大可能的美。

歌聲方歇，鋼琴的迴音落下，轟然爆出如雷的掌聲、口哨聲、喝采聲。Yuri的天生好歌喉，驚豔全場，征服全場。換凡一了，這個羞怯的Walis，不像Yuri面對著聽眾間或視線停留注視著凡一而唱，他走到前頭，側身朝著基督十字架，以充滿磁性的中低音，用acapella（阿拉貝卡，無伴奏合聲）的曲式風格，詠嘆調似地吟唱出喬治．麥可（George Michael）的經典名作：〈I knew you were waiting.（For Me）〉

Though I went through some nights.
Consumed by shadows.
I was crippled emotionally.
Somehow I made it through the heartache.
Yes, I did. I escaped.
I found my way out of the darkness.
I kept my faith （I know you did）, kept my faith.
When the river was deep I didn't falter.
When the mountain was high I still believed.
When the valley was low it didn't stop me, no no.
I knew you were waiting.

雖然，我歷經了幾個黑夜
曾被吞噬在陰暗處
我的情緒幾近崩潰
不知怎麼地，我熬過了那些心痛
是的，我逃離了
我找到了離開黑夜的路
我抱持著信念（我知道妳在），抱持著我的信念
當河水很深時，我沒有猶豫
當山嶺高聳時，我依然相信
當山谷低盪時，我沒有停下，沒有，沒有
（因爲）我知道妳在等待著我

就這麼從頭到尾，注視著十字架，是情歌，也是聖歌般的，唱完屬於凡一Walis調性版本的這首歌。在衆人熱烈忘我地鼓掌中，沒有歡呼叫好，似乎是一致的默契，不願破壞了這滿滿的感動。凡一轉過身來，目光迎向Yuri，眼神交會，相視微笑。

這是Mawi慶祝會最完美的ending了。男生們住教會還可以繼續聊到天亮，小葵去住Yuri家，聽說Yuri要去南澳北溪攝影取景做紀錄，小葵也想隨行，兩人天一亮就要出發。

ф

睡到自然醒已經是午餐時間，幾個男生吃完飯合力把慶祝會場恢復原貌，教會內外被他們打掃整理得窗明几淨，一塵不染。午後的山區開始下起雨，天空烏雲密佈，煙雨迷濛中，氣溫驟降得不似盛暑。直到快傍晚了，天色逐漸暗淡，正想著兩位女生也該回來了吧，一凡的手機響起，小葵打來的，聲音顫抖著：

「一凡，Yuri不見了，我……我等了很久都沒等到她，你們可不可以趕快過來？」

問清楚小葵所在的位置，就在南澳北溪中游接近碧候溫泉區的溪谷，凡一跳上Mawi開的小發財車，一凡騎著野狼，立刻出發去找人。同時也馬上通知了派出所和消防分隊，並且聯絡就近的碧候部落教會，動員所有可能的人力趕赴現場。

一凡和凡一抵達的時候，第一時間到達展開搜救的碧候部落青年救起的Yuri已經沒有了生命跡象。隨後趕到的Yuri父親仍不放棄，一邊流淚，一邊替女兒急救，用泰雅族語呼喊：「趕快起來！」卻仍喚不回Yuri的甦醒。躺在她最愛的南澳溪畔，Yuri的臉龐宛如沉睡般的平靜從容，比平時白皙一些的臉色在微光中散發出一股聖潔。但那份巧笑倩兮的靈動生氣已然失去，只是閉著眼眸，在那裏等待著什麼。

Mawi放聲大哭。

Watan一凡擁抱著小葵撫慰她。

Walis凡一緊閉雙唇，沒有表情，茫然地望著這一切，渾然不知用力握拳的指甲深陷掌心中幾乎要淌出血來。

事情是怎麼發生的。

初步研判，Yuri是在溪中巨岩上沒有踩穩跌落水裡後被捲入漩渦致命的。南澳北溪遍佈一座座巨大溼滑的岩石，巨岩底下就是落差很大的溪谷，地形經常變動，一旦沉入溪流漩渦，就算會游泳也沒有用。昨晚回到家後，Yuri還整理明天是最後一天截止日要繳交的德國公費留學資料到半夜兩、三點，接著準備入山裝備，幾乎整夜沒睡。Yuri媽媽出發前曾勸阻，她還說：「沒關係，狀況不好的話就中途折返。」一路上，溯溪行程進行得很順利，Yuri體力很好，不但沿途捕捉攝影鏡頭，和小葵有說有笑，還能隨時拉小葵一把。到了上游要折返時，天空開始下雨。

「Yuri把她的防水夾克脫下來給我穿，她說她裡面還有一件風衣也是Gore-tex的，不怕雨。

她一直提醒我，從溪谷下降比攀昇更危險，要我走前面，她在後頭才能看著我。我從那塊兩層樓高的大石頭旁邊繞過去爬下來，又跨越了幾顆比較小的岩塊，再回頭，就沒看到她了。我以爲她在上頭拍照，或是正好看到什麼在錄影，就停留在原地等她，等了一陣子還不見蹤影，就趕緊打電話了。」

仍穿著Yuri的鮮黃色夾克，小葵在遭遇了這麼重大的意外事故衝擊後，恢復鎮定沉穩的速度，顯示了她不凡的勇敢堅強。但一邊陳述整個過程，還是忍不住一邊留著傷心的淚。

「今天整條溪谷只有我們兩個人在溯，來回都沒有遇到人，但我一直覺得，好像有什麼東西在跟著我們，心裡有點怕怕的。從大石頭下降站定回頭看的時候，石頭上好像閃過一道人影。不過太高了，距離又有點遠，加上是背光，可能是一時眼花了也說不定。」

她們出門了，天才剛亮，看這一身的穿著和裝備，應該是要去溯溪吧。穿黃色夾克的是當地的泰雅女生，另一個就是行動對象了，目標很容易識別。在外頭守候了一整晚，情緒一直很亢奮，一點睡意也沒有。保持五十公尺左右的跟監距離，山林溪谷裡根本沒有其他人，南澳北溪高低起伏落差很大，隱蔽起來很簡單，只要保持目標在視線範圍內，完全不用怕會跟丟了。倒是要選擇一個適當的下手地點比較重要。

就是這裡！兩層樓高的巨岩上端是平坦石面，從上游下來一定要在岩頂平台站定後才能從右邊攀降繞過去，巨岩左側和另一塊岩石的夾角岩隙之間凹陷處剛好可以容身又不會被發現，在這裡等她們回程經過就可以動手了。

模擬著待會的每一個行動步驟，魅影的興奮越來越高漲，硬得實在受不了，在等待之間，射了二次才總算比較平息下來。他掏出鍾愛的奧地利製戰鬥匕首，精鋼在光線反射下泛著藍灰色冷冽的鋒芒。天空開始下起雨來，特種作戰部隊是全天候的，下雨，完全影響不了既定的計劃。

雨勢越來越大，魅影必須很專注的在雨聲、風聲、流水聲之中，捕捉獵物返程、接近的任何聲響。

來了！先聽到聲音，目標才進入可視距離。大雨讓視線能見度變得非常差。沒關係，穿黃色夾克的走前面，放過她，下一個才是。就是現在！魅影一躍而上巨岩平頂，雙腳著地的同時，右手所持的戰鬥匕首精準地刺向目標胸前。女孩正好放下相機看見一道黑影襲來，本能地敏捷向後跳躍閃避。後方，就是岩壁下的溪流漩渦，女孩直墜而落。匕首尖鋒，似乎完全沒能觸及她的身體。

一擊不中，立即收手，是執行戰鬥任務的基本準則。匕首刺出，目標後躍騰空，盤起的及肩短髮隨著脫飛的帽子舞散開來的那一刻，魅影已經知道認錯對象了。他迅速撤退，但是沒有脫離現場，藏身在溪畔遠處樹叢之間，全程監看救援抵達、搜尋急救的過程，直到所有的人全部離開，現場淨空了，才從密林山徑中尋路撤離。

避開武塔車站，徒步奔馳了十幾公里，在人比較多的南澳車站搭上最後一班區間車到羅東。返回台北住處後，魅影開始著手銷毀所有和行動相關的事證物痕：

刻意穿加大二號尺碼的健走靴和全身衣褲全部丟棄，包括帽子、小背包等也一樣，任何可能沾到當地土壤成分的東西都不能留下來；

房間裡列印出的照片，通通拆除，拿到頂樓屋頂焚燒掉，灰燼沖進馬桶裡。

手機在回台北路上就已經拔掉sim卡，清空記憶，敲毀丟棄了。門號是易付卡的，sim卡丟進下水道。

ＰＣ和筆電重新formate，再把硬碟拔出來，徹底敲碎破壞，解體為好幾個部分，棄置在不同地點。所有的資料都不曾上傳到雲端，ＦＢ、Instagram和Gmail帳號使用的個人資料全部都是假冒的。

完成這些ＳＯＰ之後，魅影才終於可以好好睡上一覺。國父十次革命才成功，一次小小的失手算什麼，對方應該會以為只是單純的落水意外，不會產生戒備，以後機會還多的是。

下一次，乾脆直接到台中東海鎖定小日本女生下手好了。想著下次要用什麼方式把刀刃插進女孩的軀體中，他的感覺就有點要起來了。

Yuri的告別追思禮拜訂在事件發生的三天後。這三天，每一個人都強忍巨大的悲痛撐著。Mawi幫忙Yuri的父母處理安葬的各項大小事宜，Watan一凡協助教會牧師安排追思會所有的流程作業，而Walis凡一，三天來沒有吃，沒有睡，沒有開口說一句話，眼睛是紅的，沒有一滴的淚水。整個人瘦了一圈，獨自坐在教堂的角落，目光沒有焦點，似是沒有了任何感覺，也沒有了靈魂。整整三天，凡一就只是一付軀殼，沒有面目，沒有表情。這樣的凡一，令眾人擔心。一凡只好拜託小葵，寸步不離的陪伴看護著他，不能讓他離開視線之外。

告別式一開始，是教會小朋友唱詩班演唱，改編自泰雅族古調的〈泰雅序曲〉。原曲的名稱是〈好好活著〉，這是族內耆老跟孩子們說的，最簡單但也最重要的念想，「不管去到了什麼地方，一定要努力地好好的活著。」

在眾人哀傷悲悽的拭淚啜泣中，教會牧師引用了許多聖經裡的篇章爲Yuri祝禱：

上帝所要的祭牲，就是破碎的心靈；
上帝啊！破碎傷痛的心，祢必不輕看。〈詩篇51：7〉
祢使凡人回歸塵土，說：
世人啊！你們都要歸回原處。〈詩篇90：3〉
一切盡都空虛，全都歸於一處；

都出於塵土，也都歸回塵土。〈傳道書3：19–20〉
到時塵土歸回原來之地，
生命力歸回賜予生命力的上帝。〈傳道書12：7〉

以這些來自神的話語，爲Yuri回歸神的懷抱引證，同時也慰撫著深愛Yuri的人們心中的創痛。牧師帶領默哀結束後，教堂裡響起的樂聲是馬勒的〈第五交響曲〉第四樂章，標示著「非常緩慢」的〈小緩板〉。這首柔美而哀傷的旋律，曾被使用在湯瑪斯・曼的小說改編電影〈魂斷威尼斯〉之中，以緩慢而平穩的步調，敘述死亡的淒美，特別能夠在告別式時引發人的共鳴。遇刺身亡的美國總統甘迺迪，他的國葬，也演奏了這首作品。

在〈小緩板〉悲傷而美麗的樂音中，緩步踏上台前的是小葵，她要在這最後一程，爲Yuri誦頌一八四三年被英國封爲桂冠詩人的華滋華斯（William Wordworth）所創作的〈永生頌〉（*Ode:Intimations of Immortality*）：

那明亮的清輝，
已一去不回；
雖然草地碧綠、花開燦爛的那一刻，
再也不可得。

我們將不會陷入悲傷，
而會從現在殘留的找到力量。

小葵的禱詞和馬勒的樂章，教人感傷，卻又動人沉思懷想。音樂與詩篇，自古就是悼念亡者撫慰生者的舒緩方式。面對死亡，即便失語，幸好，仍有音樂與詩。走過人跡罕至的荒野幽谷，體驗衷心摯愛的情感路途，在死亡面前，只能無限遺憾，只有音樂和詩，可以伴隨我們發現人性中最爲深刻雋永的一面。

追思會的最後，音樂是布拉姆斯的〈德意志安魂曲〉，詩是一位牛津大學基督教學院的牧師、英國基督教社會聯盟創辦人亨利·史考特哈蘭所撰寫的禱詞，由Watan一凡吟誦，爲Yuri作出最終的祝福：

死亡並不存在，
我只是悄悄溜進了隔壁房間。
我是我，而你是你，
我們仍是，
彼此心中的你我。
用那熟稔的小名喚我，

以慣常的輕鬆態度與我交談。
別改變你的語調，
別蒙上肅穆或憂傷的氛圍，
說我們以往愛說的笑話，
像我們以往那樣的大笑，
嬉戲、歡笑、念著我，爲我禱告，
讓我的名字，一如往昔，
一個親切的字眼，
自在的說出我的名字，
不帶任何鬼魅的陰影。
生命的意義不曾改變，
於今於昔，無別，
有一種絕對的持續性，毫無間斷。

在〈德意志安魂曲〉簡單循環而帶有無盡想像與意義的樂聲中，誦頌著詩句的一凡步下講壇，走向隻身坐在教堂角落的凡一。他蹲下，凝視著凡一的眼睛，找到瞳眸中的焦點，兩人對望著，才繼續唸出禱詞的最後段落：

死亡，莫若一場無足輕重的意外。
我不在你們眼底，
難道就不在你們心底了嗎？
我在時間之間的中場等待你，
很近的地方，
就在轉角，
一切沒事，都好。

樂章停止，詩句結束，全場靜默中，凡一嘩的一聲哭泣起來，淚水滾滾而下，一凡傾身向前緊緊地抱住他，讓凡一的臉深深埋在自己胸前，輕聲地說：

「一切沒事，都好，
就在轉角，
很近的地方，
Yuri在時間之間的中場等待你。」

在這一瞬間，一切全都出現了。那些出現在夢中，那些曾經是現實，那些存在於夢與現實之間幽遠深處的，所有的情緒感覺，所有的體驗記憶，所有的生命印記，全部出現了。

那些英年早逝但卻璀璨絢麗的年輕生命——

為了自由反抗納粹的漢斯和蘇菲．索爾兄妹，二十二歲、二十歲。

保護鄉民犧牲殉職的零式戰機飛行員杉浦茂峰，二十一歲。

日本演歌的奠基者瀧廉太郎，二十三歲。

博物學研究先驅鹿野忠雄，三十九歲。

天才音樂家鄧雨賢，三十九歲。

落水罹難的泰雅少女莎韻，十七歲。

那些為了實現信念而不惜提早燃燒掉自己身心的可貴生命——

建造烏山頭水庫和嘉南大圳的八田與一，五十六歲。

孤獨漂流的詩人里爾克，五十一歲。

德意志浪漫主義文豪席勒，四十六歲。

超人哲學家尼采，四十五歲發瘋，五十六歲去世。

用生命擁抱華格納音樂的路易二世，四十一歲。

泰雅抗日英雄之子，於白色恐怖遭難的Lasin Watan，五十五歲。
那些化身於夢境之中啓迪預示著價值意義的原型生命——
湯瑪斯·曼小說逃離故鄉又歸返故鄉的東尼奧。
亞瑟王聖杯傳說的英雄武士，加旺和波西瓦。
華格納歌劇裡追尋救贖的主角，爲愛而死的唐懷瑟。
古希臘時期的哲學家伊比鳩魯和政治領袖梭倫與伯里克利。
在這一瞬間，紛紛奔湧而出。像爆炸的花火一般，電光火石卻又歷歷分明的在凡一眼前閃耀流轉，出現在剎那之際。剎那之中，包含著這所有生命的無邊無際，無窮無限。
淚水已盡，凡一心裡明瞭，成爲他未來人生一部分的，除了這些生命人物，還有等待在那裡，隨時會出現在他夢境中的，二十二歲泰雅女孩，Yuri。

雖然檢方相驗認定這是一起生前落水窒息的意外事件，武塔派出所並沒有忽視Mawi這位未來警察所通報，事發當天兩個女孩疑似遭到跟蹤以及現場可能有不明人影的狀況，將這些訊息轉知了南澳分局專辦刑案的偵查隊。也是泰雅族人的刑警很認真地展開偵辦調查，先調閱事件時間之後武塔車站的監視器錄影，毫無所獲，沒有任何可疑的人從這裡離開。

沒有人走，不代表沒有人來，再往前追溯過濾之前幾天的影像紀錄，果然，小葵、一凡、凡一抵達當天，跟隨著同一班列車出站的，還有一個人，全身黑色衣褲，戴黑帽，面貌無法辨識。

來到武塔，卻沒有從武塔離開，這不是很奇怪嗎？刑警擴大追查範圍把前後幾天羅東客運轉運站、羅東火車站，台北的噶瑪蘭客運發車站，以及各個車站周邊定點、聯接道路動線的監視器系統影像畫面全部調齊。如果使用大數據分析技術，利用身形影像辨識程式進行過濾，可能一下子就有了答案。沒有先進高科技也沒關係，土法煉鋼肉眼仔細搜尋，只要走過必留下痕跡。

果然，三天三夜不眠不休，不但把這個神祕人物出現的時間地點影像全部篩選了出來，還抓到了一張他碰巧摘下帽子的畫面。有了完整的臉部照片，透過3D面貌重建軟體讓它更清晰、更鮮明、識別度更高，要確定本尊的真實身份，就很簡單了。和刑事局連線的比對查詢系統功能，比

Google、FB上用的要強大得多了。

神祕的可疑人物，姓名、住址、户籍資料，家庭背景，服役紀錄、求學工作履歷，全都在那上面。

# 〈十九〉

人無法選擇自然的故鄉，但是可以選擇心靈的故鄉。

——哈佛大學校訓

我將眞心付給了你，將悲傷留給我自己。
我將生命付給了你，將孤獨留給我自己。
愛是沒有人能了解的東西，愛是永恆的旋律。
愛是歡笑淚水飄落的過程，愛曾經是我也是你。
我將春天付給了你，將冬天留給我自己。
我將你的背影留給我自己，卻將自己給了你。

今天田家不聽華格納，環繞音效擴大機播放的是羅大佑作詞作曲，以嘶啞嗓音演唱的〈愛的箴言〉。立虹選了這首歌，用以迎接經歷了重大創痛從南澳回到家裡的孩子們，除了撫慰心情的音樂，同樣甚至更能慰撫傷感的美味食物，也早已準備好了。

開門迎接三個歸來的孩子，經過了這漫長三天事件的衝擊，三個孩子似乎和以前不一樣了。立虹先給了小葵一個深長的擁抱，再摸摸凡一的臉頰。這兩個孩子，都瘦了。

「一凡，你們三個都到餐廳來，先吃豬腳麵線。」田家美食總匯廚房，今天提供的是新北新店豬腳名店「可口豬腳大王」的傳統醬香口味豬腳。這家店的門口一大特色，就是整排列隊整齊的老滷甕。每隻豬腳都要耗時七小時以上在這些老滷甕裡滷煮熬製到連骨頭都入味。搭配豬腳的，是大名鼎鼎的金門馬家麵線，二者結合，可算是豬腳麵線中的極品了。

「台灣人的習俗，在外面遇到嚴重的、不好的事情，回到家第一件事，就是吃豬腳麵線。這樣就可以把一切負面的、不利的過往遭遇，或是影響因素，通通擺脫掉、化解掉。吃了豬腳麵線，就能夠有一個好的開始，重新再出發。」

「和日本人遇到厄事回到家要在門口撒鹽有點相似，不過這台灣習俗吃豬腳麵線，我覺得比日本灑鹽實際多了，應該也有效得多吧。」品嘗著豬腳加麵線，小葵的心好像眞的從溪水的冰冷裡逐漸溫暖起來了。

「除了豬腳麵線，湯圓也是台灣人配合節氣和家族重要行事時不可或缺的食物。凡一，你那麼多天沒吃東西，湯圓一定要吃，不要一下吃太多顆，先喝些湯，這種客家鹹湯圓的湯頭也很棒。」立虹今天準備的是來自屏東長治「竹葉林客家小吃」的純手工鹹湯圓，以絞肉和蝦米爲內餡，再以糯米粉包裹製成。內餡爆香過，湯圓入湯鍋煮後，外皮Q而內餡香，是客家飲食文化的經典代表。糯米不好消化，立虹擔心太久沒進食的凡一腸胃受不了，特別提醒了一下。

「一凡爸爸知道了Yuri的不幸事件，連夜寫了一些話給你們，今天才剛收到，來，你們邊吃邊看。」

親愛的一凡、凡一：

對於人生的無常，說起來輕鬆，遭逢時竟是何其殘酷。可是這無常，卻又是任何生而爲人者，不得不面臨的。無常的殘酷，讓我們不禁要質疑起天地神明。神啊，祢的道理何在？如此的沒有道理，神啊，祢眞的在嗎？一切的痛苦，來自無常。一切的無常，引發質疑。身處看不清自己的世界中，所有的事情都不再確定，更不用說那摸不著、抓不到的眞理和神明，眞的曾經來到過你我身邊嗎？我們還要苦苦追求或等待下去嗎？就好像這首歌：〈是否〉（詞曲：羅大佑、演唱：蘇芮）所描述的：

是否，這次我將眞的離開你
是否，淚水已乾不再流？
是否，應驗了我曾說的那句話
情到深處人孤獨
多少次的寂寞掙扎在心頭
只為挽回你將遠去的腳步
多少次我忍住胸口的淚水
只是為了證明我自己我不再哭
是否，這次我將眞的離開你
是否，淚水已乾不再流？
是否，應驗了我曾說的那句話
情到深處人孤獨

對於在尋求中掙扎，在痛苦中擁抱的人，不管尋求的是眞理、神明或是愛，在見證的那一刻，臨在的那一刻，領悟的那一刻到來之前，不斷地質疑又質疑——是否？是否？是否？這幾乎是一條必經的荊棘之路。爲什麼呢？歌曲中已經給出了答案，是孤獨！是情到深處必定的孤獨。

作為一個人，我們這麼努力地在認識自己，認識世界，但誰來認識我呢？我們如此認眞地在找尋眞理、神明和愛，但眞理神明與愛，什麼時候可以找到我？什麼時候才能認識我呢？因為不知道盡頭在哪裡，所以孤獨。因為不夠認識自己，所以還有很多很多的「是否」。

尤其你們這個世代，大風總是在吹，於是草東沒有派對。苦悶不是精神的象徵，而是內在的實存。厭棄人世成為總在呼吸吐納之間的糾纏。關於最大最厲害的無常——死亡，這世間有著各式各樣的說法：

人一死，就不再存在，世人氣一斷，就往哪裡去呢？

水從大海消失，江河枯竭乾涸。同樣，人必躺下，不再起來。

哪怕天都沒有了，也不能醒來，也不能從長眠中給喚醒過來。〈約伯記14：10–12〉

我們如同死，就必同活；我們如果忍耐下去，就必一同作王。〈提後書2：11〉

已逝者只是沒有形體，並不代表他們不存在。（聖奧古斯丁）

關於死亡，我們會覺得恐怖，是因為我們不知道死亡為何物，卻假裝知道。（柏拉圖，〈蘇格拉底申辯〉）

只有透過一種方式才能征服死亡，那就是搶在死亡之前改變世界。（敘利亞詩人，阿多尼斯）

死亡並不糟糕，糟糕的是該做的事還沒做完。（吉塔・馬拉斯，〈與天使對話〉）

唯有不閃躲，直視死亡，我們才可能熱愛生命。（阿德勒）

死亡的念頭能夠讓人們重拾人生意義，死亡的念頭能夠讓我們看待事物的先後順序獲得重新安排。（愛倫・狄波頓）

眾說紛紜中，哪一個觀點才正確，或者應該說，才是你喜歡的，適合你的，只有你自己可以決定。而我總一直相信，如果沒有經過死而復生的過程，心靈深處的不安，就永遠無法體現以至於平息。所以，希望你們不要忘記這段日子出現在夢境之中，那些英雄歷程所給予的啓示和指引。希臘哲人的生命哲學和公民情操，不列顛聖杯武士的愛與自由，德意志良知的精神和人性的終極價值。這些都是生死循環中存在於你們心靈意識裡最可貴的東西。

特別要在此告訴凡一，作爲一位渴念故鄉的背叛者——放逐於故鄉而又思慕故鄉的人，我逐漸了解了，故鄉不是一個是什麼的地方，而是一個不是什麼的地方；故鄉，是空間，也是時間。在時空之中，我們去追尋、定義什麼是，而什麼不是故鄉。親愛的凡一，經歷了這許多之後，台灣，應該足以成爲你的故鄉。衷心希望，你能夠將這塊土地，當作屬於你的，永遠的一個故鄉。

《神曲》第二十六章，描述但丁遇見希臘特洛伊戰爭英雄尤利西斯這一燃燒的靈魂，英國詩人丁尼生（Alfred Tennyson）將之譜成了〈尤利西斯〉（Ulysses）這首詩。青春年華已逝的我讀來，感動莫名。最後，就以此一詩作，與你們二位深深刻劃生命的年輕靈魂共享共勉：

我的水手，甘苦、患難、心志與共的人，
你我垂暮矣；
但暮年仍有榮耀與辛苦。
一切了結於死；唯終點前，
尚有崇高之事可待完成，海似
衆聲在旁低吟。來吧，朋友，
尋覓更新之土，猶未嫌晚。縱然，
垂暮的我們已不復有力
撼動天地。我們就是我們，
雄心一樣堅韌，縱有歲月
命運消磨，依然意志強盛，
奮鬥、追求、尋覓，
而不屈服。

讀完一凡父親的獄中來書，豬腳麵線和客家鹹湯圓也全部解決了。立虹端出今天的餐後甜點，是出自基隆李鵠餅店的糕餅。

「李鵠餅店也有做綠豆椪，不過他們最有名的是鳳梨酥，來，小葵，要做綠豆椪達人，這家的也非吃不可，兩樣都試看看。」

「嗨！いただきます～」

「立虹阿姨，我想，應該要離開台灣了。真的非常感謝妳對我的照顧，不只是生活起居，美食小吃，還有妳在台灣文化、社會、政治各方面的知識見解，給予我非常非常大的收穫，真的謝謝妳。也請妳轉達一凡爸爸，台灣已經是我的故鄉了，很謝謝他，這麼辛苦的寫了這麼多指導、啓發的文字給我。當他重獲自由的時候，請務必讓我立刻和他見面好嗎？今天我會把行李打包寄回日本，只帶一只背包，明天出發，大概用半個月的時間環島一周，做一些我想一個人去完成的事，當作我的pilgrimage，成年巡禮之旅，而後就直接從機場飛東京。今天是在你們家的最後一天了。」

「凡一，你的決定，我都尊重，不過要糾正你，不是『你們家』，是『我們家』。不只台灣是你的故鄉，田家也是你的家，我和一凡爸爸都認為，你已經是我們家的孩子了，這個家，隨時都歡迎你回來，知道嗎？」

「嗯。」凡一有點想哭了。

「凡一可以去流浪，小葵我可得要求妳，先在家裡住幾天，把精神心情都調整穩定了，再讓一凡陪妳去台中參加百年媽祖大祭，讓媽祖婆幫妳收收驚，這樣事情就都過去了，好不好？」

「當然好，本來我還擔心，一個人會不會作惡夢。不過，什麼是收驚啊？」

「去到媽祖廟妳就知道了啦。七媽會結束後，我再回台北。凡一，回日本之後，你有沒有什麼打算或計劃？」

「我還有田中教授的一份報告和一份研究計劃要交。我想好好把法學部課程唸完，然後應該會去慕尼黑吧。除了親身體驗出現在夢境中的德意志民族文化精神之外，也算是代替沒去成德國的Yuri去她最嚮往的國家。你呢，將來有什麼想法嗎？」

「畢業之後我想去英國，牛津、劍橋或倫敦政經學院都可以，不過我其實比較喜歡愛丁堡，那裡的中世紀騎士靈魂應該比其他地方多的多。」

「那好，到時候我就到英國找你，反正，我還承諾了一個朋友，得去劍橋幫他完成一項任務（此項任務相關情節，參見《少年凡一》故事），我們就在不列顛島上會合吧。」

「會合之後，再一起去希臘。我們一定要去找到，刻在太陽神阿波羅神廟上的那句箴言才行。」

「箴言？什麼希臘箴言啊？」小葵不解。

「認識你自己。」一凡、凡一異口同聲。

Φ

偵查有結果，不代表犯罪的行爲事實必定成立。武塔派出所的員警伯伯委婉地跟Mawi說明，這起事件，查無實據，結案了，理由是：

當事人的死亡原因沒有外力介入跡象，排除了他殺嫌疑，沒有辦法立案爲刑事犯罪；可疑的人物有合理的解釋，當時是到武塔溯溪，在上游野營露宿一晚後，隔天，也就是事件當天才從另一頭穿越山徑小路繞了一圈從南澳離開；他沒有前科紀錄，也同意讓偵辦的刑警檢查住處房間和PC、筆電、手機，沒有發現任何異常跡象或值得參考的證據。而且，根據追查這起事件的刑警表示，在問話的過程中，他態度鎮定，神色自若，有問必答，沒有一點緊張不安的樣子。

同是泰雅族人的員警伯伯嘆了一口氣，繼續說道：「如果是在從前，說不定我們就要mugaya了。姆嘎亞，族語的原意是『遵行祖先遺訓』。昔日的族人，爲了向祖靈祈求豐收，或是死後可以進入祖先靈界，有這樣的習俗：獵敵首。這也是我們泰雅男人的成年禮，或者，爲了贏得社會地位、去除不祥、判決爭議，還有復仇。時代不一樣了，這種習俗早已不復存在。這起事件，是Yuri的不幸，她的家人，我們族人，損失了一位這麼優秀、有前途、有希望的好女孩，也是大家的不幸。但是事情就是這樣，讓它過去吧，不要想太多了，懂嗎？」

走出武塔派出所，Mawi心裡除了失望、傷心、難過，還有更多的不信。他不相信，對南澳溪那麼熟悉的Yuri，竟然會在她從小玩耍的地方發生意外；他不相信，一向小心謹愼體力又好的Yuri，會發生這麼大意的失足；他更不相信，這麼聰慧善良又滿懷理想的Yuri，上帝和祖靈怎麼會沒有好好庇佑守護她。Mawi的心裡，有一千一萬個不相信。

一路跟蹤這小日本女生到台中，魅影無功而返。原來，那個台大法律的男生才是她的男朋友。之前搞錯了，不是來自東大的藤原凡一。這沒差，反正她已經是我的目標，我的獵物，我的東西我的女人了，什麼時後下手都可以。這對小情侶，也未免黏得太緊了，幾天之間幾乎寸步不離。盯得越久，曝光被發現的風險就越大。尤其是前天在百年媽祖大祭慶典，萬頭鑽動的擁擠人潮中，小日本女生竟然突然回頭看了我一眼。那一望，目光交會，好像她本來就知道我在監視似的。應該是無意的偶然吧。還是先撤回台北，下次再來。結束她，只是時間早晚的問題而已。

一凡Watan、凡一Wails和Mawi，三個年輕人，在同一個夜晚的同一時間，各自作了一個同樣意象但卻又未盡相同的夢。夢境一致的部分，場景都是南澳北溪，地點都是Yuri墜落的那塊巨岩平台。看到的影像都是一副黑色的身影飛躍而出，驟然出手襲擊。在後躍落水前騰空的那一刻，一張冷酷表情宛若面具般的臉孔，以及匕首尖鋒上的芒光，那是Yuri生命最後片段記憶的瞬間畫面。慢動作播出般的共同夢境之後，接續著三個人各自不同的部分。Mawi的夢，轉移到南澳南溪上，狂風暴雨中的獨木橋，一位身穿日式勞動工作服的泰雅族少女，揹負著沉重行李從橋上跌入滾滾激流之中。然後是在泰雅部落原居地流興社，莎韻之鐘已不知去向的空盪盪鐘樓旁，一個Mawi非常確信來自祖靈的聲音對他說：「mu-gaya，遵行祖先遺訓，不要忘記，永遠不要忘記！」

凡一的後續夢境，是他從不曾去到，只在報導資料中看過，準備在離台前的環島pilgrimage成年巡禮之旅，一一造訪的芝山岩「故教育者紀念碑」、丹鳳山眞言宗「弘法大師碑」和「台灣幸福石」。都在台北的北投。那個在石碑上劃下紅色大叉噴漆、擊打鑿刻破壞的黑色衣裝人物，竟然和前段夢境刺殺Yuri的身形有著一副一模一樣的面容。是同一個人！世間之事難道眞的如此巧合？或者，這看似的巧合，其實才是世事的必然。凡一覺得，解開這個謎團，說不定才是他這趟成年巡禮之旅眞正的使命任務。

一凡夢中Yuri的生前臨終記憶，牽引出一段又一段本已不被顯意識覺察的經驗印象：那一天，和凡一、小葵結伴到南澳武塔，與我們一起搭區間列車同一站下車的就是他。夢裡的情景很清楚，從羅東上車後，雖然坐在不同車廂，這個黑衣人，一直在注意我們。夢境又轉到台大校園，在總圖、法圖、海圖、天數圖，甚至一些法律系老師的課堂裡，這個人都出現了，都坐在離我不遠的地方，都是背後我看不到他的位置。

夢醒之後，仍在反覆回憶夢中人物的一凡猛然想起，前幾天參加媽祖百年大祭的時候，小葵忽然將牽著他的手握得好緊，說她覺得很害怕，好像在人群中看到了當時在南澳北溪跟隨著她們的人影，那一道視線，一直停留在她的身上。還說她一回頭，似乎眞的看到那個人，正在盯著她。難道Yuri的墜落，果然不是一起意外，的確是一股人爲的惡意造成的？難道這股惡意的下一個對象，會是自己所tame，馴服的女子小葵？

經由夢境的啓示，三個年輕人分別在心中對自己許下了一些允諾。

Mawi，爲了實踐祖靈囑咐的遺訓，mu-gaya。

Walis凡一，爲了完成成年巡禮之旅，pilgrimage。

Watan一凡，則是爲了守護心所摯愛的人，那個馴服他或被他馴服的人，tame。

東京大學本鄉校區，東洋文化研究所，田中康博教授研究室。

「凡一，你提的〈台灣民主政治發展陷阱〉研究計劃我看過了，寫得很好。將來你的畢業論文，以這個架構爲基礎，再深入去討論、擴充，應該就沒問題了。」

「謝謝老師。幸好有立虹老師的指導，我才能順利完成。」

「至於觀察台灣的心得報告慢慢再寫沒關係，先談一談你的看法吧。」

「若林正丈教授對台灣性格特質的定論是：『一個拼布化的國家』，我的觀察結論，和若林老師的觀點不太一樣。」

「啊？怎麼說呢？」

「我覺得，台灣是堆疊累加的國家。每一個歷史階段：荷蘭、明鄭、清朝、日本殖民、國民政府威權體制，民主化轉型後的開放社會，各個時代的故事，在這塊土地是一層疊上一層累積上去的。各種不同的政治、經濟、社會、文化、人文、藝術的產出和創造，也是一層又一層疊加在台灣現代文明之中的。就好像是地層的沉積作用，縱剖下去，才發現原來層層堆疊的地質成分要素都不盡相同。但是又因爲台灣這塊土地還很年輕，不是那種地殼沉積作用很久遠的古老陸地，在時間和壓力下把地質型塑得很穩定。年輕的土地還很不安定，常在翻騰變動，底下覆蓋的地層也會經常裸露可見。總體而言，我認為這種堆疊累加化的台灣描述，比較立體，有縱深，比若林老師的拼布化觀點是一種平面式的形容，說不定更能貼近台灣眞正的現實狀況。」

「這樣的概念，是從哪裡來的呢？」

「在台灣，我看到了太多這種堆疊累加現象了。在空間營造上，日治時期總督府制定的台北都市計劃，後來都被冠上了中國大陸各省市的街道名稱，迪化街啦，開封街啦，襄陽路啦，可是，大稻埕的名字也還在用，新蓋的捷運站名像唭哩岸、咖吶，則是平埔族古地名。在台南，那麼多市鎭老街上的巴洛克建築、洛可可裝飾藝術，卻又結合了閩南風格的亭仔腳——騎樓；在基隆，一條日治時期整治的運河，被加蓋修築為大馬路，名字還是叫做旭川。這些都是很明顯的例證。在文化生活上，別的不用說，日常飲食習慣最能呈現一切。一個天婦羅，又叫甜不辣、黑輪，又叫關東煮，多重身分，多樣變形；台南肉粽加味噌湯，也是配得天經地義、理所當然；除了道地本土小吃，在台灣幾乎所有中國大陸大江南北的菜餚廚藝都找得到，還更勝一籌，像是牛肉麵、小籠湯包。台灣人的早餐除了燒餅油條、稀飯醬菜，小七的御飯糰和美而美的漢堡加蛋，兼容並蓄。更何況，日本料理在日本本國海外，最普及而且做得最好的非台灣莫屬。而那家八十幾年前就開設叫做波麗路的西餐廳，如今還在營業中。再說流行音樂好了，KTV或卡拉OK裡的歌本，至少都會有國語、台語、英日語三大本。一個包廂一夜之間，可以從安迪威廉唱到愛黛兒，從森進一唱到恰克與飛鳥；也可以從姚蘇蓉唱到周杰倫，從紀露霞唱到翁立友。中國詩詞變成校園民歌，日本演歌變成台語流行歌。這些歌曲，也都是在歷史中傳唱而累積堆疊出來的。在語言內容上，最通用的應該叫做『台北話』，台灣話加北京話。可是台灣話裡面，有大量的詞彙是日本語，比如說，方向盤或是螺絲起子台語怎麼講，就是日語，而且還是日語裡的外來語。誇張講大話台語叫做『話唬爛』，唬爛，其實就是荷蘭，還有肥皂的台語叫做『雪文』，就是來自荷蘭語的『savon』。再加上，百分之三十的人口會講客家話，以及逐漸受到重視而亟待復原的各原住民族母語，也很值得珍惜。這些現象、物質、經驗、行爲、習慣、語言甚至思維反應，都是層層累加在一起，相互融透，形成了現在『台灣』這個複雜多樣貌的故事。日治時期全台遍佈的日式神社都被燒光毀滅了，除了奉祀鄭成功的開山神社，如今只留下一座：桃園虎頭山的桃園神社，因爲被改成忠烈祠，就不用也不敢拆了。歷史在台灣的堆疊作用，實在太奇妙了！台灣島上，並不是只有兩條靈魂縈繞交纏，而是有許多的靈魂彼此交錯牽絆著的。」

「這是台灣文明地層的堆疊累加現象，這種現象，呈現出什麼樣的意義，並且，應該怎麼樣去面對呢？」

「在意義的層面，我覺得堆疊累加的台灣所蘊含的是身分印記的多重性，每一個個人、家庭、家族和人際網絡，都不是純粹單一的；是文化生活的多元性，日常的衣食育樂，多采多姿豐富繽紛；是經驗傳承的多樣性，大家的風格、禮儀、信仰，有著各種不同傳統淵源而綜合地體現，就像各地的媽祖，有各自的風格特色，風采面貌，而媽祖之外，所有的宗教在此都能生意盎然；最後應該是歷史詮釋的多聲性，集體的共同記憶，是倚靠各種不同的社群、身分、立場，分別從自己的位置、自己的觀點、自己的價值，去發聲、描述、解釋、判斷，在這樣的衆聲喧嘩之中，激盪、磨合、論辯，從而構築、建立、形成的。或許這個部分，台灣還有一段長路要走。就像Sayun的事件，仍有待泰雅族人自己做出自己的歷史詮釋，並且結合Gaga的傳統，再創造出新的時代精神意義。這樣的工作，該做的應該還有很多很多。比如日治時期在花蓮拉庫拉庫溪流域，殖民政府爲了紀念對抗布農族的殉職警察，在此一區域設置了至少十七座紀念碑。時至今日，這些百年前以日本殖民觀點書寫的碑石還存在，但是當初反抗理蕃政策而遭殺害的布農族先人，卻連一座紀念碑也沒有。不只是立碑這一行動的紀念意義，同樣甚至更重要的是，倘若立碑，碑文該怎麼書寫，書寫出對於那一段歷史的理解，面對悲劇而能消弭仇恨。我想這些事情，都在考驗著台灣人的決心、意志與智慧。」

「那你認爲，台灣人如何在堆疊累加作用下的多重性、多元性、多樣性以及多聲性意義之中，繼續的往前走呢？」

「首先，或許是作爲共同體一份子的自覺吧。每一個小我，都不是單獨孤立的存在，都是台灣這個大我的一小部分。尤其是在堆疊累加的進化過程中，台灣人之間，幾乎都可說是在我中有你，在你中有我了。雖然這個島嶼的生命仍然年輕，地質地層相互的擠壓衝突碰撞不可避免，卻也是必經的學習過程，學習如何彼此理解、彼此接納，甚至彼此肯定、彼此改變。極端的自我，自絕於群體之外，產生的是極端破碎的個體，就會鋒利尖銳的刺傷別人、割裂社會。這樣的情形如果蔓延擴大，就會是台灣的一大不幸。在堆疊累加的異質衝突中學習怎麼樣共生發展，可能需要很有耐心的展開一連串的公共討論。最近台灣政府推動轉型正義就是一個例證。爲什麼蔣介石的銅像應該被拆除，八田與一的銅像就不能被砍頭，這其中牽涉到價值觀的判斷，是非正義的抉擇，以及共同目標的確立。我相信，台灣人民的自我修復能力是很高的，就像八田與一銅像，頭斷了，很快的就修補復原，而且更加隆重的紀念追悼。可見自我省思的能力也是很高的。作爲一個日本人，雖然這麼說好像有點大言不慚，我覺得在堆疊累加的歷史情境現實中，學習透過公共討論相互理解，而能開展未來的重要前提是要先認識自己，認識台灣。只有深刻地理解到台灣文明堆疊累加的價値，才能夠眞正的『愛台灣』。在認識到自己是台灣這層層累積中的一份子之後，若要以個人和集體的自立與自由作爲共同目標去追求，仰賴的就是每一位生爲台灣人的良知了。這就好比是台灣這個國家，作爲一個英雄而必須走上的冒險歷程。」

「很有趣，很有趣。你的台灣觀察結論，是一個全新的觀點，好好把它發展成完整的概念和論述，大有可爲喔。等你心得報告寫出來，我要拿給若林教授看，竟然有毛頭小子提出取而代之的台灣觀點，看他怎麼給你『指教』，哈哈！」

ф

台北和平東路的田家，收到一份寄自日本的快遞包裹。立虹拆開仔細封覆的包裝一看，是一幀裝裱精美的二十世紀初期「繪葉書」三連作，中村不折的作品。中村不折留學法國，師事歷史派畫家保羅．勞倫斯（Jean Paul Laurens），是日本最早接觸偉大雕刻家羅丹的藝術家，也是二戰之前日本畫壇超重量級的人物。一九〇五年，他到台灣製作了一套三張繪葉書作品，以一種異域風光的視角，詮釋台灣的景致風土。其一，題名「露店」，背景是當時尚未拆除的西門城樓，城前布棚下攤販群集，蓄辮的小販、打髮髻的食客，畫出平民生活的景象。其二，題名「納涼」，在芭蕉葉下，身著漢衫、短褲的人物映著夕陽晚霞，赤腳坐在長條椅上乘涼聊天，夕照背光下遠處的城影，可能是當時充作臨時總督府的北門巡撫衙門。其三，題名「水牛」，將紅磚瓦房、椰子樹、水耕稻田、斗笠農夫和牽犁水牛融入於同一畫面中，是畫家以異文化觀點所見的台灣農村景色。三幅繪葉書，都是百多年前的原版，珍貴異常。

包裹裡面還附著一頁的A4紙張，標題寫著：〈台灣民主的健全之道〉，內容顯然已經精簡化了，分爲四點：

一，在形式、程序上，建立「公共倫理的審議式民主（considered democracy）」：台灣欠缺的，是形成良性的公共論理與民主發展的關係。在「沉默的多數／嘈雜的少數」之間，在「實質民主／假象民主」之間，在「自制／放任」之間，民主應該被定義爲一種「討論的治理」。公共論理能夠爲公民提供參與政治討論和影響公共選擇的機會。投票，只是促使公共討論產生效果的其中一種方式而已。投票權，必須結合聆聽和表達的權利。

二，在目的、功能上，建立「議題解決導向的民主（solvable democracy）」：在「集體公益／個人私利」之間，在「進步／衰退」之間，在「安全／恐懼」之間，民主必須要發揮決策的功能，通過選擇的過程之後，是行動方案的擬定，是資源配置的決定，是行爲規範的制定。民主政治的參與者，應該有責任提出solution（答案）而不是只有主張要求或反對抗爭。

三，在運作、關係上，建立「合作型民主政治（cooperative democracy）」：在「寬容／敵對」之間，在「團結／分裂」之間，在「平和／暴戾」之間，在「尊重／貶抑」之間，民主政治作爲一種人類共同生活的方式，有一種特別重要的態度及品質，同理心。同理心產生包容與良知，是民主政治不可或缺的要素。由此，採取「合作模式」的政治才變得可能，才能在妥協中尋求一個平衡點，成爲一致的目標，衆人的力量才得以整合。

四，在內涵、性質上，建立「智識型民主（intellective democracy）」：在「理性／情緒」之間，在「知識／反智」之間，在「覺察／盲目」之間，只能仰賴充分的理性與知識。所有的議題，都必須透過智識的辯證才能獲得結論，而不是依據立場、教條、信念、權威、傳統，或是任何所謂的理想。從公開論理進行分析檢驗，從分歧整合形成寬容均衡，都倚靠理性與邏輯的思考、科學與證據的知識，如此，自由、權利和正義，才終能得到堅實的保護。

A4紙頁的最後寫著：「台灣的民主政治還是有希望，台灣的未來仍然有希望！」

立虹讀完，微笑點頭。這文字，沒頭沒尾，既無稱謂又不署名，還眞有凡一的風格。

京都洛北，位於修學院離宮近旁的藤原家宅邸，凡一的父親，京都大學醫學部分析心理學教授藤原進三，正展讀著兒子寄自東京的來信。一樣，沒頭沒尾，沒稱謂又沒署名：

我想被愛圓滿包覆，我想遠離惡，逼近善，我想被感動，甚至成為給予正面能量的那一位，我想哭得徹底哭得乾脆，我想遠離他鄉，找家在哪裡。

文藝青年、少年維特、斯芬克斯的啞謎，拜託讓我證得阿修羅果位，到底比斯神廟拔劍砍斷繩結。

我想要累積，我想要擁有自己確定，可以自由掌握的渴望，我想懷有慈悲心，我願意用承受痛苦的ＳＯＰ宣示對犧牲的忠誠，作為領受恩典的對價。

我想要洪水氾濫的眼淚，我想要兩個個體你情我願的身體廝磨，我想要許個交出我全部靈魂的誓言，我想要與你或妳或祢對話，看你們的風采，就只是給我靜默諦聽的機會也是好的。

我感謝你們，謝謝每個陪伴，每個刮我筋骨的時刻，生命所難以承負的重量，感謝所有逆天高飛的勇氣與漂鳥同行的情感。

活著就是為了某個契機，真的能夠去超越。陽光是熹微的，空氣是透明的，讓我奉獻我的所有，再活一次。先終結，然後新生。

我呼求，高潔的聖名。賜予我力量，授予我愛吧！

進三讀完，微笑頷首。這個孩子，已經長大了。

一名男子昨日被發現陳屍於北投溫泉路的五層樓公寓頂樓租屋處。現場只留下一付無頭屍體，沒有外力侵入痕跡，沒有財物損失跡象，唯一消失不見的是死者的頭顱。法醫勘驗後指出，斷頭位置的頸部切口十分平整，應該是極為鋒利的刃器所為。依血液凝固的狀態判斷，兇手在切下頭顱時死者已經死亡。離奇的是，屍身的軀體四肢沒有任何明顯外傷，經解剖後才發現，致命原因是心臟遭到重擊，脾臟破碎爆裂，肋骨亦有七根斷折，部分插入肺臟，造成多處大量內出血所致。法醫表示，這種類似武俠小說描述，以內力震壞五臟六腑的情形，從事相驗工作多年從來不曾遇到過。警方目前正全力搜尋失蹤頭顱的下落，並就死者生前的人際關係展開調查，不排除仇殺的可能。

〈後記〉

# 持續地寫，希望深淵總有盡頭

從思維破碎、失語，到失能、失落、失望，從而厭棄人世，孩子成長中所遭逢的困阨，宛若一道向著益發深邃處迸裂的深淵，直指向生命中更爲幽微窨黯之境，似乎聽見了，孩子發出如同德國詩人史提凡．葛奧格（Stefan George）所作的呼求：

「請把我拉向你的邊緣，深淵——不過，不要讓我感到迷惘。」

然，身處禁錮之中，失卻了一切能力而已一切無能爲力的我，即便明瞭那德國劇作家兼革命家葛奧格．畢希納（Georg Bücher）所說的道理：

「每個人都是一個深淵。人們只要往人心的深處俯視，就會感到頭暈目眩。」

唯一能做的，也只能在一片黑暗之中，用著自以爲是的話語，說著自我寂寥的故事。試著讓文字音聲迴盪在這邈不可測的深淵中，作爲陪伴。

於是，以當成二十歲成年之禮的名義，從二〇一七年四月底到七月中，每週末兩天，寫下兩個篇章，一氣呵成地將故事完成。在隔絕、拘禁、剝奪自由的處境之下，這種創作方式，我稱之爲「被動書寫」：不查找資料（無資料可查）、不Google搜尋（無網路可上）、不蒐集事件（事件無從蒐集）。書寫的過程中，碰巧出現適合的資料事件，就寫進故事裡。被動地，讓資料訊息事件，自己來找我，讓我寫出來。不只是內容資訊，故事情節也是如此。它好像本來就已經存在於某個地方了，我只是被動的，將早已成型完整的故事，該怎麼說就怎麼說地轉錄出來而已。雖然隱約理解只有把深淵當成目的本身，深淵才會成爲自我內在的處所。但，身陷黑暗之中，自己又怎麼能夠意識到，說著的故事，該怎麼發展，才能帶著或伴著我們找到出口呢？所以也就只能被動的任之由之，讓故事領著我，走過這一道深淵。

書寫方式的被動性，不代表說故事的動機欠缺目的性。孩子問我，這份送給他的成年禮物意義何在，我竟不假思索地脫口而出：「逾越」二字。才赫然聯想起，就像舊約聖經中逾越節的由來：將羔羊之血塗抹在門楣門柱上頭，就能令上天所降的災禍逾越跳過不致臨身。原來，在孩子逾越成年之檻的時候說著一個故事，伴隨他經歷掙扎苦痛，從而得以逾越生命的困頓以及厭棄，正是書寫這個故事最原始的初衷。

二十歲，成年的孩子，已經不能再忽攏了。

這成年之禮的書寫，並不是用來忽攏孩子的。

一個不是忽攏的故事，那麼，是什麼呢？

Just like a jigsaw puzzle on table.

It's perfectly assembled except for one last piece

I will be to place the, last piece and complete the puzzle.

是的，這個二十歲的故事，我祈願，能夠成爲孩子成長完整的最後一塊拼圖。或至少能幫忙找到那一塊拼圖所隱藏的位置。

即便在深淵之中，我們也要一起去尋找。這個故事，我們一起來創作。書中有許多段落，是孩子書寫的手記原稿，我一字不差地將之放進故事陳述裡，那是第一、十一、十九章的自我剖析與告白；校園生活行動和選修課程學習過程，來自孩子第一手的紀錄；武塔課輔計劃和部落紀行心得感想，全都是台大同學們的構思規劃和眞實心聲。那都是我無法瞎掰杜撰的。

書寫的初衷動機，不見得和最後的成果狀態相一致。作爲第一讀者的孩子一度對故事不甚滿意。覺得缺乏劇情、缺乏張力，不夠精彩、不夠好看。還有太多沒什麼人會感興趣的古典文學、音樂，湯瑪斯・曼、華格納，離大家太遙遠了……。即便知道，評論得甚爲中肯，自始至終，我不爲所動。一方面是，處在「被動書寫」的狀況下，寫出什麼樣的內容，相當程度地不由自主。另一方面更因爲，從初衷出發，透過書寫去面對、去凝視、去探究、去處理並安置一個又一個生命歷程中的議題，我逐漸陷入了根本不管要寫給誰看的情境，根本不管市場將如何反應，書評會怎麼評價，甚至讀者能不能接受。我只想寫，爲了書寫而寫，爲了故事而寫。寫的時候，腦海中根本沒有市場、書評和讀者，只想著怎樣去訴說：死亡是什麼、故鄉是什麼，自由與愛是什麼、我們究竟是什麼。情緒，隨著書寫不斷地醞釀、膨脹。自我，逐步地籠罩、沉浸而被包覆在故事之中。以爲自己恐怕會在寫到落幕時全然地不勝負荷而崩潰，結果沒有，是顫慄地好長一段時間走不出故事的氛圍心理，好比入戲太深的演員被角色附身無法回神似地。最後才醒悟過來發現，原本要送給孩子的故事，竟然變成爲了自己而作的書寫。於是，不得不佩服尼采的洞見：

「當你長時間注視深淵時，那個深淵也已看向你的深處。」

書中魅影出現的十四個段落，是故事說完之後獨立撰寫再鑲嵌進入情節篇章的縫隙中的，只是爲了嘗試著滿足孩子的要求：讓故事好看一些。不知道這樣的「對立」，是不是眞的能讓故事不致太無趣。說不定強烈的對立，也是能把虛實之境呈現得更分明（因爲更混亂）的方式之一。

創作這個故事的另一大動力，必須歸之於遠流出版公司的王榮文董事長。本以爲書寫，只是自己不得不的人生階段中，一段不得不的插曲，竟被王董事長鼓勵得像是可以作爲志業似的，讓我多了許多信心；本以爲台灣是自己實在難以面對的書寫對境，竟在王董事長的敦促指教之下，增添了勇氣提前去拆解這一個早晚不得不碰觸卻又一直在逃避的情結。

之前寫作的《少年凡一》和《彩虹麗子》若好比自己朋友的話，這部《凡一・一凡》或許更像是我的孩子。雖然不懷著爲公衆而寫的企圖，作品完成了之後，即便如同孩子般獨立於我，還是希望大家能夠喜歡他。

精研彩虹數字學的妻，從數字解析的角度提點我，藉由書寫，我才能夠平安度過這一段不堪的歲月，否則會根本走不過去。我心悅誠服地接受她的見解，感謝書寫所開啓的生命去向。並且，更加感謝於妻的支持照顧。其實，眞正明確的一件事實是，因爲有她的愛與光明指引，我才得以在深淵之中，持續找尋那可能的出路。

2017.8.12

## 〈參考資料〉

### 書籍


1. 李長聲，《東京灣閒話》，遠流，二〇〇九年。
2. 《台灣歷史全紀錄》，遠足文化，二〇〇五年。
3. 《台灣地理全紀錄》，遠足文化，二〇〇三年。
4. 若林正文，《戰後台灣政治史：中華民國台灣話的歷程》。
5. 喬瑟夫・坎伯（Joseph Campbell），《神話的力量》（*The Power of Myth*），立緒，二〇一五年。
6. 喬瑟夫・坎伯（Joseph Campbell），《千面英雄》（*The Hero with a Thousand Faces*）。
7. 菲爾・柯西諾（Phil Cousineau），《英雄的旅程》（*The Hero's Journey: Joseph Campbell on His Life and Work*）。
8. 陳玉慧，《遇見大師流淚》，大田，二〇〇五年。

9. 菲利普・詹金斯（Philip Jenkins），《下一個基督王國：下一波十字軍 基督徒、穆斯林、猶太人》（*The Next Christendom: The Coming of Global Christianity*）。
10. 簡扶育，《祖靈昂首出列——台灣原住民族群像》，幼獅文化，二〇〇三年。
11. 苔雅・朵恩、理查・華格納（Thea Dorn, Richard Wagner），《德國文化關鍵詞：從德意志到德國的64個核心概念》（*Die deutsche Seele*）莊仲黎譯，麥田，二〇一七年。
12. 安東尼奧・聖修伯里（Antoine de Saint-Exupéry），《小王子》（*Le Petit Prince*）。
13. 艾倫・狄波頓（Alain de Botton），《哲學的慰藉》（*The Consolations of Philosophy*），究竟，二〇〇一年。
14. H. D. F. 基托（Kitto, H. D. F.），《希臘人》（*The Greek Way*），徐衛翔、黃韜譯，上海人民出版社。
15. 加斯帕・格里芬（Jasper Griffin），《荷馬史詩中的生與死》（*Homer on Life and Death*），北京大學出版社，二〇一五年。
16. 張志銘教授，「西方人文學導論」講義。
17. 羅伯特・威廉斯（Robert Williams），《新生》（*Luke and Jon*）；亨利・史考特哈蘭，禱詞。

## 期刊・雜誌

1. 東大は学力入試をなくせ，《文藝春秋》二〇一七年三月號。
2. 松風，《文藝春秋》二〇一六年四月號。
3. 杉浦茂峰，《文藝春秋》二〇一七年四月號。
4. 上野精養軒，《文藝春秋》二〇一六年十月號。
5 瀧簾太郎，《文藝春秋》二〇一七年四月號。
6. 日本大學補助，《文藝春秋》二〇一七年四月號。
7. 邱馨惠，建築師康德和他的繪畫老師河鍋曉齋~幕末明治英國建築師的日本繪畫課，《藝術家》四八三期，二〇一五年八月。
8. 楊緬因，撫慰生者的悼亡之歌，《新新聞》NO.1574期，2017.05.04~05.10。
9.〈Last Christmas〉原唱喬治麥可殞落，《今周刊》2017.01.02。

## 報紙

1.〈南澳北溪險峻，跌入漩渦會游泳也沒用〉，《聯合報》二〇一七年五月二日，社會A6版。

2.〈政大現場從〈安息歌〉談蔣銅像〉，《自由時報》二〇一七年五月二十二日，A15版自由廣場。

3. 三石碑：《自由時報》二〇一七年五月十六日。

4.〈原民正義 博物館難以言說的歷史？〉童元昭、巫淑蘭、黃維晨／台大原住民族研究中心主任、助理，《聯合報》、《世界日報》二〇一七年五月十七日。

5.〈全球最佳大學排名台清交都退步〉，《聯合報》二〇一七年六月九日，B3教育版。

6.〈全球最佳聲譽大學，台大進前60名〉，《聯合報》二〇一七年六月十六日。

7.〈高教補助，頂大優先改 校校有獎〉，《自由時報》二〇一七年五月三十一日，A8生活新聞。

8.〈爬山壁搶修蘇花，5蜘蛛人57樓高賣命〉，《自由時報》二〇一七年六月二日，A4焦點新聞。

9.〈無雪台灣，泰雅囝仔滑出雪橇銅牌〉，《蘋果日報》二〇一七年六月十二日，A11要聞。

10.〈帕華洛帝之後 男高音之王考夫曼首訪台〉，《自由時報》二〇一七年七月五日，D6版文化藝術。

11.〈林佳龍出馬請不動，百年七媽少一媽〉，《自由時報》二〇一七年七月五日，A11版生活新聞。

12.〈親愛愛樂在維也納街頭高喊，我來自台灣！〉《自由時報》二〇一七年七月十日，D6版。

13.〈原民抗日無碑，「日方有17座」〉，《聯合報》二〇一七年八月十四日，A3焦點。

## 學術論文

1. 溫浩邦，《歷史的流變與多聲——「義人吳鳳」與「莎韻之鐘」的人類學分析》；民國八十五年六月，台灣大學人類研究所碩士論文。

2. 布興·大立，《泰雅爾族的信仰與文化：神學觀點》，台北：財團法人國家展望文教基金會。

國家圖書館出版品預行編目（CIP）資料

藤原進三著. -- 初版. -- 臺北市 : 商周出版 : 家庭傳媒成邦分公司發行,
民107.06
352面 ; 14.8*21公分
ISBN 978-986-477-481-4 (平裝)

857.7 107008887

BA6316

凡一・一凡

作　　者／藤原進三
責任編輯／何若文
特約編輯／蕭秀琴
版　　權／翁靜如、黃淑敏
行銷業務／張媖茜、黃崇華

總 編 輯／何宜珍
總 經 理／彭之琬
發 行 人／何飛鵬
法律顧問／元禾法律事務所 王子文律師
出　　版／商周出版
臺北市中山區民生東路二段141號9樓
電話：(02) 2500-7008　傳真：(02) 2500-7759　E-mail：bwp.service@cite.com.tw
發　　行／英屬蓋曼群島商家庭傳媒股份有限公司城邦分公司
臺北市中山區民生東路二段141號2樓
讀者服務專線：0800-020-299　24小時傳眞服務：(02)2517-0999
讀者服務信箱E-mail：cs@cite.com.tw
劃撥帳號／19833503　戶名：英屬蓋曼群島商家庭傳媒股份有限公司城邦分公司
訂購服務／書虫股份有限公司客服專線：(02)2500-7718；2500-7719
服務時間：週一至週五上午09:30-12:00；下午13:30-17:00
24小時傳眞專線：(02)2500-1990；2500-1991
劃撥帳號：19863813　戶名：書虫股份有限公司　E-mail：service@readingclub.com.tw
香港發行所／城邦(香港)出版集團有限公司
香港 灣仔 駱克道193號東超商業中心1樓
電話：(852) 2508-6231　傳眞：(852) 2578-9337
馬新發行所／城邦(馬新)出版集團
Cité (M) Sdn. Bhd. (458372U)
11, Jalan 30D/146, Desa Tasik, Sungai Besi, 57000 Kuala Lumpur, Malaysia.
電話：(603)9056-3833　傳眞：(603)9056-2833
商周出版部落格／http://bwp25007008.pixnet.net/blog
行政院新聞局北市業字第913號

封面設計／謝富智　內頁設計&編排／蔡惠如
印　　刷／卡樂彩色製版印刷有限公司
經 銷 商／聯合發行股份有限公司
客服專線：0800-055-365　電話：(02)2668-9005　傳眞：(02)2668-9790

2018年（民107）6月14日初版　Printed in Taiwan
2018年（民107）6月29日初版3刷
定價350元

ISBN 978-986-477-481-4

城邦讀書花園
www.cite.com.tw

※本書版稅全數捐贈武塔部落